BARBARA ERLENKAMP

Glückssterne über dem kleinen Café an der Mühle

Weitere Titel der Autorin

Das kleine Café an der Mühle
Winterzauber im kleinen Café an der Mühle
Frühlingsglück im kleinen Café an der Mühle
Sommerzauber auf der kleinen Insel
Der Sommer hat doch Meer zu bieten

Über die Autorin

Andreas J. Schulte ist freier Journalist und Autor. Christine Schulte hat bereits in ihrer Schulzeit zusammen mit einer Freundin ihren ersten Roman verfasst und arbeitet heute als technische Redakteurin. Das Ehepaar lebt mit seinen beiden Söhnen seit 25 Jahren in einer alten Scheune zwischen Andernach und Maria Laach. Unter dem Pseudonym Barbara Erlenkamp schreiben sie zusammen moderne, humorvolle Frauen- und Unterhaltungsromane.

Barbara Erlenkamp

Glückssterne über dem kleinen Café an der Mühle

lübbe

Dieser Titel ist auch als E-Book erschienen

MIX
Papier aus verantwortungsvollen Quellen
FSC® C014496

Vollständige Taschenbuchausgabe
der bei Bastei Lübbe erschienenen E-Book-Ausgabe

Einband-/Umschlagmotive: © iStockphoto/walrusmail; Shutterstock/Joca de Jong
Umschlaggestaltung: Maria Seidel, atelier-seidel.de
Illustration Tulpenstrauß: © shutterstock / Aluna1
Satz: 3w+p GmbH, Rimpar (www.3wplusp.de)
Druck und Verarbeitung: GGP Media GmbH, Pößneck
Printed in Germany
ISBN 978-3-404-18526-9

5 4 3 2

Sie finden uns im Internet unter luebbe.de
Bitte beachten Sie auch: lesejury.de

Für Matti

In uns selbst liegen die Sterne unseres Glücks.
Heinrich Heine

Vorwort: Willkommen in Wümmerscheid-Sollensbach

Wo ist Wümmerscheid-Sollensbach? Das sind wir schon oft gefragt worden. Die Antwort ist: Der kleine Ort liegt irgendwo oberhalb von Cochem, zwischen Mosel und Eifel. Genauer können wir es leider nicht sagen, denn dieses Doppeldorf mit seinen charmanten Bewohnern ist frei erfunden.

Es ist ohne weiteres möglich, den vierten Band *Glückssterne über dem kleinen Café an der Mühle* zu lesen, ohne die Vorgeschichte zu kennen. Allen, die es etwas genauer wissen wollen, stellen wir hier die wichtigsten Personen kurz vor.

Sophie von Metten ist noch ziemlich neu im Ort. Sie hat das kleine Café an der Mühle von ihrer **Tante Dotti** geerbt und betreibt es jetzt mit riesigem Erfolg als *Tante Dottis Bistro.* Mit ihrer freundlichen, zupackenden Art und vielen kreativen Einfällen hat sie in kurzer Zeit die Herzen der Dorfbewohner erobert und ist aus ihrer Mitte nun gar nicht mehr wegzudenken. Vor kurzem haben sie und **Peter** geheiratet. Ihr erstes Kind, Lisa, ist gerade auf die Welt gekommen.

Peter von Metten (geb. Langen) ist der glückliche, frischgebackene Vater und Sophies Ehemann. In seinem Beruf als Marketingfachmann kann er oft von zu Hause arbeiten. **Herrn Württemberg**, den süßen, braun gelockten Labradoodle, hat er mit in die Ehe gebracht.

Rita, fröhliche Society-Lady, **Heidi,** früher eine berühmte Sterneköchin, und **Karin**, eine ruhige, herzliche Bankerin, treffen sich regelmäßig zur Pokerrunde in *Tante Dottis Bistro.*

Alle drei sind um die sechzig und waren mit Dotti eng befreundet. Nach Dottis Tod sind sie für Sophie wie eine zweite Familie geworden.

Leonie ist Heidis erwachsene Tochter. Sie hat lange in Frankreich gelebt, bis ihre Ehe in die Brüche ging. Vor mehr als einem Jahr ist sie mit ihrer kleinen Tochter Marie nach Wümmerscheid-Sollensbach gezogen. Leonie und Sophie sind längst beste Freundinnen geworden. Leonie hat im Ort eine neue Liebe gefunden: Sie ist glücklich mit Jan, einem sehr guten Freund von Peter, zusammen.

Jean-Pierre Garbon ist ein begnadeter Koch aus Frankreich und ein alter Freund von Heidi. Die Anfangszeit im kleinen Café an der Mühle hat er mit begleitet, Sophie hat er beigebracht, was sie über das Kochen wissen muss, und bei seinem letzten Besuch in Deutschland hat er sich endlich ein Herz gefasst und Heidi seine Liebe gestanden. Chefkoch im Restaurant ist inzwischen sein Neffe **Louis Garbon.**

Melanie absolviert in *Tante Dottis Bistro* gerade ihre Ausbildung zur Köchin. Aus der Bistroküche ist sie bald kaum noch wegzubekommen. Ob das nur an den tollen Kochrezepten liegt?

Dann sind da noch die charmanten, wenn auch manchmal etwas schrulligen Dorfbewohner von Wümmerscheid und Sollensbach. Immer wieder begegnen wir Tischlermeister **Hermann Weibold** und dem Metzger-Ehepaar **Hetti und Johannes Braubart.** Und natürlich all den anderen, die dieses Doppeldorf so liebenswert machen.

Der **Lattenlurch** ist eine seltene Amphibienart, deren Entdeckung in Wümmerscheid-Sollensbach den Ort fest auf der Landkarte des Öko-Tourismus verankert hat.

Für Sophie und ihr Bistro stehen alle Zeichen auf Erfolg. Sie ist sich sicher, wohin ihr Weg führt: in die Spitzengastronomie.

Prolog

Es war Liebe auf den ersten Blick.

»Da bist du ja, kleine Lisa«, flüsterte Sophie. Erst wenige Minuten zuvor hatte ihr Baby das Licht der Welt erblickt. Die Hebamme hatte Mutter und Kind versorgt und wandte sich nun zum Gehen. »Frau von Metten, Herr von Metten, ich lasse Sie beide mal für ein Weilchen alleine. Sie brauchen jetzt ein bisschen Zeit für sich. Zur Ruhe kommen, Ihre kleine Tochter willkommen heißen. In einer Stunde bin ich wieder bei Ihnen. Wenn irgendetwas sein sollte, brauchen Sie nur da drüben auf den Klingelknopf zu drücken.« Leise schloss sich die Tür des Kreißsaals hinter ihr.

»Ich konnte mir nie vorstellen, dass es so kleine Menschen überhaupt gibt.« Peter strich vorsichtig über das Köpfchen seiner Tochter. Unglaublich, er und Sophie waren jetzt Eltern. »Schau nur, diese kleinen Fingerchen. Sogar richtige Fingernägel hat sie schon. Mein Gott, wie winzig. Und diese schönen dunkelbraunen Haare … bestimmt hat sie später mal genau solche Locken wie du.« Er lächelte seine Frau zärtlich an. »Deine Locken und deine braunen Augen, das wäre herrlich. Dichte lange Wimpern hat sie schon. Genau wie du.«

Sophie lehnte erschöpft in den Kissen. Ganz dicht schmiegte sich das Babyköpfchen in die Kuhle an ihrem Hals. Sie schloss die Augen und schnupperte. »Das riecht so gut. Ich wusste nicht, dass ein Baby so gut riecht.« Immer noch mit geschlossenen Augen murmelte sie: »Ich bin müde. Dieses Kind auf die Welt zu bringen war das Anstrengendste, was ich je gemacht habe.«

»Ruh dich aus, Liebste, ich bin ja da.« Peter schluckte. »Ich passe auf euch auf. Mach du ruhig die Augen zu, ich bin da.«

»Ich glaube, besser kann es einfach nicht mehr werden«, murmelte Sophie im Halbschlaf.

Etwas ist anders

»Ich glaube, es kann einfach nur noch besser werden«, murmelte Sophie schlaftrunken und schlug die Bettdecke zurück, um aufzustehen. Peter drehte sich auf seiner Bettseite mit einem leisen Grunzen um und vergrub den Kopf unter dem Kissen. So zeigte er unbewusst, dass er nicht derjenige war, der aufstehen musste. Auch Sophie wäre am liebsten liegen geblieben, wobei … heute ging es ihr überraschend gut. Vielleicht gewöhnte sich der Körper ja daran, mitten in der Nacht aufzustehen, um im Halbschlaf Windeln zu wechseln und ein Baby zu stillen. Sie hatte von Frauen gelesen, die danach mühelos wieder einschlafen konnten. Bei ihr dagegen war es leider anders. Sie brauchte gefühlt eine kleine Ewigkeit, um wieder in den Schlaf zu finden.

Warum bin ich überhaupt wach geworden?, ging es Sophie durch den Kopf. Hat Lisa geweint? Jetzt ist alles still, aber etwas hat mich doch geweckt. Sophie blinzelte im Dunkeln in Richtung Digitalanzeige des Weckers, der auf dem Nachttisch stand. Der zeigte zwei Minuten nach sechs. Sie zuckte erschrocken zusammen. Sechs Uhr, unmöglich! Gleich darauf der zweite Schreckensgedanke: Lisa!

Sophie sprang aus dem Bett und tastete sich am Bett entlang zum hinteren Teil des Schlafzimmers. Als das Haus renoviert worden war, hatte Peter vorgesehen, dass hier eine Art Ankleidezimmer, ein begehbarer Kleiderschrank, entstehen sollte. Vorerst stellten sie aber nachts die Wiege in diesen Teil des Schlafzimmers. So war Lisa nah bei ihnen, aber die Kleine wurde nicht vom Licht gestört, wenn sie abends ins Bett gingen oder Peter noch ein, zwei Seiten las. Tagsüber schoben sie die Wiege in Lisas Kinderzimmer. Schon beim Nähertreten hörte Sophie … nichts. Nur ein leises Schnaufen. Sie trat an die Wiege. Lisa schlief tief und fest. Im matten Schein des Nachtlichts sah Sophie, dass ihre Tochter auf dem Rücken lag, die beiden Arme rechts und links vom Kopf angewinkelt, den Schnuller fest im Mund. Der Inbegriff von tiefer Entspannung und Geborgenheit. Sophie stand einfach nur da und staunte über das kleine Wesen. Wie wunderhübsch Lisa in der alten geschnitzten Wiege mit dem zarten, fast transparenten Stoff als Himmel aussah. Das war ihre Tochter, und sie schlief, obwohl es schon sechs Uhr war. Lisa hatte zum ersten Mal durchgeschlafen. Sophie durchströmte ein Gefühlsmix aus tiefer Dankbarkeit und Glück. Endlich! Sie musste nicht mehr mitten in der Nacht wach werden, ihren eigenen Schlaf in Drei-Stunden-Intervallen unterbrechen. Durchgeschlafen – das Zauberwort, auf das sie so sehnsüchtig gewartet hatte. Kein Wunder, dass ich von alleine aufgewacht bin, so lange habe ich seit Wochen nicht mehr am Stück geschlafen. Sophie überlegte einen Moment, ob sie sich zurück ins Bett legen sollte, aber das würde möglicherweise Peter aufwecken, und er hatte sich seinen Schlaf auch verdient. Sie schaltete das Babyfon an, nahm den Empfänger aus der Ladestation neben der Tür und schlich aus dem Schlafzimmer durch den Flur die Wendeltreppe hinunter.

Als sie das Haus von ihrer Tante Dotti geerbt hatte, hatte es im Obergeschoss nur wenige Zimmer gegeben. Im Untergeschoss lagen die große Küche, Toiletten und natürlich der Gastraum des Cafés, das Dotti mehr als Hobby ins Leben gerufen hatte. Ein eigenes Wohnzimmer? Fehlanzeige! Dotti, du hast dir das nicht nur mit dem Café leicht gemacht, hatte Sophie gedacht. Dotti war zeit ihres Lebens eine genügsame Frau gewesen, die sich offenbar mit einem Ohrensessel im Arbeitszimmer als Rückzugsort zufriedengegeben hatte.

Wie anders dagegen sah jetzt der Mühlenhof aus. Nach ihrer Hochzeitsreise hatte Peter sie damit überrascht, dass der ehemalige Anbau, der seit Jahrzehnten kein Mühlenrad mehr enthielt, komplett umgebaut worden war. In kürzester Zeit waren hier ein herrlich großes Wohnzimmer und ein angebauter Wintergarten entstanden, dazu im ersten Stock ein größeres Schlafzimmer, Kinderzimmer und zwei Gästezimmer. Möglich war das alles nur geworden, weil sich halb Wümmerscheid-Sollensbach an dieser außergewöhnlichen Überraschung beteiligt und unzählige Helfer und Handwerker mit angepackt hatten.

Sophie ging ins Wohnzimmer. Herr Württemberg, der braun gelockte Labradoodle der Familie, hob den Kopf und verfolgte aus seinem Hundekorb heraus ihre Schritte. Als er sicher war, dass sie sich auf das Sofa mit Blick in den Garten setzen würde, sprang er schnell aus seinem Korb und suchte ihre Nähe. Sophie klopfte mit der flachen Hand auf das Polster, das vereinbarte Kommando, dass der Hund sich neben sie legen durfte. Mit einem leisen Winseln genoss er, dass Sophie ihm den Kopf kraulte.

Neben dem Sofa auf dem Beistelltisch lag ein kleines dunkelblaues Album. Das Album war gestern mit der Post gekommen, und Sophie hatte es nur flüchtig durchblättern können. Jetzt nahm sie es vom Tisch und schlug es auf. Miri, ihre alte Freundin aus Hamburger Tagen, hatte ihr dieses Fotoalbum überraschend geschickt. Sophie nahm den kurzen Brief heraus, der vorne im Album lag.

Liebe Sophie, dieses Fotoalbum ist deshalb entstanden, weil ich meinen alten Computer ausmustern musste und vorher den Foto-Ordner durchgeschaut und kopiert habe. Dabei ist mir aufgefallen, dass es viele Fotos gibt, die dich bestimmt auch interessieren. Deshalb bekommst du heute mal ganz klassische Abzüge. Viel Spaß beim Durchblättern. Ich freue mich schon auf unser nächstes Treffen. Gib Lisa und Peter einen dicken Kuss von mir. Deine Miri.

Sophie legte den Brief auf den Tisch und begann sich die Fotos anzusehen. Gleich auf den ersten Seiten gab es Aufnahmen von ihren ersten Wochen im Mühlenhof. Sie hatte das Café damals gerade erst übernommen und, um Geld zu sparen, die meisten Renovierungsarbeiten selbst gemacht. Ihre beste Freundin Miri hatte es sich nicht nehmen lassen, extra aus Hamburg anzureisen und ihr zu helfen. Auf einem Bild lächelte Sophie farbverschmiert in die Kamera, während sie den Gastraum neu strich, ein anderes Foto zeigte sie beim Zusammenbau der Bistrotische. Damals war Peter für sie nur ein Nachbar gewesen, der sie und Miri zum Essen eingeladen hatte. Es fühlte sich an, als wäre das alles schon Lichtjahre her. Miri hatte auch noch ein paar ältere Schnappschüsse aus Hamburg eingeklebt. An einen Abend erinnerte sich Sophie noch gut, sie hatte damals während des Studiums für ein Szenemagazin geschrieben und für sich und Miri Backstage-Ausweise für ein Konzert ergattert. Irgendjemand hatte dann von der Hamburger Lokalband, Sophie und Miri ein Gruppenbild gemacht. *Himmel, ich sehe ziemlich angetrunken aus. Wir hatten viel Spaß in Hamburg, so viel steht mal fest*, dachte Sophie. Als sie die letzte Seite aufschlug, musste sie unwillkürlich schlucken. Da saß eine zufrieden lächelnde Tante Dotti auf einer Parkbank an der Alster. *Stimmt, bei einem von Dottis Besuchen in Hamburg sind wir zu dritt Eis essen gegangen.* Das Foto zeigte Dotti, wie Sophie sie immer in Erinnerung behalten würde: knapp einen Meter siebzig groß, schlank, ohne auffallend dünn zu sein. Die grauen Haare zu Dauerwellenlöckchen frisiert. Eine Frau, die genau wusste, was sie wollte, und die es genoss, in der Sonne zu sitzen. Eine hübsche Frau, die eine ungeheure Natürlichkeit und Lebenslust ausstrahlte.

»Du siehst Dotti unglaublich ähnlich, weißt du das?«, sagte eine Stimme hinter ihr. Sophie drehte sich um, sie hatte Peter gar nicht gehört. Der beugte sich vor und küsste sie sanft.

»Guten Morgen, mein Schatz. Ich habe mich kurz gewundert, wo du sein könntest.«

»Lisa hat durchgeschlafen, ist das nicht toll?«

»Halleluja. Kein Wunder, dass ich so ausgeruht und munter bin. Ich dachte zuerst, ich hätte heute Nacht nichts gehört und du hättest dich alleine um alles gekümmert.«

»Nein, musste ich gar nicht.« Sophie strahlte ihren Mann an. »Ich denke, wir haben es geschafft, Peter.«

»Hoffen wir das Beste. Ich würde sagen, wir sind erst dann durch, wenn mir Lisa den ersten Becher Kaffee ans Bett bringt. Bis es so weit ist, freue ich mich aber über jeden Fortschritt. Apropos Becher Kaffee ans Bett: Wie sieht es mit einem großen Milchkaffee aus, Prinzessin?«

»Für einen Kaffee würde ich morden.«

»Gut, so weit will ich es nicht kommen lassen. Ich geh rasch in die Küche und mach uns zwei Becher fertig. Soll ich das Babyfon mitnehmen, damit du ins Bad gehen kannst?«

»Wenn du nichts dagegen hast, würde ich hier einfach noch etwas sitzen bleiben und zuschauen, wie der Tag draußen anfängt.«

Peter küsste sie noch mal und sagte dann: »Das wird der erste von vielen tollen Tagen, ich verspreche es dir.«

Ich weiß gar nicht, was die anderen haben

Die Räder des Kinderwagens rumpelten den geschotterten Feldweg entlang. Ich bin so froh, dass wir das Modell mit der Extra-Federung genommen haben, dachte Sophie nicht zum ersten Mal. Das schüttelt einem ja schon beim Schieben fast die Plomben aus den Zähnen.

Sie war auf ihrer liebsten Runde unterwegs, die in einem weiten Bogen auf den Hügeln rund ums Dorf verlief. Wie immer am späten Vormittag hatte sie Lisa gestillt, gewickelt und war dann losgelaufen. Und wie immer war Lisa verlässlich eingeschlafen, sobald der Kinderwagen auf dem rauen Weg durchgeschüttelt wurde. Sophie war das ganz recht. Sie hatte sich vorgenommen, die Kilos abzuspecken, die sie während der Schwangerschaft zugenommen hatte. Und zwar bis aufs letzte Gramm. Was war besser dafür geeignet, als jeden Tag in schnellem Tempo lange Spaziergänge zu machen?

Jetzt den Berg hoch. Auf der einen Seite des Wegs befand sich ein kleines Eichenwäldchen, das einen willkommenen Schatten auf den Weg warf. Sie blieb kurz stehen, um zu verschnaufen. Plötzlich war es ganz still. Erst jetzt fiel Sophie auf, wie viel Lärm der Kinderwagen beim Fahren auf dem steinigen Boden machte. Es war ein perfekter Sommertag. Hoch oben am blauen Himmel zwitscherte eine Lerche. Ein leichter, angenehmer Wind sorgte dafür, dass es trotz der strahlenden Sonne nicht allzu heiß war. Von hier oben hatte man einen guten Blick auf Wümmerscheid-Sollensbach, das Doppeldorf, in dem sie nun schon seit mehreren Jahren zu Hause war. Auf der einen Seite lag Wümmerscheid mit seinen hübschen Bruchsteinhäusern, vereinzelten Geschäften und verwinkelten kleinen Gässchen. Auf der anderen Seite sah man Sollensbach, mit seinen ebenso schönen Bruchstein- und Fachwerkhäusern und einem kleinen Einkaufszentrum. Und mittendrin im Niemandsland zwischen den beiden Ortsteilen, auch das konnte sie deutlich von hier aus erkennen, befand sich der Grund, warum sie überhaupt an der Mosel gelandet war: ihr kleines Café, dem sie unter dem Namen *Tante Dottis Bistro* zu ungeahnten Erfolgen verholfen hatte.

Die Bruchsteinmauern auf der Rückseite des alten Mühlengebäudes lagen um die Mittagszeit im Schatten. So wurde es auch im Wintergarten, der seit letztem Jahr ihren privaten Wohnraum erweiterte, während der heißesten Stunden des Tages nicht zu warm. Glücklich seufzte Sophie, während sie den Blick über die kleine Gebäudegruppe schweifen ließ. Alle im Dorf nannten das Ganze immer noch den Mühlenhof, obwohl es schon viele Jahrzehnte her war, dass hier zuletzt eine Wassermühle gelaufen war. In ihrem kleinen privaten Garten leuchteten die Sonnenblumen, die sie im Frühjahr ausgesät hatte. Im Außenbereich hinter dem Bistro war ihre Auszubildende Melanie zusammen mit einer der neuen Kellnerinnen schon dabei, für die Mittagsgäste die karierten Tischtücher auf den Gartentischen auszubreiten, die Kissen aufzuschütteln und die gelben Sonnenschirme aufzuspannen.

Ein neues Geräusch durchbrach die Stille. Schnaufen, Knirschen und schnelle Schritte: Da war hinter ihr jemand zum Joggen unterwegs. Neugierig drehte sich Sophie um.

»Na, kleine Verschnaufpause?«, rief ihr die Joggerin zu. Ihr rosa Laufshirt war, das konnte Sophie im Näherkommen sehen, schon ganz durchgeschwitzt.

»Oh, hallo, Jennifer!«

Die war inzwischen bei Sophie angekommen und blieb stehen. »Hach, ist das schön hier im Schatten.« Jennifer pustete eine Haarsträhne aus dem Gesicht. »Ich hab vor zwei Wochen mit dem Training angefangen, ich will unbedingt ein bisschen abnehmen. Aber ehrlich – Spaß geht anders. Gehst du schon weiter? Dann können wir ein Stück zusammen laufen. Ist nicht so langweilig.«

Bereitwillig setzte sich Sophie in Bewegung, sie war froh, dass sie ihre Freundin hier getroffen hatte. Sophie hatte Jennifer kennengelernt, als diese verzweifelt auf der Suche nach einem Lokal für ihre Hochzeitsfeier gewesen war. Sophie hatte das Café gerade erst neu eröffnet und war froh über diese Gelegenheit gewesen. Sie hatte die Feier für Jennifer ausgerichtet, es wurde ein riesiger Erfolg, und diese Veranstaltung hatte den Grundstein für die Entwicklung von *Tante Dottis Bistro* und ihrer Freundschaft gelegt.

»Wie geht's dir denn so mit Baby? Ist eine ganz schön stressige Zeit, was?«, fragte Jennifer.

Sophie runzelte die Stirn und überlegte ein Weilchen, bevor sie antwortete: »Nö, eigentlich nicht … Wenn ich so darüber nachdenke, würde ich fast sagen, ich habe so viel Zeit für mich wie schon lange nicht mehr.«

»Weil du nicht mehr so viel in deinem Bistro arbeitest?«

»Ja, genau. Wann hatte ich denn sonst jemals Gelegenheit, so schöne lange Spaziergänge mitten am Tag zu machen?«

Schweigend gingen die beiden nebeneinanderher, Jennifer immer noch schnaufend und außer Atem, Sophie dagegen mit dem Kinderwagen beschäftigt. Wie vorhin hörte man nichts mehr außer dem rumpelnden Geräusch der Wagenräder.

»Aber du bist bestimmt immer sehr müde.« Jennifer lächelte verständnisvoll. »Unser Christopher ist jetzt vierzehn Monate alt, und ich weiß noch, wie es mir mit ihm am Anfang ging. Die ersten drei Monate hat er praktisch am Stück durchgebrüllt, Tag und Nacht. Eigentlich hat er nur während des Stillens Ruhe gegeben. O Mann, ich war vielleicht fertig.«

»Nee, da ist Lisa ganz anders. Seit einer Woche schläft sie

jede Nacht durch. Uns geht's super. Vielleicht, weil ich immer so viel mit ihr rausgehe.« Sophie überlegte kurz und sagte dann mit Überzeugung: »Ich glaube, das Gröbste haben wir hinter uns. Das ist alles eine Frage der Organisation.«

Jennifer reagierte nur mit einem unbestimmten »Mmmm-mh«.

»Aber erzähl doch mal, Jenny, wieso kannst du jetzt alleine Sport machen? Wo ist Christopher?«

»Der ist gerade bei seiner Oma. Das klappt inzwischen schon ganz gut, ungefähr anderthalb Stunden kann er da bleiben. Meine Mutter findet es auch toll, wobei ich echt aufpassen muss, dass sie ihm nicht zu viele Leberwurstbrote macht.«

»Ja«, sagte Sophie und lachte. »Braubarts feine Leberwurst mit Kräutern, die schmeckt ihm bestimmt. So ist das eben, du kommst aus einer Metzgerfamilie, und deinem Sohn wird natürlich nur das Beste angeboten.«

»Jedenfalls finde ich es gut, dass ich jetzt manchmal etwas Zeit für mich habe. Ich muss dringend was für meine Figur tun.« Jennifer zog das eng sitzende rosa Laufshirt zurecht, das die kleinen Speckröllchen über dem Bund der Jogginghose nur knapp bedeckte, und lächelte schief. »Du siehst es ja selbst – zu viel feine Leberwurst hat hier ihre Spuren hinterlassen. Ich geb jetzt besser mal wieder Gas, sonst schaffe ich meine Runde nicht mehr, bevor ich Christopher wieder abholen muss.«

»Ja, mach das, und grüß deine Mutter von mir.«

»Tschü-hüs«, rief Jennifer fröhlich, während sie schnaufend davontrabte.

Tja, dachte Sophie zufrieden, ich glaube, das habe ich alles etwas besser im Griff als Jennifer. Ich habe schon fast mein altes Gewicht wieder, und ich habe Lisa beigebracht, nachts durchzuschlafen. Ich mache mir besser mal Gedanken, wie es mit meinem Leben jetzt weitergehen soll.

Wümmerscheid-Sollensbach voran

Metzgermeister Johannes Braubart griff nach seinem Messer und klopfte damit gegen sein Bierglas. »Darf ich mal kurz um Ruhe bitten?«

Die Gespräche verstummten. Wie immer hatte man sich in Sophies zweitem Gastraum in dem ehemaligen Stallgebäude versammelt. Dieser war für die Dorfvereine zu einem beliebten Treffpunkt geworden. Die Männer hatten die einzelnen Tische zu einer langen Tafel zusammengeschoben. Mehr als ein Dutzend Köpfe wandten sich nun interessiert Braubart zu.

»Es ist ja nun schon eine ganze Weile her, dass wir uns in der großen Runde hier im Bistro getroffen haben. Sowohl unser Dorfverein, die Wahren Freunde Wümmerscheids, als auch die Sollensbacher Kollegen mit ihrem Verein Mein Herz für Sollensbach haben in den letzten Einzeltreffen eine Entscheidung gefällt: Die Dorfvereine werden mit sofortiger Wirkung in den neuen gemeinsamen Verein Wümmerscheid-Sollensbach voran überführt.«

Braubarts Ankündigung wurde mit begeistertem Klopfen auf die Tischplatten honoriert. »Danke, danke. Das ist ja für uns alle nichts Neues mehr. Wir hatten bereits Gelegenheit, bei Einzelprojekten eng miteinander zu arbeiten, und ich muss sagen, das lief doch überraschend gut.« Der Metzgermeister grinste über das ganze Gesicht, als er nachschob: »Sofern man als Wümmerscheider eine Arbeit Seite an Seite mit einem Sollensbacher gut finden kann. Nee, war nur ein Scherz. Im Grunde können wir nur so unser Dorf voranbringen. Und konkret heißt das … Stefan, kannst du mal den offiziellen Teil machen?«

Der Angesprochene, ein gedrungener Mittvierziger, stand auf, rückte seine Brille zurecht und räusperte sich, während er hektisch versuchte, die richtige Stelle in einem Aktenordner zu finden. »Also, … ähm … ja, genau hier. Der Dorfverein Die wahren Freunde Wümmerscheids hat einstimmig dem Zusammenschluss zugestimmt und Johannes Braubart für den Vorsitz des neuen Dorfvereins nominiert. Der Dorfverein Mein Herz für Sollensbach hat, mit einer Enthaltung, ebenfalls dem Zusammenschluss zugestimmt und nominiert Hermann Weibold für den Vorsitz. Karl-Friedrich Serghein, unser Ortsvorsteher, lag am Tag der Abstimmung mit Grippe im Bett, seine Stimme musste deshalb als Enthaltung gezählt werden.«

Stefan Winter wurde von lauten »Hört, hört«-Rufen unterbrochen. Johannes Braubart hob beide Hände. »Herrschaften, gebt bitte kurz Ruhe. Ja, es wurden zwei Vorsitzende nominiert. Wir haben das geklärt. Hermann, der alte Hobelkasper, und ich werden den neuen Dorfverein als Doppelspitze leiten.«

Tischlermeister Hermann Weibold stand nun ebenfalls auf und hob sein Bierglas. »Ich lass unserem Johannes, dem alten Wurstkocher, das mal durchgehen. Letztlich hat er die Unterstützung von mir auch nötig, es ist ja allgemein bekannt, dass diese Dämpfe in der Wurstküche aufs Hirn schlagen können. Besser also, dass Sollensbacher Verstand auch in der neuen Dorfvereinsführung vertreten ist. Nicht wahr, Johannes?«

»Eins zu null für dich, Hermann, altes Haus.«

Alle Anwesenden nahmen das Wortgefecht zwischen den beiden Vorsitzenden nicht ernst, weil jeder im Gastraum wusste, dass die Familien Braubart und Weibold seit der Heirat der Kinder Jennifer und Klaus-Jürgen nicht nur befreundet, sondern auch verschwägert waren. Hermann Weibold stieß mit Johannes Braubart an. »Ich sage nur, möge unser großes Dorf blühen. Darauf ein dreifaches Wümmerscheid-Sollensbach voran, voran, voran.«

Das donnernde »Voran« erfüllte den Gastraum und war, trotz der dicken Buchsteinmauern, sogar noch in der Küche des Bistros zu hören.

»Hoppla, da draußen geht es aber hoch her«, bemerkte Koch Louis Garbon gegenüber Sophie, die gerade ein paar Kräutersaitlinge in dünne Scheiben schnitt, um sie auf einem Pilz-Flammkuchen zu verteilen.

»Nach dem, was die Herren drüben im Gastraum schon an Getränken geordert haben, wird es nicht bei einem einzigen ›voran‹ bleiben. Aber was soll's, es ist gut fürs Geschäft. Hier, die Pilze sind fertig. Wenn Melanie gleich aus dem Weinkeller kommt, kann sie übernehmen, ich schaue noch einmal nach den Herren draußen im Gastraum.«

»Alles klar, Sophie. Du kannst auch ausspannen, wenn du willst. Heute Abend haben wir nicht so viele Gäste, das kriegen Melanie und ich gut hin.«

»Das ist lieb von dir, Louis. Aber Lisa schläft, Peter ist drüben und arbeitet ein paar Akten durch. Die Kleine ist ja so was von pflegeleicht. Ganz anders als in all den Horrorgeschichten, die ich in den letzten Monaten gelesen habe. Von wegen keine Möglichkeit, Arbeit und Kind unter einen Hut zu bringen.«

»Ich klopf auf Holz, dass es so bleibt.«

»Warum sollte sich das ändern?« Sophie zwinkerte Louis zu und verließ leise summend die Küche.

Als Sophie die Tür des Gastraums öffnete, schlug ihr lautes Gelächter und Gläserklirren entgegen. Die Stimmung in dem ehemaligen Stallgebäude strafte jede Vorstellung von einer drögen Vereinssitzung Lügen.

»Ah, Sophie, du kommst gerade rechtzeitig. Als Ehrenmitglied unserer beiden Vereine wird es dich freuen zu erfahren, dass wir gerade vor ein paar Minuten fusioniert haben. Du bist jetzt Ehrenmitglied von Wümmerscheid-Sollensbach voran«, verkündete Johannes Braubart.

»Na, herzlichen Dank, die Herren, ich sag nur voran, voran, voran.«

»Jawohl, so ist das richtig«, rief Hermann Weibold und klatschte Beifall, in den die ganze Runde einfiel.

»Ich wollte auch nur fragen, ob ich noch etwas zu trinken bringen darf.« Sophie schaute erwartungsvoll die Männer an.

»Das darfst du auf jeden Fall«, sagte Braubart, »aber bleib doch einen Augenblick. Ich habe nämlich noch etwas, das dich auch interessieren wird.«

Sophie zog sich einen freien Stuhl heran und setzte sich. Johannes Braubart griff in die Tasche seiner Jacke, die hinter ihm über der Stuhllehne hing, und zog ein gefaltetes Papier heraus. »Nachdem wir die Formalien geklärt haben und bevor unsere liebe Sophie hier eure durstigen Kehlen mit neuen Getränken erfreut ...«

»Johannes, du bist ja ein Poet.«

»Schon gut, schon gut, Rainer. Also, jedenfalls, ich möchte euch eine aktuelle Meldung vorlesen, die ich von einem Bekannten in Cochem bekommen habe. Der arbeitet in der Kreisverwaltung. Im neuen Gästeführermagazin *Moseltal* wird folgender Artikel erscheinen. Ich lese nur den Einstieg, den Rest könnte ihr selber lesen. Ich gebe gleich den Artikel herum. Überschrift: Lattenlurch bringt die Wende. Kann man ein ganzes Dorf neu erfinden? Ja, wenn die Dorfgemeinschaft so aktiv und voller Leben ist wie in Wümmerscheid-Sollensbach. Hier haben die rührigen Dorfvereine und die Verwaltung an einem Strang gezogen. Die Entdeckung des sogenannten Lattenlurchs im Sollensbacher Bruch und die konsequente Ausrichtung auf Öko-Tourismus haben für ungeahnten Aufschwung gesorgt. Mit der größten Lattenlurch-Population nördlich der Alpen hat sich Wümmerscheid-Sollensbach innerhalb kürzester Zeit zu einem der attraktivsten Reiseziele oberhalb des Moseltals etabliert. Und so weiter und so weiter. Männer, ich denke, die Idee, die damals Sophie von Metten genau in diesem Raum hier formuliert hat, diese Idee hat eingeschlagen wie eine Bombe. Wir werden in den kommenden Wochen noch staunen.«

Johannes Braubart konnte nicht ahnen, wie recht er mit dieser Vorhersage behalten sollte.

Auf einer Waldlichtung

Sophie liebte diese Momente am Vormittag. Sofort nach dem Frühstück war sie mit Lisa nach oben gegangen. Das Kinderzimmer war komplett mit einem flauschigen cremefarbenen Teppichboden ausgelegt. Auf dem Boden gab es für Sophie einen bequemen Sitzsack und für Lisa ein dickes Schaffell. So machten es sich die beiden auch heute gemütlich. Die Sonne schien durchs Fenster.

»Guck mal, Lisa, jetzt hole ich dir dein Spieltrapez.« Sophie hatte sich vorgenommen, ganz viel mit ihrer Tochter zu sprechen, auch wenn diese natürlich noch nicht antworten konnte. Sie stellte das kleine Holzgestell so auf, dass Lisa genau darunter lag. An dem Trapez waren mehrere Spielsachen befestigt. Es war schwer zu sagen, welches davon Lisa am besten gefiel, das wechselte eigentlich ständig. Auf jeden Fall war das Baby völlig fasziniert von allem, was sich drehte oder sonst wie bewegte. Sophie stupste den blau-roten Filzball an, sodass er ein wenig hin und her schwang. Begeistert verfolgte Lisa die Bewegung mit den Augen. Als Nächstes kam der Holzring mit dem Glöckchen an die Reihe. Der hing etwas tiefer als der Ball. Lisa versuchte sofort, danach zu greifen.

Jetzt hatte Sophie Zeit, in Ruhe auf ihrem Handy nach neuen Nachrichten zu schauen. Währenddessen stupste sie immer wieder eins der Spielzeuge an, was Lisa jedes Mal mit großer Freude und wedelnden Armen zur Kenntnis nahm.

»Hier kommt der Ball! Und der Ring! Und jetzt beide!« Manchmal waren es zehn oder sogar fünfzehn Minuten, die so vergingen.

Schließlich verlor Lisa das Interesse an dem Vormittagsspiel, und Sophie stand auf. Zeit für einen Spaziergang.

***

Heute war das Laufshirt blassgrün. Wieder schob Sophie in der heißen Augustsonne vormittags den Kinderwagen bergauf. Mehr spürte sie, dass Jennifer näher kam, als dass sie sie gehört hätte.

»Na, wieder unterwegs mit deinem schlafenden Strahlekind?«, schnaufte Jennifer, als sie neben Sophie angekommen war.

»Sie ist gerade eben eingenickt. Das liegt bestimmt auch an dem tollen Kinderwagen. Das war ein super Tipp von dir, ich bin froh, dass wir den gekauft haben.«

Jennifer blieb nicht stehen wie neulich, sondern trippelte neben Sophie weiter auf der Stelle. »Die Farbe ist auch sehr edel. Fandest du es auch so schwer, dich zu entscheiden?«

»Nö, eigentlich nicht«, erwiderte Sophie. »Für mich sahen die alle gleich aus. Wir hatten unter anderem die Wahl zwischen Nebelgrau, Seidengrau, Klassisch Grau und Leuchtend Grau. Am Ende haben wir uns für Fabelhaftes Grau entschieden. Wer hat eigentlich gesagt, dass ein Kinderwagen grau sein muss?«

»Ging uns genauso«, prustete Jennifer. »Bloß, dass vor einem Jahr alles in Hellbeige war. Du weißt schon, Saharabeige, Kittbeige, Schilfbeige, Leinenbeige. Die Babys haben schließlich so ihre Ansprüche.« Sie holte tief Luft und wischte sich die Schweißtropfen von der Stirn.

»Willst du wieder ein Stück mit mir gehen?«, schlug Sophie ihrer Freundin vor. »Du bist ja schon ganz schön außer Atem.«

»Auf keinen Fall! Gestern hat Mama Schnitzel gemacht, und du weißt, was das bedeutet.«

O ja, das wusste Sophie. Die Schnitzel aus der Metzgerei Braubart waren weit über die Grenzen von Wümmerscheid-Sollensbach hinaus berühmt. Sie lachte und sagte: »Dann war das wohl nichts mit dem Abnehmen diese Woche? Denn: Die Spatzen pfeifen's von den Ästen …«

»… Braubarts Schnitzel sind die besten«, fiel Jennifer ein. Das war der Werbespruch ihrer elterlichen Metzgerei, der sogar auf dem Metzgerei-Transporter stand. Jennifer stöhnte. »Drei Stück habe ich gegessen. Ich konnte einfach nicht aufhören. Und dazu Kartoffelsalat. Deswegen muss ich jetzt auch weiter, ich will versuchen, das irgendwie abzutrainieren.« Sie trabte an und winkte noch einmal kurz. »Man sieht sich!«

»Tschüs …«, sagte Sophie leise zu der davonlaufenden Gestalt. Diese hörte es schon nicht mehr.

Sophie beschloss, heute zur Abwechslung ein Stück durch den Wald zu gehen. Schön war es hier. In der Luft lag der erdige Geruch von Waldboden und altem Holz. Spontan nahm sie sich vor, diesen Weg öfter zu gehen. Ich muss mal mit Peter herkommen, dachte sie, man fühlt sich gleich ganz anders im Wald. Wie still es hier ist. Plötzlich wurde ihr auch klar, woher diese wohltuende Stille kam: Das allgegenwärtige Rumpeln der Kinderwagenräder hatte aufgehört. Der Waldweg war von einer federnden Schicht aus Tannennadeln, Moos und altem Laub bedeckt, gerade dick genug, dass man darauf weich gehen konnte, aber nicht so dick, dass man darin versank. Tagsüber war es noch heiß, doch hier im Schatten unter den Bäumen lag eine deutliche Kühle in der Luft. Unterwegs hatte sie schon vereinzelte gelbe und rote Blätter gesehen. Es würde ein schöner Herbst werden.

Vergnügt schob Sophie den Wagen, die Melodie des alten Lieds *Bunt sind schon die Wälder* ging ihr durch den Kopf. Leise summte sie die ersten Takte. Vor ihr gabelte sich der Weg, und sie verlangsamte ihren Schritt, während sie überlegte, welche Richtung sie einschlagen sollte. Plötzlich schallte von der linken Seite ein vielstimmiges »Hü-hü-hüüüüüü-ahhh« durch den Wald. Sophie zuckte zusammen und blieb abrupt stehen.

Was zum Teufel war das? Da – schon wieder. »Hü-hü-hüüüüüü-ahhh!«

Damit war entschieden, welchen Weg sie nehmen würde. Sie musste unbedingt herausfinden, was dort los war. Langsam schob Sophie den Wagen vorwärts und sah dann, dass auf einer Lichtung ein gutes Dutzend Menschen im Kreis standen. Sie alle trugen Sportkleidung, ansonsten hatten sie auf den ersten Blick nicht viel miteinander gemeinsam. Altersmäßig war es eine bunte Mischung, eine der Frauen schien etwa Mitte zwanzig zu sein, ein Mann Anfang sechzig. Die Gruppe bildete einen Kreis um einen Mann, der mit seinen abgeschnittenen Jeanshosen und einem langärmeligen weißen Leinenhemd der Einzige war, der keine Sportkleidung trug. Offenbar hatte er hier das Sagen.

»Wir kommen jetzt zum Abschluss unserer heutigen Körper-und-Geist-Einheit. Wir sind hier ganz in der Nähe des Sollensbacher Bruchs. In der Nähe von seinem Heimatort, da, wo sich Lebensenergie bündelt.« Der Mann legte eine bedeutungsschwangere Pause ein, bevor er weitersprach: »Die Atemübung habt ihr alle schon gut verinnerlicht. Wir wiederholen sie jetzt noch einmal: Wir heben die Arme und stoßen mit einem lauten ›Hü‹ unseren Atem aus. Aber es ist nicht nur unser Atem, der unseren Körper verlässt, wir legen in ihn das, was uns belastet. Und mit dem letzten ›Ahhh‹ befreien wir uns von diesem Ballast. Also, bitte alle: Hü-hü-hüüüüüü-ahhh.«

Sophie zuckte zusammen und hatte Mühe, nicht laut loszulachen, das alles klang in ihren Ohren ziemlich verrückt. Diese wiehernden Atemgeräusche waren Teil einer Körper-und-Geist-Einheit? Und wessen Heimat war der Sollensbacher Bruch?

»Und nun schließen wir die Augen«, fuhr der Mann in der Mitte des Kreises fort. »Wir konzentrieren uns noch einmal auf unseren Atem. Wir werden jetzt hier im Wald unseren Körper mit neuem Atem füllen, mit reiner Luft, mit guter Luft. Jeder von euch kann das in seinem eigenen Rhythmus tun. Denkt immer beim Einatmen ›Latten‹ und beim Ausatmen ›Luuurch‹. Ja, so ist es gut. Wir machen diese Übung jetzt alle gemeinsam, wie gesagt, jeder in seinem Tempo. Danach gibt's dann noch Glas Lurchwasser für jeden.«

Sophie trat den Rückzug an. Was bitte war das denn gewesen? Der Lattenlurch als eine Art mystische Gestalt? Sophie gelang es, sich fast geräuschlos zu entfernen. Den Kinderwagen zog sie mit einer Hand, die andere Hand hielt sie mit dem Handrücken vor den Mund, um nicht laut loszukichern.

Als sie außer Hörweite war, holte sie schnell ihr Handy aus der Tasche. Sie zögerte. Wen konnte sie zu dieser Tageszeit anrufen? Alle, die sie kannte, waren vormittags bei der Arbeit. In ihrem neuen Alltag mit Baby hatte sie tagsüber viel Zeit. Was ihr aber fehlte, war das Gespräch mit Erwachsenen. Bis vor kurzem hatte sie mindestens einmal in der Woche mit ihrer Studienfreundin Miri aus Hamburg telefoniert, dazu kam sie jetzt überhaupt nicht mehr. Plötzlich hatte sie eine Idee. Wenn Miri nicht selber ans Telefon gehen konnte, ihre Mailbox war bestimmt aktiviert.

»Hi, Miri! Du glaubst nicht, was ich gerade gesehen habe. Ja, ich weiß, du bist mitten in deinem Arbeitstag. Deswegen quatsche ich dir einfach die Mailbox voll. Weißt du noch, wie froh wir alle waren, als im Frühjahr entdeckt wurde, dass in Wümmerscheid-Sollensbach Lattenlurche leben? Das größte Vorkommen des Lattenlurchs nördlich der Alpen, hieß es. Und was haben wir uns für Hoffnungen gemacht. Wir haben uns vorgestellt, dass eine ganz neue Art von Touristen angezogen würde. Nette, normale Leute, die die Natur lieben. Zuerst war es auch so. Da kamen Wanderer, Naturfreunde, Familien. Aber inzwischen wird es richtig seltsam. Ja, der Lattenlurch hat eine ganz neue Art von Touristen angezogen. Ich habe gerade so eine Gruppe beobachtet, die Atemübungen auf dem Wort Lattenlurch gemacht hat, und Lurchwasser gab es sozusagen zum Nachspülen. Die spinnen doch … So, meine Liebe, die kleine Lisa wacht langsam auf, und es wird Zeit, dass wir nach Hause gehen. Bis bald, Miri! Fühl dich umarmt. Hier war deine Freundin Sophie.«

Ein Hoch auf neue Ideen

Dotti von Metten hatte in den wenigen Jahren, die sie in Wümmerscheid-Sollensbach gelebt hatte, drei gute Freundinnen gefunden: die ehemalige Sterneköchin Heidi Schwarzbeck, Rita Gräfin von Fahrensbeck, die in der Gegend Gott und die Welt kannte, und die Bankerin Karin Mahler. Kurz nach Dottis überraschendem Tod hatte Sophie die drei Frauen kennengelernt. Und das deutlich ältere Trio hatte seine Freundschaft bedingungslos von der Tante auf die Nichte übertragen. Die drei unterstützten Sophie beim Aufbau des Bistros. Tante Dotti war Sophies einzige Verwandte gewesen, und nun wurden Heidi, Rita und Karin so etwas wie eine Ersatzfamilie für Sophie – Menschen, auf die sie sich blind verlassen konnte.

Als Heidis Tochter Leonie nach der schmerzhaften Trennung von ihrem untreuen Ehemann kurzfristig eine Bleibe suchte, war Sophie deshalb sofort bereit, Leonie samt ihrer kleinen Tochter Marie willkommen zu heißen. So kam es, dass Leonie und Marie in Wümmerscheid-Sollensbach ein neues Zuhause fanden. Und nicht nur das: Leonie hatte sich in Jan verliebt, einen alten Freund von Peter, und sie hatte beschlossen, hier einen neuen Anfang zu wagen.

Das Leben schreibt oft die seltsamsten Geschichten, dachte Sophie, als sie von der Küche des Bistros mit einem Tablett voller Flammkuchen in das private Wohnzimmer zurückging. Am großen Esstisch saßen Peter, Leonie und Jan lachend zusammen. Offenbar hatte Jan gerade eine witzige Geschichte aus seiner Autowerkstatt erzählt. Sophie hörte nur noch den Schluss. »Das müsst ihr euch vorstellen, das Gebläse des Autos war kaputt, und um die Scheibe frei zu halten, hat mein Kunde ein Teelicht mit Heißkleber auf dem Armaturenbrett befestigt. Er kann von Glück sagen, dass er nicht in eine Verkehrskontrolle geraten ist.«

Die Tischrunde lachte erneut. Sophie blieb einen Augenblick in der Wohnzimmertür stehen, um dieses Bild in sich aufzunehmen. Peter hatte Lisa rücklings auf seinen Schoß gelegt, sie stemmte die kleinen Füße fest gegen seinen Bauch, der Kopf lag auf seinen Knien. Er hielt ihre beiden Hände fest. Offenbar hatte sich Peter ein neues Spiel für sie ausgedacht. Zuerst hielt er nur ihre Hände in seinen. Aber dann hob er die rechte Hand. Lisa gluckste erwartungsvoll. Sie schien schon zu wissen, was jetzt kam. »Und – jetzt – werde – ich – dich – kitzeln«, rief Peter und bewegte die Finger in der Luft. Lisa lachte entzückt, den zahnlosen Mund weit aufgerissen. Nicht einen Moment wandte sie den Blick von Peters Gesicht ab. Der krabbelte schließlich kurz ihren Bauch, um das Spiel dann wieder von vorne zu beginnen. Was für ein wunderbarer Moment ausgelassener Fröhlichkeit. Die lachende Tischrunde, ihr Mann, ihre Tochter.

Nie hätte ich gedacht, dass ich ausgerechnet in Wümmerscheid-Sollensbach meinen Mann kennenlernen würde, dachte sie. Und als Zugabe gibt es noch neue Freunde. So etwas kann man nicht planen, so etwas bekommt man geschenkt. Laut rief sie: »Der Flammkuchen ist fertig, hier kommt die erste Runde.«

Marie, die am Boden gehockt hatte, um Herrn Württemberg zu streicheln, schaute mit der Ernsthaftigkeit einer Sechsjährigen hoch. »Hast du auch einen Flammkuchen ohne Fleisch, Sophie?«

»Marie!«, ermahnte Leonie ihre kleine Tochter, »ich denke, Louis hat in der Küche bestimmt sehr leckere Flammkuchen gebacken.«

»Das glaube ich auch, Mama, aber muss ich diese kleinen Schinkenwürfel wirklich essen?«

Leonie verdrehte die Augen und setzte bereits zu einer weiteren Ermahnung und Entschuldigung gegenüber Sophie an, doch die sagte lediglich: »Du hast ja schon vor ein paar Tagen mit mir darüber gesprochen, Marie. Ich hab das nicht vergessen. Ich habe hier extra einen Flammenkuchen mit Birne und gebackenem Ziegenkäse für dich. Du hast mir doch gesagt, dass du gerne Ziegenkäse isst.«

»Bei Oma Heidi durfte ich Ziegenkäse probieren, der war lecker. Wenn ich muss, würde ich auch Schinkenwürfel essen, aber wenn ich doch wählen darf.«

»Darfst du, Marie, versprochen«, sagte Sophie und stellte die Servierplatte in die Mitte auf den Tisch. »So, und jetzt flitz los und wasch dir die Hände.«

»Beeil dich, sonst esse ich hier alles ratzfatz auf«, sagte Peter grinsend.

»Wirst du nicht. Jan, pass du auf, dass er nicht meinen Flammkuchen isst«, bat Marie und rannte los.

Peter blickte der Kleinen nach und seufzte: »Himmel, wenn doch nur Lisa schon so alt wäre.«

»Wart nur ab«, sagte Leonie lächelnd, »das dauert keine sechs Jahre, und du diskutierst mit Lisa über die Zutaten im Essen und ob es Schinkenwürfel sein sollen.«

»Sie macht sich halt Gedanken«, sagte Sophie, »und Peter hat recht, ich freue mich auch darauf, wenn unsere Lisa so groß ist.«

»Ihr hättet Marie erleben sollen, als ich neulich mit ihr einkaufen war«, sagte Jan grinsend. »Hetti Braubart kam ganz schön ins Schwitzen, als Marie sie nach der Aufzucht von den Ferkeln gefragt hat. Da musste sogar noch Gatte Johannes eingreifen und alles erklären.«

»Oje, da werde ich wieder Einiges zu hören bekommen,

wenn ich das nächste Mal in die Metzgerei komme«, stöhnte Leonie.

»Mach dir darüber mal keine Gedanken, ich denke, die Braubarts können den Wissensdurst eines kleinen Mädchens gut verstehen«, sagte Sophie, »so, und nun greift bitte zu, der Nachschub ist schon im Ofen.«

***

Nach dem Essen setzten sich die Erwachsenen in die Sessel rund um den Kaminofen. Leonie mit einem Glas Weißwein in der Hand, während Peter und Jan einen neuen Whisky tranken, den Peter vor ein paar Wochen in Trier entdeckt hatte. Lisa war auf Peters Arm eingeschlafen. Auch Marie lag, warm zugedeckt, auf dem großen Sofa und schlief tief und fest. Ihr liebstes Stofftier, einen kleinen Hasen mit einem Strickpulli, auf dem eine Möhre aufgestickt war, hielt sie fest an die Brust gedrückt.

»Sag mal, Leonie, hast du was von Jean-Pierre und deiner Mutter gehört?«, fragte Peter und ließ dabei bedächtig die bernsteinfarbige Flüssigkeit in seinem Glas kreisen.

»Mama hat vorgestern angerufen. Jean-Pierre ist gerade dabei, seine Bistros in Frankreich an eine Gruppe von Investoren zu verkaufen. Das ist für ihn nicht so einfach. Ich meine, Mama hat dem Stress in der Spitzengastronomie ja schon längst den Rücken gekehrt. Aber ihr kennt Jean-Pierre, er möchte natürlich die Bistros in die richtigen Hände übergeben.«

»Als einer der bekanntesten Fernsehköche in Frankreich hat er eben auch einen Ruf zu verlieren«, sagte Sophie nachdenklich. Im Grunde war es wie im Märchen, dass ausgerechnet der bekannte Starkoch Jean-Pierre Garbon für ein paar Monate hier im Bistro die Küche auf Vordermann gebracht und schließlich seinen Neffen Louis als seinen Nachfolger empfohlen hat, dachte sie. Und wieder durchströmte sie ein ungeheures Glücksgefühl.

»Über Weihnachten fahren wir mit Marie nach Nantes, um mit den beiden zu feiern«, erklärte Jan, »und spätestens im nächsten Frühjahr will Jean-Pierre alles abgeschlossen haben.«

»Du meinst, dann kommen beide zurück zu uns an die Mosel?«, freute sich Sophie.

»Natürlich. Mama vermisst, glaube ich, ihren alten Gutshof sehr. Sie liebt Frankreich, keine Frage, schließlich hat sie dort einige Jahre gearbeitet. Aber im Moment ist sie eben doch nur da, weil sie nicht von Jean-Pierre getrennt sein möchte«, erklärte Leonie, um sich dann plötzlich mit der flachen Hand vor die Stirn zu schlagen. »Ich vergessliches Huhn. Mama hat mir doch extra noch eine Mail geschickt. Sie hat einen Artikel in einer bekannten Zeitschrift gefunden. Das Pedant zu *essen & trinken* hier in Deutschland. Und sie hat mir aufgetragen, ihn euch unbedingt zu zeigen.«

»Einen Artikel? Worum geht es denn darin?«, fragte Peter neugierig und wechselte mit Sophie einen Seitenblick, den diese nur mit einem ratlosen Schulterzucken beantwortete.

Leonie stand auf und holte ihr Smartphone aus der Handtasche. »Wartet, ich zeig es euch. Mama hat ihn abfotografiert. Hier ist er.« Leonie hielt Peter das Handy hin, und Sophie beugte sich zu ihm herüber, um auch etwas erkennen zu können.

»Oje, ich kann gerade mal *Tante Dottis Bistro* entziffern«, stöhnte Peter, »ich hatte nur zwei Jahre Französisch in der Schule. Übersetz das doch bitte für uns, Leonie.«

»Entschuldige, ich wusste nicht, dass du kein Französisch sprichst. Also, das ist eine Kolumne von einem sehr bekannten Restaurantkritiker, der auch ausländische Restaurants auf seinen Reisen besucht und darüber schreibt. Ich glaube, er hatte sogar mal so eine Art Kochsendung mit Talkrunde im

Fernsehen. Offenbar war er vor ein paar Monaten hier an der Mosel. Also, die Überschrift lautet: *Tante Dottis Bistro* – ein ungeschliffener Diamant im Niemandsland.« Leonie übersetzte den französischen Text mühelos. Sie hatte viele Jahre im Elsass gelebt und war mit einem französischen Zahnarzt verheiratet gewesen.

»Ungeschliffener Diamant klingt doch toll, aber es kommt noch besser«, kommentierte Leonie. »Der Autor schreibt: Man muss auf der Karte lange suchen, bis man den kleinen Ort Wümmerscheid-Sollensbach oberhalb von Cochem an der Mosel findet. Doch diese Suche und die Fahrt ins Niemandsland lohnen sich, wenn man in *Tante Dottis Bistro* einkehrt. Dieses wunderschöne Landgasthaus könnte auch irgendwo in Frankreich stehen. Ja, ich darf behaupten, dass ich voller Neid auf alle deutschen Gäste bin, die hier regelmäßig einkehren dürfen.« Sie wischte mit dem Finger über das Display, um das nächste Foto aufzurufen. »Hier geht es weiter: Ich habe dort herrlich frischen Salat gegessen, der mit einer Vinaigrette und Käsesorten auf den Tisch kam, die mir Tränen des Heimwehs in die Augen getrieben haben. Und erst der Flammkuchen mit Lachs und Ziegenkäse! Es war ein himmlisches Vergnügen. Nun darf ich verraten, dass niemand Geringeres als Jean-Pierre Garbon an der Speisekarte dieses Hauses mitgewirkt hat, und sein Neffe Louis Garbon führt dort aktuell die Küche. Ich wage zu behaupten, dass er bereit ist, aus dem Schatten seines berühmten Onkels zu treten. Und er wird ein strahlender Stern in der Bistroküche werden. So wie dieses entzückende Bistro ein strahlender Stern werden könnte. Es hat alles, was man dafür braucht: eine wunderbare Umgebung, ein reizendes Ambiente, eine hervorragende Küche mit dem geschulten Blick auf regionale Spezialitäten und Zutaten und eine ambitionierte Chefin, die jeden mit großer Sympathie empfängt. Ich vergebe fünf von fünf Goldenen Kronen für diesen ungeschliffenen Diamanten, der leider, leider nicht in Frankreich seine Heimat hat.« Leonie schaute hoch und strahlte die anderen an, die ihr voller Spannung zugehört hatten. »Was sagt ihr jetzt? Ist das nicht großartig, Sophie? Mama wird uns die Zeitschrift noch schicken, dann kannst du die Kritik mit einer Übersetzung auf deine Webseite stellen oder sogar einrahmen und im Bistro aufhängen. Du solltest vielleicht eine Wand für die ganzen positiven Kritiken reservieren.«

Sprachlos vor Glück griff Sophie nach Peters Hand und drückte sie. Der lehnte sich zu ihr herüber und küsste sie zärtlich. »Dein Erfolg, du hast es dir verdient. Und ich bin zutiefst dankbar dafür, dass dieser Erfolg hier in Wümmerscheid-Sollensbach stattfindet und nicht in Frankreich. Da hätte ich dich ja nie getroffen.«

»Ich bin so froh, dass bei uns im Bistro alles läuft«, sagte Sophie, »und deine Mutter, Leonie, hat dazu beigetragen und das nicht zu knapp.«

»Ja, so ist Mama. Bestimmt genießt sie gerade den Trubel in Frankreich, aber sie freut sich auch darauf, bald wieder mehr Ruhe zu haben. Sie wusste, dass sie mit Jean-Pierre nicht nur einen fantastischen Koch und einen unglaublich liebenswerten Mann an ihrer Seite haben wird, sondern dass sie sich auch mit einem kleinen Bistro-Imperium herumschlagen muss.«

»Aber Jean-Pierre will aufhören, das steht doch fest, oder?«, hakte Peter nach.

»Definitiv«, bestätigte Leonie und ergänzte mit einem Lächeln, »... wenn ihm nicht noch etwas Neues einfällt. Ich kann mir den großen Jean-Pierre Garbon noch nicht als Ruheständler vorstellen. Außerdem ist er ja erst Mitte fünfzig, da bleibt ihm genug Zeit für neue Ideen.«

»Wart nur ab, Liebling, vielleicht werde ich auch noch aus meiner Autowerkstatt eine ganze Kette entwickeln«, sagte Jan.

»Untersteh dich, ich sehe dich so schon viel zu wenig. Außerdem fällt dir bestimmt noch was Besseres ein. Du willst doch auch weiter E-Bass in der Band und Kontrabass im Orchester spielen. Also vergiss das mal ganz schnell wieder«, sagte Leonie und zwinkerte Jan zu.

Sophie hörte schweigend zu. Tausend Gedanken sausten durch ihren Kopf. Fünf Goldene Kronen, ein ungeschliffener Diamant, ein strahlender Stern. Daraus könnte man doch mehr machen …

Sie hob ihr Weinglas: »Auf alle neuen Ideen.«

»Auf alle neuen Ideen«, bekräftigten die anderen, und die Runde prostete sich lachend zu.

Louis hat Liebeskummer

Zwei Monate später …

Gleichzeitig den Kinderwagen rückwärts die Stufen hinaufziehen, die Haustür aufschließen und die nasse Kapuze abstreifen. Selbst, als sie schon halb im Haus war, peitschte ihr der kalte Herbstregen noch fast ungehindert ins Gesicht. Schnell drückte Sophie hinter sich die Haustür ins Schloss. Puh, was für ein Wetter! Energisch schüttelte sie kurz die lockigen Haare. Wie immer bei Regenwetter schien ihre Frisur ein Eigenleben zu entwickeln.

Den täglichen Spaziergang ließ sie sich nach wie vor nicht nehmen. Aber die Zeit dafür musste sie sich hart erkämpfen. Lisa war längst nicht mehr so pflegeleicht wie in den ersten Wochen. Es gab Tage, da hätte Sophie am liebsten sechs Hände gehabt. Sie musste sich um den Haushalt kümmern, die quengelnde Lisa füttern und – noch bevor sie an etwas anderes denken konnte – andauernd volle Windeln wechseln. Dazu noch dieses miese Regenwetter … der Spätsommer hatten ihr wirklich besser gefallen als die grauen, kalten Herbsttage. Mittlerweile hatte sie ihre eigene Routine fürs Nachhausekommen bei solchem Wetter. Zuerst die schlammigen Stiefel ausziehen. Dann die Regenhülle vom Kinderwagen abnehmen und zum Abtropfen ins Badezimmer bringen. Die nasse Jacke auch gleich im Bad auf einen Bügel hängen. Währenddessen immer durch die offene Badezimmertür mit einem Ohr nach unten lauschen, ob auch nicht etwa die kleine Lisa schon aufgewacht war. Die Haare mit einem der flauschigen rosa Handtücher trocken rubbeln – sie hatte es nie fertiggebracht, sich von den altrosa Handtüchern zu trennen. Stapelweise hatte sie sie von Dotti übernommen, die offenbar geradezu besessen von dieser Farbe gewesen war. Frotteebademantel, Handtücher, Badvorleger, Seifenschale – alles passte zusammen.

Jetzt stand Sophie mit grimmigem Gesichtsausdruck vor dem Spiegel und versuchte so schnell es ging, die Locken zu entwirren. »Warum hat mir eigentlich nie jemand erzählt, dass Mütter mit Kinderwagen für immer ohne Regenschirm gehen müssen?«, murmelte sie erbittert. Schließlich gab sie den Kampf mit der Haarbürste auf und schlang die Haare einfach zu einem lockeren Knoten im Nacken zusammen. So war es schon besser. Heute blieb sogar noch Zeit, eine trockene Jeans und andere Socken anzuziehen. Ein guter Tag.

Unten angekommen, wanderte sie sogleich in die Küche ihres Bistros, um sich einen großen Becher Milchkaffee zu machen. Darauf freute sie sich schon seit einer halben Stunde.

»Salut, Louis.«

Louis Garbon, der Koch, nickte ihr nur kurz zu und brummelte etwas, ohne sich zu ihr umzudrehen. Er war vollkommen konzentriert dabei, einen Rührteig für den Apfelkuchen zuzubereiten, der am Nachmittag als Spezialangebot auf der großen Tafel im Gastraum stehen würde. Sie setzte sich hin, hielt die dicke weiße Porzellantasse mit beiden Händen und nahm den ersten köstlichen Schluck von ihrem heißen Kaffee.

Als Nächstes holte Louis alle Zutaten für eine Mokkacreme aus dem Kühlschrank. Heute standen die beliebten Kaffeeküsse auf dem Programm, eine Art Mini-Windbeutel mit Kaffee-Sahne-Füllung. Die aufgeschnittenen Windbeutel standen schon auf großen Backblechen bereit, jetzt musste er nur noch die Creme in den Spritzbeutel füllen, die obere Hälfte daraufsetzen und das Ganze mit einer Mokkabohne aus Schokolade verzieren. Eine Arbeit, die Louis im Schlaf beherrschte.

»Was für ein Wetter«, sagte Sophie. »Ich bin draußen total nass geworden.«

»Mmmmh.«

»Soll ich dir helfen? Lisa schläft noch, ich könnte den Kinderwagen herschieben.«

»Der Apfelkuchen muss noch belegt werden.« Louis deutete mit einer Kopfbewegung auf die große Edelstahlschüssel voll Apfelschnitze, die neben ihm bereitstand. Eigenartig. Sophie arbeitete oft Hand in Hand mit Louis in der Küche. Sie redeten dabei auch nicht immer pausenlos, aber so wortkarg war er normalerweise nicht. Vielleicht hatte er schlecht geschlafen.

Sophie holte den Kinderwagen in die Küche. Ja, Lisa schlief noch, aber sie begann sich schon unruhig zu regen. Ein wenig Zeit blieb wohl noch. Sophie fing an, die Apfelschnitze schön gleichmäßig in Reihen auf dem Rührteig auszulegen. Hinten anfangen, immer leicht in den Teig drücken, aber nicht bis auf das Backblech hinunter. Eine Reihe nach der anderen füllte sich.

»So, fertig. Hast du noch etwas zu tun?« Keine Antwort. »Louis?«

Louis schwieg. Na warte, dachte Sophie, dich kriege ich schon zum Reden. Sie wusste, dass er es nicht leiden konnte, wenn sie seine Gerichte probierte, bevor er fertig war. Also griff sie nach einem frischen Teelöffel, trat neben ihn und tauchte den Löffel tief in die Mokkacreme. Sie führte den Löffel zum Mund, warf einen herausfordernden Blick zur Seite und wollte den Löffel gerade genüsslich ablecken, als sie etwas sah, das sie mitten in der Bewegung innehalten ließ. Louis fuhr sich mit dem Handrücken kurz über die Augen. Was war das denn? Weinte er etwa?

»Louis, was hast du?« Unschlüssig betrachtete sie ihren Teelöffel. Wohin jetzt damit? Ach egal, nun konnte sie die leckere Creme ebenso gut aufessen. Sie schob den Löffel in den Mund.

»Bäh!« Schnell spuckte sie die Kostprobe in ein Papiertuch. »Da ist ja Salz drin! Louis, verrätst du mir vielleicht mal, was hier los ist?«

»Sie ist gestern ausgezogen«, stieß Louis hervor. Fahrig machte er sich weiterhin an dem halb fertigen Gebäck zu schaffen. Er ordnete die Windbeutel in geraden Reihen an, während er nach Worten suchte. Das Reden schien ihm leichter zu fallen, solange er Sophie nicht anschaute. »Steffi hat mich verlassen. Es lief schon seit einer ganzen Weile nicht mehr so toll mit uns. Wir haben uns dauernd gestritten. Ihre Arbeitszeiten, meine Arbeitszeiten. Wieso bist du nicht zu Hause, nie können wir was zusammen unternehmen, warum musst du am Wochenende arbeiten, wieso willst du morgens so lange schlafen – jeden Tag die gleiche Leier. Nichts konnte ich ihr recht machen.«

Schweigend schob ihm Sophie die abgewogenen Zutaten für eine neue Mokkacreme hin. Beide wussten – private Krise hin oder her, das Café würde in wenigen Stunden öffnen, und bis dahin musste die Arbeit erledigt sein. Obwohl sie über eine große Küchenmaschine verfügten, zog Louis es meistens vor, die Sahne mit dem Schneebesen von Hand steif zu schlagen. Gerade heute schien ihm diese Arbeit gutzutun. Der Schneebesen machte in der Metallschüssel einen Höllenlärm. Instinktiv drehte sich Sophie zu Lisas Kinderwagen um, und richtig, da kam schon ein Ärmchen fuchtelnd zum Vorschein. Sie wusste, ab jetzt hatte sie nicht mehr viel Zeit.

Louis sprach abgehackt weiter und tupfte dabei noch ein, zwei Mal mit dem Jackenärmel die Augen trocken. »Sie hat sich in einen ihrer Kollegen verliebt. So ein Klischee. Der würde sie viel besser verstehen als ich, hat Steffi gesagt. Merde, ein Lehrer aus Cochem. Das läuft wohl schon seit ein paar Wochen, nur ich Trottel war ja immer bei der Arbeit und hatte von nichts eine Ahnung.«

»Louis, wenn du jetzt noch weiterschlägst, haben wir gleich Butter.« Beruhigend legte ihm Sophie eine Hand leicht auf den linken Arm, während in seiner rechten Hand immer noch der Schneebesen durch die Schüssel tobte. Mit einem leichten Händedruck gab sie ihm zu verstehen, dass sie mit ihm fühlte. Er ließ das Gerät sinken und schaute ihr endlich ins Gesicht.

»Was soll ich nur machen? Ich dachte, das mit Steffi …« Er schluckte. »Ich dachte, das wäre für immer. Das war mein Ziel. Eine kleine Familie. So wie bei Peter und dir.«

»Es tut mir so leid«, sagte Sophie leise. Gleichzeitig machte Lisa mit ihrem beginnenden Jammern deutlich, dass dieses Gespräch jetzt zu Ende war. Schon wurde das Weinen lauter. Sie musste ja auch Hunger haben, es war Zeit zum Stillen. »Louis, ich muss jetzt … ich muss mich um Lisa kümmern. Aber ich überleg mir was. Versprochen.« Sie legte dem unglücklichen Koch den Arm um die Schultern, drückte ihn einmal kurz und wandte sich dann ihrer brüllenden Tochter zu.

Der Ruf des Lattenlurchs

Rückblickend betrachtet musste man sich natürlich fragen, ob der Plan, auf Lurch-Touristen zu setzen, eine tolle Idee gewesen war. Sophie war in dieser Frage ganz hin- und hergerissen. Sie sah die Busse am großen Parkplatz in Sollensbach, in der Nähe des Supermarkts. Sie erlebte die Zufriedenheit der Einzelhändler im Ort. Bei jedem noch so kurzen Gespräch im Dorf war es zu spüren, praktisch mit Händen greifbar, um wie viel besser die Geschäfte liefen. Und auch sie selbst konnte sich nicht über zu wenige Gäste am Nachmittag beklagen. Schon lange nicht mehr.

Alles ist so, wie es sein sollte. Warum fühle ich mich dann immer so unwohl, wenn ich die ganzen Gruppen sehe, die in Richtung Sollensbacher Bruch ziehen?, dachte Sophie, als sie mit Lisa eine schnelle Runde auf einem ihrer üblichen Spazierwege drehte. Sie musste schon seit einigen Wochen ihren Nachmittagsspaziergang verkürzen, auch wenn es ihr schwerfiel, aber es gab immer noch tausend Dinge für den Abend vorzubereiten. Dabei schätzte sie diese Spaziergänge sehr, auch deshalb, weil sie dabei wunderbar ihre Gedanken sortieren konnte.

Warum fühlte sie sich also unwohl beim Anblick der Lurchfreunde? Sophie brauchte nicht lange zum Nachdenken, nur wenige Meter weiter wusste sie schon die Antwort: Weil das Menschen waren, die in dem Lattenlurch mehr als nur eine seltene Molchart sahen. Man konnte ein Fischerboot mieten und sich ein paar Seehunde auf einer Sandbank ansehen, man konnte diese Seehunde aber auch verniedlichen, personifizieren, als Boten des Glücks ansehen, und schon bekam die Bootstour etwas von einer Wallfahrt.

Genau das war der wunde Punkt. Die Dörfer wollten doch nur den Naturliebhabern eine Möglichkeit bieten, ein Stückchen heile Umwelt zu erleben. Mehr nicht. Das hatte am Anfang in Zusammenarbeit mit den Naturschutzverbänden auch gut geklappt, aber dann hatte sich der Lattenlurch irgendwie verselbstständigt. Es war nicht mehr der pensionierte Oberstudienrat, der sich auf eine Wanderung ins Grüne begab, sondern eine Horde Lurchfanatiker. Sophie schnaubte so laut, dass sie im nächsten Augenblick erschrocken stehen blieb, um zu sehen, ob Lisa wach geworden war. Doch die Kleine schlief selig. Ein Glück!

Ja, Wümmerscheid-Sollensbach erlebte gerade so etwas wie der Zauberlehrling in dem berühmten Gedicht von Goethe. In der Schule hatte sie es auswendig lernen müssen. »Herr, die Not ist groß! Die ich rief, die Geister. Werd ich nun nicht los«, zitierte Sophie laut. Das war es. Wir haben die falschen Geister gerufen, und jetzt steuert Wümmerscheid-Sollensbach, wenn wir nicht aufpassen, auf eine Lattenlurch-Katastrophe zu, dachte sie.

Und wie recht sie mit ihren Gedanken hatte, zeigte sich, als sie den kleinen Feldweg nahm, der die große Runde abkürzte und von hinten wieder zum Mühlenhof führte. Ein Weg, den man jetzt gut gehen konnte, weil es in den letzten Tagen trocken geblieben war. Lisa begann sich im Wagen zu regen, stieß kleine, unzufriedene Brummlaute im Schlaf aus. Oha, es wurde Zeit, dass sie nach Hause kam. Unwillkürlich ging Sophie einen Schritt schneller. Plötzlich aber blieb sie stehen. Was war das? Da … da war es wieder: Eine seltsame atonale Melodie. Sophie runzelte die Stirn. Das kam aus ihrem Garten, oder zumindest ganz aus der Nähe ihres Gartens. *Duh dieh döhhh, hircks.* Das, was wie das allererste Üben auf einer Altblockflöte klang, wurde jäh von einem schrillen Kreischlaut unterbrochen, bevor die sanften, aber völlig unzusammenhängenden Töne wieder von vorne begannen. *Duh dieh döhhh, hircks.*

Sophie schob energisch den Kinderwagen das letzte Stück des Wegs vorwärts. Hinter der Wegbiegung tauchte eine kleine Gruppe auf, vielleicht ein Dutzend Menschen.

»Entschuldigen Sie, was machen Sie denn hier?«, fragte Sophie laut, als sie die Gruppe erreichte. Zwei Frauen drehten sich erstaunt zu ihr um, musterten sie von oben bis unten. Schauen die beiden jetzt, ob ich es wert bin, eine Antwort zu erhalten?, überlegte Sophie und sagte entschlossen mit lauter Stimme: »Sie wissen schon, dass Sie sich auf einem Privatgrundstück befinden?«

»Schht!« Die eine der beiden Frauen legte mahnend den Zeigefinger auf die Lippen. Die andere schaute sich nervös um, so als wollte sie sich vergewissern, dass die anderen ungetrübt die Musik genießen konnten. Dabei war nichts weiter zu hören als ein gleichmäßiges Gedudel, das immer wieder von einem schrillen Zwischenton unterbrochen wurde. »Enrico ist ein wahrer Meister auf dem Saxonet.«

Ein Saxonet?, dachte Sophie irritiert, davon habe ich ja noch nie gehört. Diesen Gedanken sprach sie aber nicht aus, sondern sagte: »Tja, das erklärt aber noch nicht, was Sie alle in meinem Garten machen.«

»Enrico hat diese Stelle mit der Wünschelrute gefunden. Den tonalen Mittelpunkt, den Ort, an dem er es spielen kann.«

Duh dieh döhhh, hircks!

Sophie zuckte zusammen. Egal, was dieser Enrico da gerade spielte, es schnitt sich schmerzhaft schrill in ihren Gehörgang.

»Was kann Enrico hier spielen?« Sophie sprach in demselben bemüht sanften Tonfall, in dem sie sonst kleine Kinder ermahnen würde.

»Den *Ruf des Lattenlurchs.*« Sophie hob fragend eine Augenbraue und wartete. »Diese wunderbare Komposition für ein Saxonet«, fuhr die Frau fort. Als Sophie immer noch nicht reagierte, fügte sie noch hinzu: »Spüren Sie die Wellen? Das ganzheitliche Es in seinem kosmischen Ausdruck?«

Ungeduldig unterbrach Sophie endlich ihre Ausführungen. »Ich vermute mal, ein Saxonet, das ist das Musikinstrument, das wir da gerade hören? Ich will Ihnen mal was sagen: Ich spüre da keine kosmischen Wellen. Ich spüre vor allem ein schrilles Es, es könnte auch ein Gis sein. Aber auf jeden Fall können Sie Ihrem Enrico ausrichten, wenn seine Wünschelrute ihn das nächste Mal in meinen Garten führt, soll er ihrem Ruf nicht folgen.«

»Schht«, jetzt drehten sich noch mehr Zuhörer um und bedachten sie mit einem verärgerten Blick. Das hatte Sophie gerade noch gefehlt. Eine ganze Gruppe von Verrückten stand in ihrem Garten und hörte einem Saxonet zu, einem Musikinstrument, von dessen Existenz sie bis vor wenigen Minuten noch nichts geahnt hatte. Und jetzt wurde sie auch noch zum Schweigen ermahnt.

Resigniert schüttelte Sophie den Kopf und wandte sich zum Gehen. Das hatte ja doch keinen Sinn. Ihr fehlten schlicht die Zeit und die Kraft, die Zuhörer von ihrem Grundstück zu vertreiben. Sie hatte schließlich noch anderes zu tun, als ein paar Bekloppte, die dem Ruf des Lattenlurchs lauschen wollten, zur Besinnung zu bringen.

Sophie will zu den Sternen

»Beh bu muh«, nuschelte Peter, während er sich ein frisches weißes T-Shirt über den Kopf zog. Mit einem energischen Ruck war der Halsausschnitt endlich da, wo er hingehörte. »Geh du nur«, wiederholte er jetzt noch einmal deutlicher. »Ich wollte sowieso im Bett sitzen und noch ein paar Unterlagen durchlesen, da kann ich auch gleich aufpassen, ob Lisa wirklich schläft.«

Derweil saß Sophie auf der Bettkante und schaute ihm zu. Mmmh, dachte sie, in T-Shirt und Boxershorts sieht er wirklich sexy aus. Die beiden hatten die Gelegenheit genutzt, sich einmal ganz ungestört zu unterhalten, während sie gemeinsam Lisa in den Schlaf gewiegt hatten. Kurz war Sophie in Versuchung, für heute nicht mehr nach unten ins Bistro zurückzugehen, sondern direkt unter die Decke zu krabbeln, sich an Peter zu kuscheln und … wer weiß, was dann noch alles passieren würde. Hatte es wirklich Zeiten gegeben, als sie einfach ganz spontan Gelegenheit für Liebe und Zärtlichkeit gehabt hatten?

Währenddessen hatte Peter leise vor sich hin summend einige Papiere auf der Bettdecke ausgebreitet und seinen Laptop aufgeklappt.

Der Moment für Zärtlichkeiten war vorbei.

»Die Marketingstrategie für Mettmer in Gütersloh habe ich fast fertig«, sagte er zufrieden. »Weißt du was, Sophie? Manchmal denke ich, ich sollte mich selbstständig machen, mein eigener Herr sein.«

»Du bist der beste Marketingberater aller Zeiten. Ob angestellt oder selbstständig«, sagte Sophie und drückte ihm einen Kuss auf die Wange.

Aus dem Nachbarraum ertönte ein leises Jammern.

»Geh du nur«, wiederholte Peter.

Sophie schluckte. Lisa schläft ja doch noch nicht – darf ich mich da aus der Verantwortung stehlen?, dachte sie. Peter hat schließlich auch noch zu tun. Wobei, langsam wird die Zeit knapp. Sie gab sich einen Ruck und sprang auf. Nein, sie konnte nicht bleiben. So war das nun mal, wenn man ein Bistro führte und einen Mann hatte, der seinen Beruf ebenfalls sehr ernst nahm.

***

Stille hatte sich über den Gastraum gesenkt. Für Sophie war der späte Abend im Bistro immer etwas Besonderes, auch wenn sie sich seit einigen Wochen abends mit bleischweren Gliedern nach ihrem Bett sehnte. Die letzten Besucher waren schon vor einiger Zeit gegangen, und Lisa schlief hoffentlich friedlich oben in ihrer Wiege. Früher hätte sie die Gelegenheit genutzt, um in aller Ruhe aufzuräumen und die Tische für den nächsten Tag herzurichten. Heute Abend freute sie sich nur darüber, wie gemütlich das Bistro aussah. Draußen strahlten die hohen Bodenlaternen noch ihr warmes Kerzenlicht gegen die Bruchsteinmauern, die den Garten umgaben. Sophie löschte sie immer erst, wenn sie zu Bett ging.

Der Durchgang zur Küche wurde von einer Pendeltür verschlossen. Sie öffnete die Tür einen Spalt und rief: »Louis, hast du mal kurz Zeit?«

»Klar, bin sofort da.«

Inzwischen nahm Sophie an dem großen Tisch am Fenster Platz und zog auch für Louis einen Stuhl heran. Mit geübtem Schwung stieß er mit der Schulter die Pendeltür gerade so weit auf, dass er hindurchgehen konnte und sie sich direkt hinter ihm wieder schloss. Noch im Gehen streifte er das Bandana vom Kopf und löste die Bänder seiner Schürze.

»Setz dich doch einen Moment zu mir.«

Sorgsam legte Louis die gebrauchte Schürze über eine Stuhllehne am Nachbartisch, das schwarze Bandana obendrauf, und nahm Platz. Mit einem behaglichen Seufzen streckte er die Beine unter dem Tisch aus.

»Ich liebe es zu kochen, aber wenn man sich dann zum ersten Mal wieder hinsetzt – ah, das ist großartig. Was willst du denn mit mir besprechen?«

Sophie atmete tief ein. Seit Tagen hatte sie darüber nachgedacht, wie sie dieses Gespräch anfangen wollte. Er sollte sofort wissen, worum es ging. Sie wollte nicht lange drumherum reden. Sie hatte natürlich auch vor, den armen Louis von seinem Liebeskummer abzulenken.

»Hättest du Lust, in einem Sternerestaurant zu arbeiten?«

Er schaute sie verwirrt an. »Ich habe nicht …« Kopfschüttelnd rieb er sich die müden Augen mit Daumen und Zeigefinger. »Ich habe seit der versalzenen Windbeutelfüllung keine Fehler mehr gemacht. Stimmt etwas nicht mit meiner Arbeit? Oder denkst du etwa, ich hätte mich woanders beworben?« Ehrlicher Schmerz spiegelte sich in seinem Gesicht.

»Oje, nein, so war das nicht gemeint.« Na toll, das hatte ja prima funktioniert. So viel zu ihrem geplanten Gesprächsverlauf. »Pass auf, ich fange noch mal von vorne an. Ich habe so eine Idee im Kopf, aber sie funktioniert nur, wenn du mitmachst.« Sie schilderte Louis in groben Zügen, was sie sich überlegt hatte, und schloss: »Jetzt, wo alle Zeichen auf Erfolg stehen, ist es an der Zeit, dass *Tante Dottis Bistro* seinen Platz in der Spitzengastronomie einnimmt. Ich will einen Michelinstern. Oder eine von den anderen Top-Auszeichnungen.«

Jetzt hatte sie seine Aufmerksamkeit. »Das wäre wunderbar. Ja, ich bin dabei!«

Noch während Louis mit leuchtenden Augen zustimmte, setzte sich in Sophies Kopf das Gedankenkarussell in Bewegung. Es war der perfekte Zeitpunkt, das Bistro voranzubringen, so viel war sicher. Aber ob sie es auch schaffen würde? Bestimmt, dachte Sophie, und fragte laut: »Ist Melanie noch da?«

»Ja, sie ist noch in der Küche. Seit sie die Ausbildung zur Köchin angefangen hat, kann ich sie kaum noch überreden, Feierabend zu machen. Für sie wäre die Arbeit in einem Sternerestaurant auch eine super Chance.«

»Das sehe ich genauso. Weißt du was? Du sagst Melanie Bescheid, und ich laufe schnell nach oben und hole Peter. – Mach Champagner auf! Darauf müsst wenigstens ihr anstoßen«, rief sie noch schnell über die Schulter, während sie schon zur Tür eilte.

***

»Auf die Sterne«, sagte Sophie feierlich, hob ihr Glas und reichte es unberührt mit einem gewissen Bedauern im Blick an Peter weiter.

»Auf die Sterne«, wiederholten die anderen und ließen die Gläser aneinanderklingen. Alle standen an dem großen Fenster und schauten in die klare Nacht hinaus.

Peter legte ihr den Arm um die Schultern und raunte ihr leise ins Ohr: »Ich liebe dich, meine Sophie. Das hier wird großartig. Du bist großartig.«

Kochmütze und Bandana

Prüfend schaute Louis in den Spiegel neben der Küchentür. Sophie, die gerade hereingekommen war, blieb am anderen Ende des Durchgangsflurs stehen und wartete. Teils, weil sie ihn nicht erschrecken wollte, und teils, weil es sie interessierte, was es dort zu tun gab. Es war nämlich äußerst ungewöhnlich, Louis hier anzutreffen. Normalerweise achtete er wenig auf sein Äußeres. Es schien ihm kaum bewusst zu sein, dass er mit seinen dunkelblauen Augen, den wuscheligen Locken und den strahlend weißen ebenmäßigen Zähnen wirklich gut aussah. Er wirkte gepflegt und achtete immer darauf, dass der Dreitagebart ordentlich gestutzt war, machte aber ansonsten den Eindruck, dass es ihm einfach nicht so wichtig war, wie seine Frisur gestylt war oder ob seine Kochkleidung gut saß. Heute aber war alles anders.

Amüsiert schlug Sophie die Hand vor den Mund, wartete und staunte. Wieso gockelte er da vor dem Spiegel? Die Hose in dem üblichen Pepitamuster war eindeutig frisch gebügelt und hatte eine tadellose Bügelfalte. Die Kochjacke mit dem eingestickten Schriftzug *Tante Dottis Bistro* war blendend weiß und ebenfalls gestärkt und gebügelt. Jetzt drehte er sich vor dem Spiegel hin und her, zupfte noch einmal die Jacke zurecht und begutachtete den Gesamteindruck. Das war aber noch nicht alles. Normalerweise trug er bei der Arbeit in der Küche am liebsten ein schwarzes Koch-Bandana. Mehr als einmal hatte er Sophie erklärt, dass das so viel praktischer und angenehmer sei als die steife Kochmütze aus Baumwolle. Heute aber hatte er genau die mitgebracht. Die gefältelte hohe Mütze ließ Louis, der mit seinen eins siebzig eigentlich genauso groß wie Sophie war, sofort größer wirken. Dazu kam auch, dass er sich heute besonders aufrecht hielt.

Nun, wenn das der Anfang seines Wegs zum Sternekoch war – nur zu, dachte Sophie. Da darf ich ja gespannt sein.

***

Wie so oft trafen sich alle zu einem schnellen Mittagessen in der Küche: Louis, Melanie und Sophie. Auch Peter, der heute von zu Hause arbeitete, hatte sich ihnen angeschlossen.

»Mmh, die Kürbiscremesuppe ist dir heute aber wirklich gut gelungen«, sagte Sophie begeistert und nahm sich noch eine halbe Kelle nach. »Was ist da drin? Irgendetwas ist anders als sonst … warte mal …«

»Zitronengras und frischer Ingwer«, erklärte Louis. »Ich wollte mal ausprobieren, ob ein Hauch von asiatischer Küche passt. Was meint ihr?«

»Auf jeden Fall«, meldete sich nun auch Peter zu Wort. »Kann ich noch ein Stück Weißbrot haben, bitte?«

Obwohl der Brotkorb direkt vor Louis stand, reagierte der nicht. Er hatte ein kleines schwarzes Notizbuch aus der Hosentasche gezogen und kritzelte eilig mit einem Bleistift etwas hinein.

»Louis? Das Brot?«

»Wie bitte? Was?« Louis legte das Notizbuch neben seinen Teller und obenauf den kurzen Bleistift. »Ach so. Entschuldige, Peter, ich war gerade in Gedanken. Hier, bitte schön.« Er reichte den geflochtenen Weidenkorb zu Peter hinüber. Darin lagen auf einer blau karierten Stoffserviette noch mehrere Scheiben von dem frisch gebackenen Weißbrot.

»Sag mal, was ist das eigentlich für ein Notizbuch, in das du dauernd etwas schreibst?«, fragte Melanie neugierig. Sie nutzte den Moment aus, in dem Louis mit dem Brotkorb beschäftigt war, und griff sich blitzschnell das Buch.

»Lass das«, sagte Louis heftig. »Das ist privat.«

»So«, kicherte Melanie. »Privat also? Na, dann hol's dir doch zurück.« Sie schaute ihm lachend, herausfordernd in die Augen und hielt das Notizbuch mit ausgestrecktem Arm hoch.

Soso, dachte Sophie bei sich. Interessant ... Tante Dotti hat früher in solchen Momenten immer gesagt ›Was sich liebt, das neckt sich‹. Wer weiß? Ob da was dran ist?

Inzwischen umklammerte Louis Melanies Handgelenk, hatte ihren Arm zu sich heruntergezogen und öffnete ihre fest geschlossene Hand, einen Finger nach dem anderen.

»Au, lass das, du tust mir ja weh.«

Sie wehrte sich, so viel war offensichtlich, nur zum Schein. Ebenso deutlich war, dass Louis' Griff nicht wirklich fest genug war – sie hätte sich ohne weiteres daraus befreien können, tat es aber nicht.

Endlich hatte Louis das Notizbuch aus Melanies Hand herausgeschält, nahm es und steckte es zurück in die Hosentasche. Als wäre nichts gewesen, fing er schweigend wieder an, seine Suppe zu löffeln. Sein Gesicht war allerdings eine Spur mehr gerötet als sonst.

***

Sophie gähnte und streckte sich. Ein langer Tag im Bistro war zu Ende. Sie hatte den Kassenabschluss fertig, alles war gelüftet und aufgeräumt. Sie wollte nur noch das Licht in der Küche ausschalten und dann hinüber in ihr Wohnzimmer gehen.

Die Pendeltür hatte sich noch nicht ganz wieder hinter ihr geschlossen, als ihr klar wurde, dass sie in der Küche nicht alleine war.

Es duftete nach Fleischbrühe. Zwei Köche, einer mit Kochmütze, einer mit einem einfachen Papierschiffchen, standen mit dem Rücken zu ihr am Herd. Louis natürlich. Und neben ihm Melanie, die ihn mit ihren fast ein Meter achtzig um gut einen halben Kopf überragte. Sie hielt einen Schaumlöffel in der Hand, er führte ihr Handgelenk in einer waagerechten Bewegung über den Topf.

»So geht das, siehst du? Du musst mit dem Schaumlöffel das Eiweiß abschöpfen. Damit die Brühe schön klar und appetitlich wird.«

»Louis! Melanie! Was macht ihr denn noch hier?« Beide fuhren herum.

Melanie strahlte. »Louis hat mir heute beigebracht, wie man ein Consommé double macht. Cool, oder? Dabei kommt das eigentlich erst im zweiten Lehrjahr dran.«

Erst jetzt schien Louis zu bemerken, dass er Melanies Handgelenk immer noch festhielt. Schnell löste er seinen Griff, fast, als hätte er sich verbrannt.

»Ja, wir räumen dann nur noch schnell weg, Chefin«, sagte Melanie hastig und machte sich schon an der Spülmaschine zu schaffen.

»Alles klar, für mich ist jetzt jedenfalls Feierabend. Gute Nacht, ihr beiden.«

***

»Ob das gutgeht?«, fragte Sophie. »Ich glaube, da bahnt sich was zwischen Louis und Melanie an.«

Peter legte ihr den Arm um die Schultern, und sie schauten gemeinsam ins Kaminfeuer.

»Du wirst sie nicht davon abhalten können. Liebe am Arbeitsplatz? Ist zwar nicht ideal, aber die beiden sind erwachsene Menschen. Mach dir mal nicht zu viele Gedanken.«

Kulinarische Experimente

Wie ernst Louis die neuen Pläne nahm, wurde Sophie im Laufe der nächsten Woche klar. Es gab keinen Tag, an dem er nicht tadellos gekleidet zur Arbeit kam. Mehr als das, es war ja nicht so, dass in der Vergangenheit irgendjemand schlampig oder gar unsauber in der Küche gearbeitet hätte.

Sophie erinnerte sich gut an die Zeit, in der sie alleine, in Jeanshose, T-Shirt und einer Schürze, in der großen Küche gestanden hatte. Oder Jean-Pierre, der in einem seiner unvermeidlichen bretonisch gestreiften Langarm-Shirts die Gäste »satt und glücklisch« gemacht hatte. Damit war jetzt Schluss. Die Gäste waren zwar auch weiterhin satt und glücklich, aber Louis legte großen Wert auf korrekte Berufskleidung. Sophie registrierte sehr wohl, dass auch Melanie seinem Beispiel folgte. Warum auch nicht, das war bestimmt nur gut für sie, schließlich steckte sie noch mitten in der Ausbildung. Ein Foto von Louis hätte man jedenfalls jederzeit im Lehrbuch neben dem Stichwort *Koch, korrekt gekleidet* abbilden können.

Das Äußere von Louis und sein kleines, stets präsentes schwarzes Notizbuch, das war die eine Seite. Die andere Seite waren die kleinen Gerichte, die er jetzt täglich ausprobierte. Sophie nannte sie gegenüber Peter scherzhaft »die kulinarischen Experimente«. Manchmal war es nur etwas, das später einmal in einem großen Menü zum Einsatz kommen sollte: eine besondere Käsecreme, eine kleine gefüllte Teigtasche oder eine neue Salatsauce. Jeden Tag dachte sich Louis etwas anderes aus. Sophie hegte den Verdacht, dass ihr Koch auch nach Feierabend zu Hause noch Dinge plante oder ausprobierte. Das unfreiwillige Singledasein war vielleicht schlecht für sein Gefühlsleben, aber in Sachen Kreativität beim Kochen legte er, wie Peter treffend bemerkte, mehr als nur einen Zahn zu. Und das alles, obwohl jetzt, in der Vorweihnachtszeit, das Bistro mehr als ausgebucht war.

»Hallo, Sophie, hast du eine Minute?«

Nein, hatte sie eigentlich nicht. Sie wollte die Wochenbestellung an den Biohof durchgeben, die Waschmaschine ausräumen und vielleicht noch schnell etwas einkaufen. Lisas Windelverbrauch war gigantisch. Trotzdem blieb sie seufzend stehen. »Aber nur kurz. Was gibt es denn?« Louis winkte sie zu sich.

Neugierig trat sie in die Küche. Louis holte einen Löffel aus der Schublade. »Hier, probier bitte mal.« Sophie schaute in die Schüssel. Der Inhalt sah fest und zugleich cremig aus und hatte eine intensive dunkelviolette Farbe.

»Ich würde gerne mal ein Sorbet als Dessert anbieten«, erklärte Louis.

Sophie nahm den Löffel und kostete. »Mmh, das ist gut. Süß, aber nicht zu süß, mit einer feinen Säure. Das sind …? Warte, lass mich raten. Brombeeren, ganz klar, aber da ist noch mehr. Sind auch Kirschen drin?«

»Du bist wirklich gut. Melanie hat nur die Brombeeren herausgeschmeckt. Ich habe Brombeeren mit Schwarzkirschen und Heidelbeeren gemischt und …«

»Alkohol, da ist auch Alkohol drin. Weißwein, würde ich sagen«, unterbrach Sophie ihren Koch begeistert.

»Ja, ganz genau. Ich war letzte Woche unten an der Mosel, und ich habe in einem kleinen Ort bei einem Weingut eingekauft. Jochen Bremmer, der Seniorchef des Weinguts, hat ein paar bemerkenswerte Rieslinge. Die sollten wir unbedingt auf unsere Karte nehmen. Und ich habe bei ihm einen Winzersekt gefunden … ah, formidable.«

»Toll. Nimm das Rezept auf jeden Fall auf. Vielleicht können wir schon in den nächsten Tagen damit auf die Karte. Ich frage gleich beim Biohof nach, welche Apfelsorten sie noch haben. Stell dir das Sorbet mit gebackenen Apfelringen vor.«

»Oder mit der Tarte, die Melanie kürzlich gebacken hat. Wir könnten die Tarte zum Nachmittagskaffee anbieten und hätten abends noch welche für den Nachtisch«, schlug Louis begeistert vor.

»Das machen wir. Ich bestelle die Äpfel gleich mit. Ich muss mich beeilen. Peter hat die Kleine zwar bei sich, die Zeit brauche ich aber auch noch für die Buchhaltung.« Bevor sie die Küche verließ, stibitzte Sophie noch einen großen Löffel Sorbet. Wirklich ganz köstlich.

Nicht jede von Louis' neuen Erfindungen war allerdings ein Knüller, wie Sophie zwei Tage später feststellen musste. Als sie in die Küche kam, um sich einen Milchkaffee zu holen, schaute Louis hoch. »Ah, ich dachte, du wärst noch spazieren.«

»Bin eben wiedergekommen und ich bin ganz durchgefroren. Ich brauche jetzt dringend einen Kaffee.«

»Warte, bevor du den Kaffee trinkst, musst du das hier probieren.« Louis holte aus dem Kühlschrank einen Dessertteller mit zwei Baguettescheiben. »Ich habe das für dich kühl gestellt, damit du es später probieren kannst. Ich wusste ja nicht, wann du zurückkommst. Hier, bitte koste mal.«

»Was ist das?« Sophie beäugte misstrauisch die Baguettescheiben, weil der Belag eine seltsame grau-gesprenkelte Farbe hatte. Andererseits: Louis hat es zubereitet. Was soll da schon schiefgehen?, dachte sie.

»Ist das eine Leber-Pâté?«

»Ja. Nicht schlecht fürs erste Raten.«

Sophie nahm eine Scheibe, biss herzhaft hinein und musste sich zurückhalten, das Ganze nicht im hohen Bogen auszuspucken.

»Na? Was sagst du?«

»Das schmeckt … ähm … interessant«, nuschelte sie.

»Klasse, oder?«

Sophie schluckte nur widerwillig den Bissen hinunter. »Nein, Louis, ganz ehrlich, in diesem Fall muss ich sagen, interessant im Sinne eines kulinarischen Experiments.«

»Also doch nicht schlecht?«

Sophie holte tief Luft. Hier half offenbar nur schonungslose Ehrlichkeit. »Ein misslungenes Experiment. Das schmeckt grauenvoll, was zum Teufel ist das?«

»Braubarts feine Leberwurst mit Kräutern.«

»Die kenne ich und ich mag sie sehr gerne, nee, nee, da war doch mehr drin.«

»Feine Leberwurst mit Kräutern und dazu Zartbitterschokolade mit einem Hauch Minze«, gestand Louis, der bei Sophies vehementer Ablehnung ganz kleinlaut wurde. »Ich dachte, wir kombinieren mal Geschmacksnuancen zu einem neuen Ganzen, loten Grenzen aus.«

»Louis, sei mir bitte nicht bös, aber das überschreitet jede Grenze. Dafür hätte man Köche im Mittelalter an den Pranger gestellt. Lass bloß nicht Johannes erfahren, was du seinem Star unter den Würsten angetan hast. Der stürzt sich vor Gram in einen stumpfen Löffel. Leberwurst, Zartbitterschokolade und Minze, das ist ja wie Himbeerdrops mit Senf.« Sophie trat mit der Fußspitze auf das Pedal des Mülleimers und öffnete so den Deckel. Mit einem Schnauben ließ sie die angebissene Scheibe hineinfallen.

»Na gut, das ist wohl ein ziemlich deutliches Nein von der Jury.«

»Absolut, Louis, ein Nein mit drei Ausrufezeichen.« Sophie nahm ein Glas aus dem Schrank und goss sich etwas Wasser ein, um den fiesen Geschmack aus dem Mund zu bekommen.

»Wenn wir aber statt der Drops ein Himbeergelee nehmen und dazu edlen Dijon-Senf …«

»Louis!«

»Ja, Sophie?«

»Denk nicht mal darüber nach, okay?«

Als Sophie aus der Küche ging, sah sie noch, wie Louis mit den Schultern zuckte und selber die andere Scheibe Baguette mit großem Appetit aß. Sophie nahm sich vor, in den nächsten Tagen bei den Experimenten ihres Kochs etwas misstrauischer zu sein.

Als sie zurück ins Wohnzimmer kam, schaute Peter kurz hoch. »Und, was war es heute?«

»Was meinst du?«

»Na ja, am späten Nachmittag, noch bevor das Abendgeschäft startet, zaubert Louis immer irgendeine Kleinigkeit aus dem Hut. Die Uhrzeit passt, und du warst gerade drüben im Bistro. Also, ich kombiniere, Watson, Louis hatte wieder etwas zum Probieren vorbereitet – daher meine Frage.«

»Tja, ich wünschte, du hättest heute testen müssen, es war schlicht grauenvoll.«

»Wow, so schlimm?«

»Feine Leberwurst mit Kräutern, kombiniert und abgerundet von Zartbitterschokolade und einem Hauch Minze.«

Peter brach in schallendes Gelächter aus. »Himmel, den Angriff auf die Geschmacksknospen möchte ich mir nicht einmal vorstellen. Hatte Louis dafür auch eine Erklärung oder war es gestern Abend einfach nur ein Glas Kochwein zu viel?«

»Er wollte Grenzen ausloten, aber ich konnte ihm klarmachen, dass ich daran nicht interessiert bin. Manchmal frage ich mich, ob er meinen Vorschlag bezüglich der gehobenen Gastronomie nicht zu ernst nimmt. Ein bisschen unheimlich ist das schon.«

Peter stand auf, umarmte und küsste sie sanft. »Das sind nur grüblerische Gedanken unter dem Eindruck von Leberwurst mit Schoko-Minz-Geschmack, das vergeht wieder. Nein, im Ernst, lass ihn ruhig weiterarbeiten. Wir beide sollten aber mal ernsthaft darüber nachdenken, was wir Weihnachten machen. Vielleicht möchte Louis ja mal ein paar Tage ungestört in der Küche arbeiten.«

»Und das Bistro?«

»Ja, was schon, wir machen Betriebsferien. Es müssen ja keine drei Wochen sein. Letztes Jahr hast du praktisch durchgearbeitet. Dieses Jahr werden meine Eltern bei meiner Schwester in Norwegen feiern, der Auslandsjob von unserem Schwager wurde um zwei Monate verlängert.«

»Klaus und Lizzi fahren also nach Norwegen«, überlegte Sophie laut. »Sie könnten uns dann ja im Januar besuchen.«

»Das habe ich ihnen auch vorgeschlagen. Was hältst du davon, wenn wir Lisa mal das Meer zeigen? Wir schließen vor Heiligabend und öffnen Anfang Januar wieder. Wir können in Ruhe hier Weihnachten feiern, am ersten Feiertag unsere Freunde besuchen, und am zweiten Feiertag verschwinden wir für eine Woche nach Holland.«

Sophie musste gar nicht groß überlegen, Peters Vorschlag klang zu verlockend. Sie würden beides haben können, den Baum und die Weihnachtsstimmung hier im Mühlenhof und unten im Dorf, das Fest mit Freunden und ein paar unbeschwerte Tage am Meer – nur sie beide und Lisa.

»Ich finde, das klingt ganz fantastisch.«

»Dann ist das jetzt abgemacht. Du kannst das fürs Bistro planen, ich kläre es mit meinen Kunden und buche uns ein hübsches, gemütliches Ferienhaus mit Kamin und allem Drum und Dran.«

Ein paar Tage am Meer, Spaziergänge am Strand und lange Abend am Kamin … beschwingt ging Sophie in ihr Arbeitszimmer, um alles zu planen.

Melanies Küchenbrigade

Frühmorgens war in Sollensbach nichts los. Absolut gar nichts. Fröstelnd zog Melanie den Reißverschluss ihrer roten Daunenjacke hoch. Die Kapuze mit dem Fellrand schützte sie halbwegs vor dem Schneeregen, verhinderte allerdings auch, dass sie die Hausnummern oben an den Hausecken erkennen konnte. Wiesenstraße 23 – das war die Adresse, die Louis ihr vor ein paar Monaten einmal genannt hatte. Das musste hier irgendwo am Ortsrand von Sollensbach sein, da war sie sicher. Die dreistöckigen Neubauten sahen irgendwie alle gleich aus. Suchend ging sie langsam weiter.

Da war es ja endlich. Wenigstens gab es ein kleines Vordach, sodass sie nicht mehr im Regen stand, während sie leise murmelnd die Klingelschilder las: »Thomas Schmidt … Familie Berg – Keine Werbung einwerfen … ah, da ist es ja. Louis Garbon.« Energisch drückte sie auf den Klingelknopf. Nichts. Oje, was soll ich tun, wenn er nicht zu Hause ist? Sie klingelte noch einmal.

»Ja?« Louis' Stimme klang nicht besonders erfreut – hoffentlich hatte sie ihn nicht geweckt. Sie schaute kurz auf ihre Armbanduhr. Es war kurz nach halb acht. Auch ein Koch würde doch um diese Zeit wach sein, oder?

»Ich bin's. Melanie. Kann ich reinkommen?«

»Melanie?« Jetzt hörte er sich eher erstaunt als verärgert an. »Klar. Ich mach auf.«

Der Summer ertönte, und Melanie drückte die Haustür auf, wischte die nassen Stiefel sorgfältig auf der Fußmatte trocken und machte sich auf den Weg in die erste Etage. Oben war die Wohnungstür schon offen, und Louis stand dort und wartete. Er trug nur eine graue Jogginghose, um den Hals lag ein großes weißes Handtuch, das den bloßen Oberkörper nur unzureichend bedeckte. Die lockigen Haare waren tropfnass. Melanie schluckte. Offenbar trainierte Louis regelmäßig im Fitnessstudio. Gut sah er aus. Und, o Gott, sie hatte ihn beim Duschen gestört.

»Hi, Louis. Guten Morgen …« Sie zögerte. »Es … es tut mir leid, ich habe dich wohl gestört. Ich kann auch wieder gehen.«

»Quatsch, komm rein. Was ist denn los?«

»Na ja, du hast doch mal gesagt, wenn irgendwas in der Berufsschule ist, wo ich Hilfe brauche, dann soll ich dich ruhig fragen. Und da habe ich mir überlegt, du fängst ja erst um halb zehn in der Küche an und …«

»Willst du da im Flur Wurzeln schlagen oder kommst du endlich rein?« Louis' Mundwinkel zuckten amüsiert. »Ich mach uns Kaffee, und dann erzählst du mir, worum es geht. Vielleicht zieh ich mir auch schnell noch was über.«

Na klar, er hatte ihre Blicke bemerkt. Melanie wurde feuerrot.

»Ja, Kaffee wäre schön.«

»Geh doch schon mal durch, die Küche ist da drüben, auf der linken Seite.«

Louis servierte den Milchkaffee auf französische Art in einer Bol. Melanie hielt die henkellose Schale mit beiden Händen und genoss für den Moment einfach nur die Wärme und den Duft des frischen Kaffees.

»Wir haben morgen eine Prüfung, und ich komm mit dem Lernen einfach nicht weiter. Ich dachte, vielleicht kannst du es mir noch mal erklären.«

»Kommt drauf an, was ist denn das Thema?«

»Die Küchenbrigade. Ich bring immer wieder alles durcheinander. Wer macht was in der Küchenmannschaft, wer hat was zu sagen, wer vertritt wen und so weiter.« Melanie seufzte und schaute in ihre Tasse hinunter, aber unter den niedergeschlagenen Augenlidern hinweg versuchte sie doch, in sein Gesicht zu schielen. Würde er ihr helfen können? »Weißt du, ich finde es ja total schön, dass ich meine Ausbildung in einem kleinen und familiären Betrieb machen kann. Aber von den Abläufen in den richtig großen Küchen habe ich deswegen noch gar keine Ahnung.«

»Ja, verstehe ich. Nur die ganz großen Betriebe arbeiten so, die in der gehobenen Gastronomie.«

»Genau, und deswegen muss ich das bis morgen in meinen Kopf reinbekommen. Ich habe schon das ganze Kapitel im Lehrbuch drei Mal gelesen und es bleibt einfach nicht hängen. Louis, ich will das nicht verpatzen. Kannst du mir helfen?«

Er stand auf und legte ihr eine Hand kurz beruhigend auf die Schulter. »Bin gleich wieder da.« Er schnappte sich ein Tablett von der Arbeitsplatte und ging leise vor sich hin murmelnd in den Flur zurück.

Melanie schaute ihm hinterher. Die Stelle, wo er ihre Schulter berührt hatte, fühlte sich wärmer an als vorhin. Oder bildete sie sich das nur ein?

Auf seinem Tablett hatte Louis einen ganzen Haufen Krimskrams mitgebracht. Was sollte das denn werden? Nun stellte er eine weiße Schachfigur, den König, auf den hölzernen Küchentisch.

»Das ist der oberste Chef. Der Chef de Cuisine. Er oder sie hat die Küchenleitung. Er hat den stressigsten Posten, er ist für alles verantwortlich. Deswegen hat er immer recht. Du diskutierst nicht mit dem Chef de Cuisine. Das würde zu lange dauern.«

Melanie nickte.

»Der Sous Chef«, die Dame betrat den Küchentisch, »ist genauso wichtig. Er oder sie vertritt den Chef de Cuisine, wenn der abwesend ist.«

Wieder kramte Louis auf dem Tablett.

»Dann kommt es ein bisschen auf die Größe des Betriebs an. Oft hast du spezialisierte Köche für jeden einzelnen Arbeitsbereich.«

»Der Poissonnier – der Fischkoch.« Ein roter Plastikfisch, der eigentlich für die Badewanne gedacht war.

Melanie kicherte.

»Der Rôtisseur macht Gebratenes.« Ein kleines rosa Schweinchen mit einem Glücksklee im Maul, offenbar von Silvester übrig geblieben.

»Der Pâtissier für die Süßspeisen.« Eine Duftkerze in Form einer kleinen Geburtstagstorte.

So ging es weiter, während Louis nach und nach eine komplette Küchenmannschaft aufbaute.

»Und jeder von denen hat seine eigene Station, oder? Jetzt kann ich mir das endlich richtig vorstellen.« Melanies Augen glühten vor Begeisterung.

Fast anderthalb Stunden später schaute Louis auf die Wanduhr und zuckte zusammen. »Merde, jetzt müssen wir uns aber beeilen. Ich ziehe mich schnell um und hole meine Sachen, dann können wir zusammen hingehen.«

Draußen auf der Straße schien es auf einmal nicht mehr so kalt zu sein. Unterwegs fragte Louis sie ab. Am Bistro angekommen, drückte Melanie ihm einen leichten Kuss auf die Wange und sagte: »Jetzt sehe ich klarer. Danke, Louis.«

Sie eilte ins Haus. Sie blickte zurück, ohne dass Louis es bemerkte, und sah, wie er nachdenklich stehen blieb und mit den Fingerspitzen seine Wange berührte. Er sah aus, als ob er gerade aus einem Traum aufgewacht wäre.

Meerkind

»Raus aus den Federn, geliebtes Weib. Das Meer ruft, und das Frühstück wartet schon auf dich.«

Mit einem empörten Schnauben drehte sich Sophie im Bett herum und legte sich ein Kissen auf den Kopf. »Sag dem Meer, ich ruf später zurück«, brummelte sie dumpf unter dem Kissen hervor.

Das allerdings nur wenigen Augenblick sanft von ihrem Kopf gezogen wurde. »Komm schon, Schatz. Es ist gleich neun, und ich habe wirklich Appetit auf eines dieser warmen Schokocroissants, die ich gekauft habe«, flüsterte Peter in ihr Haar hinein.

Mit einem Ruck war Sophie wach. »Gleich neun? Au Mann, das ist ja unglaublich. Was hast du …? Ich meine …«

»Ich hab dich schlafen lassen. Dann hab ich Lisa warm eingepackt, und wir haben einen kleinen Spaziergang in Richtung Supermarkt gemacht. Lisa war ganz brav in ihrem Buggy, Herr Württemberg froh über die Bewegung, also konnte ich zügig laufen und alles fürs Frühstück einkaufen. Wenn du allerdings noch länger im Bett bleiben willst, werde ich mit meiner Tochter eben ohne dich das Meer ansehen.«

»Untersteh dich!« Sophie drehte sich auf den Rücken, schlang ihre Arme um Peters Nacken und zog ihn zu sich hinunter, um ihn zärtlich und ausgiebig zu küssen. »Mmh, du schmeckst gut«, murmelte sie.

»Kaffee – und ein erstes Stück Schokocroissant.«

»Ich meinte deine Lippen, du unmöglicher Mensch.«

»Ach so, dann bin ich einfach still und genieße.«

Peters Lippen strichen zart über Sophies Lippen und lösten bei ihr ein warmes Kribbeln am ganzen Körper aus. »Gut, dass wir Urlaub haben und keinerlei Verpflichtungen«, flüsterte sie glücklich.

***

Es war gar nicht so einfach, den Buggy die schier endlos lange Treppe hochzutragen, die den Zugang zum Strand bildete. Nachdem sie zu zweit die ersten Abschnitte bewältigt hatten, blieb Peter stehen. »Komm, nimm du Lisa auf den Arm, und ich schleppe den Buggy hoch, sonst kommen wir erst an den Strand, wenn die unten auf der anderen Seite die Laternen anzünden«, schlug er vor.

Keine fünf Minuten später standen sie auf der Holzterrasse eines Strandcafés, das auf Pfählen hoch über dem Sand gebaut war.

Das Café war jetzt, außerhalb der Urlaubssaison, nur am Nachmittag geöffnet, aber von hier oben hatten sie einen herrlichen Blick über den Strand und das Meer. Sophie stand schweigend einfach nur da, mit Lisa auf dem Arm, und ließ den Anblick auf sich wirken. Die alten Holzpfähle weiter unten am Wasser, die als Wellenbrecher dienten, glänzten feucht in der fahlen Morgensonne, und ein paar Möwen segelten schreiend im Tiefflug an der Wasserkante entlang. Die Luft roch frisch, nach feuchtem Sand und ein bisschen nach Seetang. Bis auf ein paar weit entfernte Spaziergänger und einen Jungen, der einen Lenkdrachen steigen ließ, war der Strand wie leergefegt. Es ist, als gehörte uns dieses Meer-Panorama ganz alleine, dachte Sophie.

»Gott, ist das schön. Ich vergesse immer wieder, wie wunderbar es hier ist«, sagte sie laut. »Da schau, kleine Maus, das ist das Meer.«

Lisa kniff die Augen im Wind zusammen, schien aber die neue Umgebung durchaus zu genießen. Mit einem fröhlichen

Glucksen zeigte sie auf eine Möwe, die besonders elegant mit dem Wind über ihre Köpfe hinwegflog.

»Tja, ich schätze mal, unsere Tochter wird ein Meerkind werden«, sagte Peter.

»Meerkind?«

»Ja, so haben wir das früher in der Grundschule immer unterschieden. Es gab Kinder, die fuhren mit ihren Familien in die Berge, und andere, die machten Urlaub am Meer, die Meerkinder eben.«

Sophie reichte ihre Tochter an Peter weiter, vorher drückte sie ihr allerdings noch schnell einen Kuss auf die Wange. »Hier, nimm du mal unser Meerkind. Sie ist mittlerweile ganz schön schwer. Ich schlage vor, wir versuchen, mit dem Buggy dort drüben auf dem festen Sand zu fahren, das sollte mit den großen Rädern schon klappen. Wie wäre es, wenn wir am Strand entlang bis zum Dorf laufen, dort eine Tasse Kaffee trinken, etwas fürs Mittagessen einkaufen und zurück zum Haus gehen?«

»Ein durchdachter Plan, finde ich. Ich habe heute früh übrigens gesehen, dass es neben dem Gartenschuppen einen Holzvorrat gibt, den man – laut Hinweiszettel im Flur – nutzen darf. Wir könnten es uns also, wenn es am frühen Abend dunkel wird, vor dem Kaminofen gemütlich machen.«

»Mmh, Meeresluft und Kaminfeuer. Was bin ich froh, wenn ich abstillen kann, denn dazu passt ja eigentlich ein Glas Rotwein«, seufzte Sophie.

»Das holen wir im nächsten Jahr nach«, versprach Peter, »heißer Kakao vor dem Kamin ist doch auch nicht übel.« Und noch bevor Sophie ihre ganz eigene Meinung zu einem trockenen Rotwein im Vergleich zu Kakao loswerden konnte, stieg Peter die Holztreppe von der Terrasse herunter und spurtete über den Sand, um sich dann mit einer juchzenden Lisa in den ausgestreckten Armen im Kreis zu drehen.

Die Tage am Meer vergingen wie im Flug. Schon war der Tag der Abreise gekommen, es wurde Zeit, die Koffer zu packen. Sophie bemerkte mit Schrecken, wie sehr sie sich wünschte, ihre Auszeit am Meer würde noch viel länger dauern. Der Urlaub hatte die Anspannung der letzten Wochen von ihr genommen. Natürlich war sie zu Hause mit Begeisterung dabei gewesen, ihre neuen Pläne umzusetzen, und sie freute sich auch darauf, weiterzumachen. Aber jetzt und hier, ohne jegliche Verpflichtungen, erkannte sie, wie sehr die Doppelaufgabe Familie und Bistro sie belastet hatte. Doch genau dafür ist ein Urlaub schließlich auch da, dachte sie, während sie die Kleidung aus dem Schrank holte, um sie im Koffer zu verstauen. Sie beugte sich zu Herrn Württemberg hinunter, der vor dem Bett lag und aufmerksam jeden ihrer Schritte verfolgte. »Ach, Herr Württemberg, du hast es gut. Dir ist es egal, ob du hier am Strand herumtollst oder am Mühlenhof.« Sophie kraulte durch das weiche lockige Fell. »Weißt du, mein Lieber, wir Menschen genießen die Pause, und am Ende sind die Akkus wieder aufgeladen, und wir können im Alltag weitermachen. Aber ich wünschte, wir würden noch ein bisschen hierbleiben.« Das leise Jaulen klang in ihren Ohren wie Zustimmung. Die Zeit am Meer werde ich so schnell nicht vergessen, dachte sie, ich bin wohl auch ein Meerkind.

Acht Gänge

Die Räder des Geländewagens knirschten auf dem Kies, als sie im Dunkeln endlich zu Hause ankamen. Vorsichtig lenkte Sophie den Wagen möglichst nahe an die Haustür heran. Die Lampe neben der Haustür leuchtete auf. Es war unnötig, etwas zu sagen, sie und Peter wussten, was sie zu tun hatten. Beide sprangen gleichzeitig aus dem Auto und ließen die Türen offen. Jetzt bloß keine überflüssigen Geräusche machen. Sophie öffnete die hintere Autotür und löste mit geübten Handgriffen den Anschnallgurt. Behutsam hob sie die schlafende Lisa mitsamt dem Kindersitz aus dem Auto. Währenddessen hatte Peter schon Lisas Teddybären und die Wickeltasche gegriffen, die Haustür aufgeschlossen und eine kleine Lampe im Flur eingeschaltet. Sophie trug Lisa ins Haus, Peter schloss draußen die Wagentüren und eilte den beiden nach.

Wie in einem gut einstudierten Ballett verliefen die nächsten Minuten. Mützchen und Stricksocken abstreifen. Den Reißverschluss des Schlafsacks öffnen. Lisa vorsichtig hineinlegen, zuziehen, Teddy daneben. Babyfon einschalten.

Auf Zehenspitzen schlichen Sophie und Peter aus dem Kinderzimmer, immer noch bemüht, kein Geräusch zu machen. Draußen im Flur sagte Sophie aufatmend: »Puh, das hat super geklappt. Ich habe jedes Mal die Sorge, dass sie nach einer Autofahrt aufwacht und dann nicht wieder in den Schlaf findet.«

»Wir machen das jetzt schon seit Monaten so, und es ist nie passiert. Ich glaube, wir können davon ausgehen, dass Lisa so leicht nicht aufgeweckt wird. Und es war eine super Idee von dir, dass wir ihr schon vor der Abfahrt den Schlafanzug angezogen haben.«

Die beiden warteten noch ein Weilchen im Flur, ob aus dem Kinderzimmer noch irgendetwas zu hören war. Nichts.

»Lisa schläft«, sagte Sophie zufrieden. »Dann können wir es uns ja jetzt gemütlich machen.«

»Komm, wir gehen in die Küche und machen uns schnell ein paar Brote«, sagte Peter. »Ich habe richtig Hunger nach der langen Fahrt.«

»Es waren doch nur vier Stunden«, neckte ihn Sophie. »Aber etwas zu essen wäre jetzt schön.«

»Wir müssen noch die Taschen reinholen und das Auto abschließen.«

So fanden sich Peter und Sophie genau dort auf dem Vorplatz vor *Tante Dottis Bistro* wieder, wo sie eine Viertelstunde vorher aus dem Auto gestiegen waren.

»Guck mal«, sagte Sophie plötzlich, »da ist noch Licht im Gastraum.« Sie ging zum Eingang des Bistros hinüber und rief über die Schulter zu Peter: »Kommst du auch mit? Ich möchte nachsehen, was da los ist. Vorhin war doch noch alles dunkel, als wir ankamen.«

Sie hatte schon die Hand nach der Tür ausgestreckt, als plötzlich von innen schwungvoll geöffnet wurde.

»Melanie!«

Wie sehr sich Melanie verändert hatte. Seit über einem Jahr arbeitete sie nun schon im Bistro, zuerst als Bedienung und Aushilfe und inzwischen als angehende Köchin mitten in der Ausbildung. Als Erstes hatte sie sich von dem kleinen Nasenpiercing getrennt – kein großer Verlust, wie Sophie fand. Hatte sie anfangs beim Servieren von Getränken die lange blonde Wuschelmähne noch offen getragen, war sie inzwischen zu einer für eine Köchin angemessenen Frisur übergegangen. Ein locker geflochtener Zopf war jetzt an der Tagesordnung. Mit ihrer herzlichen, direkten Art und ihrem offenen Lächeln lockte sie jeden mühelos aus der Reserve.

»Wir haben eine Überraschung für euch vorbereitet«, strahlte die. »Willkommen in *Tante Dottis Bistro.* Bitte nehmen Sie Platz.«

Sie schob den dicken blauen Filzvorhang zur Seite, der im Winter die Gäste von kalter Zugluft abschirmen sollte. Sophie und Peter standen im Eingang, Hand in Hand, und schwiegen überwältigt. Vor ihnen erstreckte sich der Gastraum, der heute so ganz anders wirkte. Aus den Lautsprechern klang leise Musik, eins von Peters Lieblingsalben: *Take a Look* von Natalie Cole. Weil der Raum nur von Kerzen erleuchtet war, wirkte er noch größer und wärmer als sonst. Alles war aufgeräumt und für den nächsten Tag bereit, nur vor der großen Fensterfront war ein einzelner Tisch mit einem weißen Tischtuch für zwei Personen gedeckt. In der Mitte stand ein Sektkühler.

»Was -«

»Louis ist in der Küche. Ich bin die Bedienung, und hier ist Überraschung: Während ihr im Urlaub wart, haben wir das große Gourmet-Menü fertig entwickelt und mehrmals zur Probe gekocht. Ihr seid die Ersten, die es probieren dürfen. Habt ihr Hunger?«

»Melanie, das ist großartig. Es sieht so schön aus hier drinnen. Und ja, wir haben einen Riesenhunger. Was für eine tolle Idee«, sagte Sophie begeistert.

»Na, dann setzt euch mal hin. Darf ich euch zu Beginn einen Winzersekt einschenken? Natürlich alkoholfrei, wir haben hier schließlich eine stillende Mutter am Tisch.« Als die zwei nickten, öffnete Melanie geschickt die Flasche und schenkte zwei Gläser ein.

Peter nahm die handgeschriebene Speisekarte vom Tisch und pfiff begeistert durch die Zähne.

»Hör dir das mal an.«

Gruß aus der Küche:
Couscous-Salat in Vinaigrette mit frischer roter Paprika und Koriander

Suppe:
Consommé Double vom Eifelrind

Vorspeise:
Ziegenkäse-Tarte mit Feigen

Fischgericht:
Über dem Buchenholzfeuer geräucherte Felchen aus dem Laacher See auf Feldsalat mit Zitronen-Rahm-Dressing, dazu frisch geröstete Croutons aus Sauerteigbrot

Kleiner Fleischgang:
Scharf marinierte Hähnchenkeulen vom Biohuhn mit glasierten Curry-Möhrchen

Pause

Zwischengericht:
Pfannengerösteter Lauch mit roten Linsen

Braten:
Rinderhüftdecke mit Wacholderrahm, dazu Bamberger Hörnchen und grüne Bohnen

Zwischengericht:
Kleines Sorbet aus schwarzen Johannisbeeren

Dessert:
Winterliches Hell und Dunkel. Zweierlei Mousse au Chocolat, dazu Orangenfilets

Schon beim ersten Gang vergaß Sophie, dass sie in ihrem eigenen Bistro saß. Sie ging völlig in der Rolle des Gastes auf, der in einer gemütlichen Umgebung bei Kerzenlicht ein hervorragendes Essen serviert bekam. Und was war das für ein Essen! Bei jedem Gang wünschte sich Sophie – und das war ganz gegen ihre sonstige Gewohnheit bei Tisch – noch einen Nachschlag.

»Die Suppe war schon köstlich, aber diese Ziegenkäse-Tarte ist unglaublich«, schwärmte Peter, und Sophie konnte ihm nur zustimmen. Der würzige Geschmack des Ziegenkäses harmonierte mit der Süße der gebackenen Feigen. Als Melanie dann die geräucherten Felchen servierte, schloss Sophie nach dem ersten Bissen genießerisch die Augen. Melanie und Louis hatten hier etwas ganz Besonderes geschaffen. Jedes Detail stimmte: der Fisch, das Salatdressing, die warmen Croutons auf dem Salat.

»Ich freue mich schon auf die Rinderhüftdecke«, sagte Peter, »am Anfang dachte ich, dass die Portionen doch recht klein sind, aber bei all den Gängen ist das genau der richtige Weg. Niemand kann ein achtgängiges Menü mit normalen Portionsgrößen wirklich genießen.« Peter seufzte zufrieden. »Alleine die Vorfreude auf die nächsten Gänge macht einen schon glücklich und zufrieden. Mmh, du musst unbedingt das Hähnchen probieren. Himmel, ist das lecker.«

***

Louis und Melanie traten durch die Pendeltür aus der Küche ins Bistro.

»Und, was sagt ihr?«

»Das war unglaublich, Louis. Und Melanie: Ich habe noch nie etwas Besseres gegessen«, seufzte Peter glücklich.

Der Koch und seine Auszubildende strahlten. Sie wechselten einen langen Blick. Bildete sich Sophie das ein oder war da mehr in diesem Blick als nur der Stolz auf ein gelungenes Menü?

»Noch ein Gang mehr, und ich wäre geplatzt«, bestätigte Sophie und lächelte zufrieden. »Ich glaube, das hier wird einschlagen wie eine Bombe. Wenn sich das herumspricht, werden wir uns vor Reservierungen nicht mehr retten können.«

Ausgebucht

»Ach übrigens …«, sagte Melanie zu Sophie. Melanie war gerade dabei, die fertigen Kaffeekuss-Windbeutel für den Nachmittag auf einer silbernen Etagere hübsch anzurichten. Voller Konzentration legte sie den Kopf schräg, zupfte noch ein wenig an den weißen Spitzendeckchen und trat einen Schritt zurück, um ihr Werk zu begutachten.

»Ja?«, fragte Sophie freundlich, aber auch mit einer Spur von Ungeduld in der Stimme. In ihrer noch so neuen Rolle als berufstätige Mutter hatte sie es sich angewöhnt, jede freie Sekunde effektiv zu nutzen. Zögern oder gar Herumtrödeln gestattete sie sich nur noch ganz selten.

»Was ich dir noch erzählen wollte: Louis und ich haben doch zwischen Weihnachten und Neujahr mehrmals das große Gourmet-Menü gekocht. Und …«

»Das weiß ich doch«, unterbrach Sophie, »ihr habt uns zur Begrüßung damit eine Riesenfreude gemacht. Und es ist super gelungen, eine tolle Speisenfolge. Danke noch mal.« Sie wandte sich zum Gehen. Ihre Waschmaschine musste jeden Moment fertig sein, und sie wollte unbedingt noch alles in den Wäschetrockner stecken, bevor im Bistro der übliche Ansturm auf den Nachmittagskaffee begann. Es war erstaunlich, wie viel mehr Wäsche in ihrem kleinen Haushalt zu waschen war, seit sie Lisa hatten.

»Darum geht es doch gar nicht. Was ich erzählen wollte, ist, dass wir trotz der Kocherei ziemlich viel Zeit hatten. Und die haben wir genutzt, um ein bisschen was für unsere privaten Social-Media-Kanäle vorzubereiten. Du weißt schon, schöne Fotos von dem Essen, kleine Texte, ein paar kurze Videos, das Übliche. Ich wollte dich fragen, ob es okay ist, wenn wir das im Internet veröffentlichen. Weil das Gourmet-Menü doch ab der nächsten Woche angeboten wird. – Oder willst du dir die Sachen erst mal vorher ansehen und du entscheidest dich danach?«

»Nein, nein, das ist nicht nötig.« Sophie war in Gedanken längst bei den nächsten Punkten auf ihrer langen Aufgabenliste. »Ist bestimmt alles total schön geworden. Macht ihr nur, mit Social Media habe ich sowieso nicht so viel am Hut, dafür habe ich einfach keine Zeit.«

»Alles klar, Chefin, ich sag Louis Bescheid, und dann legen wir mal los.«

»Mhm, legt los, das ist gut.«

***

Louis und Melanie verbrachten in den nächsten Tagen viel Freizeit an ihren Smartphones.

»Guck mal, das hier. Vierhundert Herzchen und lachende Smileys an einem Tag.«

»Zeig schon!« Melanie griff neugierig nach seinem Handy. »Das ist ja toll. Und hast du gesehen? Nicht alleine das Foto ist gut angekommen. Seitdem du es veröffentlicht hast, sind wir bei den Abonnenten für unseren Kanal plötzlich im vierstelligen Bereich.«

»Aber noch besser läuft das hier«, sagte Louis. Jetzt schauten beide gemeinsam auf das Gerät. »Das Video, wie du die Dessertportionen anrichtest. Es ist erst seit einer Stunde online und wurde schon vierzehn Mal geteilt.«

»Toll«, hauchte Melanie. »Es ist aber auch ein schönes Video, das du gemacht hast.«

»Was soll ich sagen«, Louis lachte, »das war nicht schwer, es zeigt ja auch eine schöne Köchin.«

Für einen Moment trafen sich ihre Blicke. Aus einem Moment wurden Sekunden. Es war, als stünde eine unausgesprochene Frage zwischen ihnen im Raum. Louis schluckte trocken und schaute wieder aufs Display. Dabei entging ihm das kleine Lächeln, das in Melanies Mundwinkeln zuckte.

***

Danach war nichts mehr wie vorher. Das Telefon klingelte tagelang praktisch ohne Unterbrechung. Es gab so viele Reservierungen, dass *Tante Dottis Bistro* auf Wochen hinaus abends ausgebucht war. Heute war der Freitagabend endlich da, der erste Abend, an dem offiziell das neue Gourmet-Menü serviert wurde. Alles war vorbereitet. Im Gastraum würden zwei zusätzliche Bedienungen arbeiten, und Sophies Aufgabe war die der Gastgeberin: die Gäste begrüßen, sie zu ihren Tischen führen und ein wenig mit jeder Gruppe plaudern.

»Was soll ich bloß anziehen?«, seufzte Sophie. Sie stand in Unterwäsche und Strumpfhose vor dem geöffneten Kleiderschrank und schob unschlüssig die Kleiderbügel hin und her.

Peter hatte sich mit Lisa auf das Doppelbett zurückgezogen und sollte die Rolle des Beraters übernehmen.

»Zieh doch das blaue Kostüm an, da, auf der rechten Seite.«

»Geht nicht, der Rock ist zu eng.«

»Was ist mit dem grauen Hosenanzug?«

»Die Hose krieg ich nicht mehr zu. Ich habe zwar fast mein altes Gewicht wieder, aber die eng geschnittenen Sachen passen immer noch nicht. Irgendwie ist meine Taille anders als vor der Schwangerschaft.«

»Die beige Leinenhose?«

»Zu dünn. Das ist eine Sommerhose, die kann ich doch nicht im Januar anziehen.«

»O – kay«, sagte Peter gedehnt. »Ich sehe schon, dass das heute länger dauern wird.«

»Weißt du was? Kannst du nicht schon mal anfangen, Lisa zu baden? Aber pack sie anschließend warm ein, sie hat ja gerade erst ihren Schnupfen überstanden, und eine Lisa mit Fieber können wir uns nicht leisten.«

»Wird gemacht. Mir haben die Schnupfennächte auch keinen Spaß gemacht, das kannst du mir glauben.«

Peter trug Lisa ins Badezimmer. Sophie strich sich nervös durch die Haare.

Langsam wurde die Zeit knapp. Sie holte verschiedene Kleidungsstücke hervor. Endlich! Ganz hinten zwischen zwei schwarzen Hosen entdeckte Sophie ihren schwarzen Winterrock. Er war aus einem schönen glatten Wolljersey gearbeitet, und das Beste war, er hatte keinen festen Bund und war dadurch sehr dehnbar. Dankbar schlüpfte sie hinein und schaute prüfend in den Spiegel. Das nächste Problem zeigte sich sofort. Unter dem Rock wölbte sich unübersehbar sehr deutlich ein kleines Bäuchlein. Sie brauchte ein langes Oberteil, so viel war klar.

Schließlich fiel Sophie ein, dass sie letztes Jahr im Mai zum Geburtstag von Heidi eine Bluse geschenkt bekommen hatte. Sie nahm das schöne Stück vorsichtig vom Bügel und zog es über den Kopf. Das edle schwere Viskosematerial war großzügig gekräuselt und fast hüftlang geschnitten. Unten am Saum war eine herrliche breite Brüsseler Spitze angesetzt. Dieselbe Spitze schloss auch die langen Ärmel ab, deren Kante ihr fast bis auf die Fingerknöchel reichte. Zu dem runden Halsausschnitt würde ihre Perlenkette gut aussehen. Diese Kette hatte sie von Dotti zum achtzehnten Geburtstag geschenkt bekommen und seitdem immer zu besonderen Anlässen getragen.

Ach Dotti, dachte sie, während sie an dem Verschluss nestelte. Es hätte noch so viele schöne Momente gegeben, die ich gerne mit dir geteilt hätte. An meine Eltern darf ich schon gar nicht denken.

Nach dem frühen Tod ihrer Eltern hatte sich Dotti wie

eine Mutter um Sophie gekümmert. Sie wischte sich eine Träne aus dem Augenwinkel. Jetzt war nicht der richtige Moment für trübe Gedanken. Schnell noch die Haare hochstecken, die jetzt leider deutlich dünner wirkten als während ihrer Schwangerschaft, etwas Make-up und transparenten Lipgloss auftragen – das musste reichen. Sie schlüpfte in die schwarzen Pumps und machte sich auf zu ihrem ersten Abend als Inhaberin eines Restaurants der gehobenen Küche.

***

Drei Frauen, etwa im gleichen Alter wie Sophie, warteten bereits. Sie waren drinnen neben der Eingangstür stehen geblieben und unterhielten sich lachend miteinander. Sophie begrüßte die drei und half ihnen nacheinander aus den schlichten dunklen Wintermänteln. Eine der Bedienungen stand schon im Hintergrund bereit, um die Mäntel zur Garderobe zu bringen. Sophie warf einen verstohlenen Blick auf eines der hervorblitzenden Etiketten und schluckte. Die Mäntel mochten vielleicht schlicht aussehen, billig waren sie auf keinen Fall gewesen. Sie hatte noch nie jemanden kennengelernt, der im wirklichen Leben diese Marken trug.

»Guten Abend und herzlich willkommen in *Tante Dottis Bistro.*«

»Guten Abend«, lächelte die Erste, eine hübsche Brünette, die von Kopf bis Fuß in einen exquisiten Lagenlook aus unterschiedlichen Beigetönen gehüllt war.

Die Zweite, etwas sportlicher in einen schlichten glatten Wollpulli mit Rollkragen und eine dunkle Jeans gekleidet, nickte freundlich.

Die Dritte ergänzte: »Wir sind so froh, dass das mit unserer Reservierung sofort geklappt hat. Wissen Sie, wir sind aus Koblenz, und wir treffen uns zu dritt einmal im Monat und lassen es uns richtig gutgehen.« Sie strich den Ärmel ihres babyblauen Strickkleids glatt. »Das machen wir schon seit drei Jahren so. Und ich kann Ihnen sagen, Koblenz ist ja ziemlich groß, aber so langsam haben wir alle guten Restaurants durch, und wir sind ganz aufgeregt, dass wir hier einen neuen Geheimtipp entdeckt haben.«

Die drei waren wirklich reizend. Hübsch, freundlich und offensichtlich ziemlich reich. Sophie schaute verstohlen an sich hinunter und fand ihre Kleidung plötzlich hausbacken und langweilig. Daran musste sie dringend etwas ändern. Sie plauderte einen Moment mit den drei Freundinnen, nahm ihre Bestellung für drei Gläser Prosecco auf und wünschte einen schönen Abend.

Prüfend schaute sie sich um. Wenn sie es recht bedachte, war im ganzen Raum niemand, den sie kannte. Und ganz sicher niemand aus Wümmerscheid-Sollensbach. So ist das wohl, wenn man überregional bekannt wird, dachte Sophie.

Sie wandte sich der nächsten Gruppe zu. Vier Geschäftsmänner in gut sitzenden Anzügen und weißen Hemden. Ihr einziges Zugeständnis an den Feierabend war, dass zwei von ihnen verstohlen die Krawatte ein wenig gelockert hatten. Sie sprachen englisch miteinander und erzählten Sophie bereitwillig, dass sie heute mit ihren Geschäftspartnern aus England handelseinig geworden waren. Diesen Abschluss wollten sie feiern.

Mit einem bedauernden Lächeln sagte der Älteste von ihnen: »Bitte bringen Sie uns zwei Sorten Mineralwasser, mit und ohne Kohlensäure. Heute wird es für uns alle leider ein alkoholfreier Abend. Sie wissen schon, vier Männer, vier Autofahrer.«

Die vier verwickelten Sophie in ein Gespräch und machten ihr kleine Komplimente. Immerhin hatte sie während ihrer Studienzeit für einen Reiseführer-Verlag geschrieben und dafür zwei Monate in den englischen Cotswolds recherchiert. Die Briten in der Runde waren hingerissen. Fast hätte man meinen können, sie flirteten, aber auf eine nette und freundliche Art.

Sophie schwebte weiter zum Nachbartisch.

Auch bei dem reizenden Ehepaar gab es etwas zu feiern. Die beiden mochten etwas über fünfzig sein, und sie feierten heute Abend zu zweit ihre Silberhochzeit. Auf diesen Moment hatte Sophie gewartet. Sie hatte schon vor einiger Zeit mehrere Sets mit einzelnen Zahlen aus Karton in den Farben Weiß, Gold und Silber bestellt. Sie nahm die Bestellung für den teuersten Champagner entgegen und eilte dann in den Keller. Dort holte sie eins von den Reserve-Blumengestecken, die sie dort für alle Fälle bereithielt. Oben angekommen, steckte sie eine silberne Zwei und eine Fünf hinein und ergänzte die Dekoration mit drei Wunderkerzen, die sie schnell anzündete.

Sie ließ das Gesteck an den Tisch bringen. In ihrem Bauch kribbelte es vor Freude, als sie hörte, wie kurz die Gespräche leiser wurden und alle applaudierten.

Es war ein wunderbarer Abend. Der Gastraum strahlte Wärme, Freude und Genuss aus.

Das ist der Grund, warum ich hier bin, warum ich dieses Bistro habe, dachte Sophie.

Wir brauchen keinen freien Tag

»So, das wäre dann alles.« Louis schaltete die Deckenbeleuchtung im Gastraum aus und hielt Melanie die Tür auf.

»Das war ein toller Abend. Genau so habe ich mir das immer vorgestellt. Erst total hektisch, und dann haben alle ihr Essen und sind einfach nur noch glücklich.«

»Heute ist es aber auch besonders gut gelaufen. Unser Timing ist perfekt, wir beide sind ein gutes Team …«, Louis zögerte einen winzigen Moment, »… in der Küche. Und …« Er schaute auf seine Armbanduhr. »Es ist noch richtig früh, kurz vor elf. Heute Abend hat alles wie am Schnürchen geklappt.«

»Sag es ruhig«, Melanie lachte. »Ohne mich hättest du das nie geschafft, und du würdest jetzt noch schwitzend dastehen und die letzten Desserts zubereiten.«

»Ja, ohne dich …« Louis beendete den Satz nicht. Er schlug den Kragen seiner Jacke hoch. Kalt war es hier draußen, und nach der Wärme in der Küche spürte man es doppelt.

Melanie hatte schon ihr Smartphone in der Hand und war gerade dabei, sich für den Heimweg eine Playlist mit Musik auszusuchen.

»Soll ich dich nach Hause bringen? Das ist kein großer Umweg für mich, und du brauchst nicht alleine zu gehen.« Melanie wohnte noch im Haus ihrer Eltern, mitten im Ortskern von Sollensbach. Eine eigene Wohnung hätte sie sich von ihrem mageren Einkommen im ersten Ausbildungsjahr kaum leisten können, und bei ihren Eltern stand ihr das komplette Dachgeschoss zur Verfügung.

»Ja, gerne.«

Louis warf einen interessierten Blick auf ihr Handy. »Was hörst du denn so?«

»Hier.« Sie reichte ihm einen weißen kabellosen Ohrhörer und behielt den anderen für sich. »*Baianá*, von Bakermat. Da hast du sofort gute Laune.«

Er hörte kurz zu und spürte dem Beat nach. Er machte ein paar kleine Tanzmoves nach vorne. Das sah Melanie, machte dieselben Schritte, und plötzlich tanzten sie zu zweit im selben Takt die Landstraße hinunter und weiter durchs nächtliche Sollensbach. Viel zu schnell kamen sie vor Melanies Haustür an. Louis gab ihr den Ohrhörer zurück, ein wenig außer Atem.

»Danke. Ich geh dann jetzt mal rein.« Sie seufzte. »Ich bin richtig aufgedreht, überhaupt noch nicht müde.«

»Wie wäre es …«?

»Wie wäre was?«

»Na ja, du bist noch hellwach, ich auch. Direkt nach der Schicht kann ich nie sofort schlafen. Sollen wir noch irgendwo hingehen?«

»Super Idee.« Melanie lachte und warf einen suchenden Blick die ausgestorbene Wohnstraße entlang. Fast alle Fenster waren schon dunkel, nur hinter einigen Vorhängen flackerte noch das Licht eines Fernsehers. »Wobei, ich glaube, der Eichenkrug in Wümmerscheid hat schon zu. Die Partyszene ist hier in der Gegend ja ziemlich überschaubar. Das wird wohl nichts.«

»Nee, ich meinte, so richtig weggehen. Jetzt sofort. Wir fahren nach Koblenz.«

Mit leuchtenden Augen sagte Melanie: »Au ja. Das habe ich schon ewig nicht mehr gemacht. Lass uns ins Munana gehen, auf einem der Dancefloors ist bestimmt was Gutes dabei. Ich muss mich bloß schnell fertigmachen.«

»Ich hole inzwischen mein Auto und zieh mich auch

schnell um. In zwanzig Minuten wieder hier? Schaffst du das?«

***

»Das hat Spaß gemacht.«

»Ja, total. Das sollten wir öfter machen. Aber um zwei war es, als ob jemand einen Schalter umgelegt hätte. Plötzlich überall nur noch Besoffene.« Melanie schüttelte sich. »Da war zum Schluss so ein Typ, der hat mir tatsächlich an den Po gegrapscht, als ich mir noch ein Wasser geholt habe. Dem hab ich aber was erzählt.« Sie schüttelte sich. »Es war Zeit zu gehen. Schließlich haben wir morgen keinen freien Tag.«

»Wir brauchen keinen freien Tag.«

Sie fuhren über die Autobahn nach Hause, nach dem Lärm im Club war es angenehm, einfach nur zu fahren und dem Motorengeräusch zuzuhören. Louis hatte sich erst kürzlich in Frankreich einen Citroën C3 gekauft, klein, aber hoch motorisiert.

»Wie meintest du das gerade, wir brauchen keinen freien Tag?«

»Ich finde, als Koch hast du viele Möglichkeiten, die andere nicht haben. Wer außer uns kann denn schon einfach so an einem Mittwochabend ausgehen? Wir dagegen wissen, wir müssen nicht morgen früh um halb acht irgendwo am Schreibtisch sitzen und dabei auch noch gut aussehen.«

»Stimmt«, sagte Melanie, »wir brauchen nicht auf unseren freien Tag zu warten, damit wir Spaß haben können.«

Die Fahrzeit verging wie im Flug. Schon waren die kurvigen Straßen kurz vor Wümmerscheid-Sollensbach erreicht, der Ortseingang lag hinter ihnen. Louis wollte gerade den Blinker setzen, um zu Melanies Haus abzubiegen, als sie plötzlich sagte: »Nein. Bieg da nicht ab.«

Louis bremste und hielt am Straßenrand.

»Nicht?«

»Nein.« Melanie berührte leicht sein Knie. »Ich will nicht, dass der Abend schon zu Ende ist. Fahren wir zu dir.«

Er schloss die Wohnungstür auf.

»Willst du was trinken? Einen kleinen Absacker? Du wolltest ja den ganzen Abend nichts als Wasser.«

»Also wirklich, ich bin nicht gegen Alkohol, aber meinst du, dass ich Lust hatte, mir alleine die Kante zu geben, während du noch Auto fahren musst? Wobei – so richtig harte Sachen trinke ich nicht.«

»Ich weiß was. Ich habe einen tollen Riesling im Kühlschrank, den wirst du mögen.«

Melanie war ihm in die Küche gefolgt, lehnte am Esstisch und schaute zu, wie er zwei langstielige Gläser einschenkte. Er reichte ihr eins davon, der kühle Wein sorgte dafür, dass das Glas sofort beschlug.

»Santé.«

»Santé.« Die Gläser klangen aneinander. Wie zufällig berührten sich dabei ihre Fingerspitzen. Melanie stellte ihr Glas auf dem Tisch ab, nahm das von Louis und stellte es daneben. Sie stand einfach nur da, schaute ihm in die Augen und lächelte. Machte einen Schritt auf ihn zu. Louis' Herz klopfte bis zum Hals.

»Bist du … bist du dir sicher?« Seine Stimme klang plötzlich etwas heiser.

Melanie beugte sich zu ihm herüber, schaute ihm in die Augen und legte ganz vorsichtig eine Hand an seine Wange. »Wäre ich es nicht, würde ich jetzt nach Hause laufen.« Sie schloss die Augen.

Sanft strich er durch ihre blonden Haare, umfasste dann behutsam den Nacken, zog sie an sich heran und küsste sie. Zuerst zaghaft, vorsichtig, fragend. Doch da gab es nicht viel zu zögern.

»Ich dachte schon, du fragst mich nie«, murmelte Melanie in sein Haar hinein. Und sie versanken in einen weiteren endlosen Kuss.

Sie ist woanders

Die kleinen Engelchen schwebten im Kreis über der Spieldose. Jedes saß auf seinem eigenen Stern und hielt ein winziges Musikinstrument, während aus dem Spielwerk das Lied *Weißt du wie viel Sternlein stehen* erklang.

»Wozu bin ich schließlich Lisas Patin? Ich habe vor, mein Patenkind ein bisschen zu verwöhnen«, hatte Rita gelacht, als sie zu Weihnachten die zauberhafte Spieldose aus dem Erzgebirge überreicht hatte. »Du wirst schon sehen, sie wird ihr gefallen.« Und wie sehr sie recht behalten hatte. Nicht nur zum Einschlafen, auch tagsüber konnte man Lisa damit praktisch stundenlang beschäftigen.

Heute Vormittag hatten sich Mutter und Kind im Wintergarten niedergelassen. Da konnten sie auf dem Boden in einem kleinen Streifen Sonnenlicht sitzen, Lisa wie immer auf ihrem warmen Schaffell, für sich hatte Sophie ein paar Kissen auf dem Teppich ausgebreitet. Die Verbindungstür zum Treppenhaus stand offen – ein klares Signal für Louis, Melanie oder wer sonst im Bistro gerade beschäftigt war. Stand die Tür offen, war Sophie zu sprechen, so war es abgemacht.

Ein weiteres Mal zog Sophie das Spielwerk auf. Atemlos vor Entzücken verfolgte Lisa mit den Augen die kleinen Engel, die auf den Sternen sitzend ihre Bahnen zogen. Jedes Mal, wenn der Engel mit der goldenen Flöte auftauchte, quiekte sie leise. Natürlich achtete Sophie darauf, dass sie die Spieldose immer außerhalb ihrer Reichweite aufstellte. Die ungeschickten Greifversuche eines knapp sechs Monate alten Babys hätten die zarten Figürchen wohl kaum überstanden.

»Hast du Zeit, rüber ins Bistro zu kommen?«, rief Melanie

von der Tür her. »Louis und ich wollten dich kurz sprechen.« Sophie zögerte. Lisa war glücklich und zufrieden, schaute ihrer Spieldose zu und lag gemütlich auf ihrem Schaffell. Sollte sie sie hochnehmen und hinüber ins Bistro tragen? Bestimmt würde sie dann anfangen zu weinen, so viel stand fest. Es war besser, sie hier zu lassen. Und was sollte schon passieren? Sie konnte ja nicht weglaufen – Sophie schmunzelte bei dem Gedanken. Lisa lag warm und sicher, den Kopf zur Seite gedreht, und schaute den Engelchen zu. Was soll's, dachte sie, ich bin ja gleich wieder da.

Sie zog die Spieluhr noch einmal auf und sagte zu Melanie: »Ja, aber nur kurz.«

***

Einladend war es im sonnigen Gastraum. Ein Fenster stand offen. Während sie die Tische deckte, hatte sich Melanie Musik angemacht. Sophie erkannte das Stück: *Perfect* von Ed Sheeran. Melanie sang leise mit.

»Wohl dein neues Lieblingsstück, was?«, sagte Sophie lächelnd.

Melanie nickte stumm und strahlte Sophie an. Oder nein, sie achtete gar nicht auf Sophie, eigentlich blickte sie über deren Schulter in Richtung Küche. Neugierig drehte sich Sophie um, sie wollte wissen, was es dort zu sehen gab. Die Tür schwang auf, Louis war mit drei schnellen Schritten bei Melanie und griff nach ihren Händen. Die zwei schauten einander tief in die Augen. Sophie hatte plötzlich das Gefühl, nur noch eine überflüssige Zuschauerin zu sein. Louis nahm mit dem Zeigefinger eine widerspenstige blonde Strähne, die aus Melanies Zopf herausgerutscht war, und strich sie hinter ihr Ohr. In dieser Geste lag so viel Zärtlichkeit, dass Sophie unwillkürlich schluckte. Ja, sie und Peter hatten die Anzeichen richtig gedeutet.

Schließlich lösten sich die beiden voneinander, und Melanie sagte mit einem Seitenblick zu Sophie: »Wir dachten, das solltest du wissen. Louis und ich, wir beide sind jetzt ein Paar.«

Markerschütterndes Geschrei zerriss die Stille.

»O Gott. Lisa!« Sophie hastete zurück zum Wintergarten. Im Durchgang blieb sie wie angewurzelt stehen und versuchte zu verstehen, was sie sah. Das Fell am Fenster war – leer. Keine Lisa.

Melanie und Louis waren ihr natürlich sofort gefolgt. Mit totenbleichem Gesicht drehte sich Sophie zu den beiden um und hauchte: »Sie ist weg.«

Es konnten nur Sekundenbruchteile gewesen sein, das begriff Sophie später, aber dieser Moment schien sich bis ins Unendliche auszudehnen. Lisas Gebrüll setzte wieder ein. Jetzt wurde klar, was passiert war. Sie hatte wohl versucht, nach der Spieldose zu greifen, und hatte es dabei zufällig geschafft, sich so weit hochzustemmen, dass sie schließlich auf die Seite gefallen und weitergepurzelt war. Da lag sie, das Gesicht unangenehm an den Übertopf der Zimmerpalme gepresst, und konnte sich nicht selbst helfen.

»Oh, mein armes Häschen, ich bin ja hier. Komm her auf meinen Arm. Ja, so ist es gut. Ich halte dich. Hör auf zu weinen, ich bin ja da.«

Es dauerte lange, bis Lisa sich beruhigt hatte. Fast ebenso lange dauerte es, bis sich Sophies Herzschlag wieder normalisierte. Ich habe nichts falsch gemacht, dachte sie trotzig. Ich passe immer auf mein Kind auf. Und sie hat sich noch nie von alleine fortbewegt. Ich habe nicht damit gerechnet, Himmel, sie hätte sich wehtun können.

Und dann war da noch eine klitzekleine Stimme in Sophies Kopf, die sie gar nicht hören wollte. Und diese Stimme raunte: Ab jetzt wird's kompliziert, Sophie. Du kannst nie wieder mal schnell ins Nebenzimmer laufen, um etwas zu holen. Du wirst immer Lisa mitnehmen müssen, ob's dir passt oder nicht.

»Nein«, sagte Sophie laut. »So bin ich nicht. Das ist mein Baby, mein eigenes Kind, und es stört mich nicht im Geringsten, dass sie da ist. Ich denke solche Gedanken noch nicht einmal. Ich werde schon eine Lösung finden. Jawohl.«

Alles auf Erfolg

»Sophie, komm, es geht gleich los!« Peters Ruf ließ Sophie im Flur innehalten. Eigentlich hatte sie noch eine Kiste Riesling aus dem Keller holen wollen, aber das musste jetzt warten. Rasch lief sie zur Küche und schaute durch die offene Tür.

»Louis, der Fernsehbeitrag über uns fängt gleich an.«

»Mhm, Sekunde, bin gleich fertig.« Mit atemberaubender Geschwindigkeit hackte Louis das Bündel Schnittlauch zu Ende und schob anschließend mit dem Messerrücken die kleinen Schnittlauchröllchen vom Schneidebrett in eine Edelstahlschüssel. »Hier ist der frische Schnittlauch für die Kräuterbutter, Melanie.«

»Geht klar, Schatz.«

»Bitte, nicht in der Küche«, zischte er leise zwischen den geschlossenen Zähnen hervor und warf einen kurzen Seitenblick zu Sophie, die so tat, als hätte sie nichts gehört.

»Wie du willst, Louis. Geh du nur mit Sophie. Ich komm hier im Moment gut alleine klar. Aber später will ich die Aufzeichnung sehen.«

»Versprochen, Melanie«, sagte Sophie. »Peter hat schon alles programmiert. Kommen Sie dann, Herr Chefkoch?«

»Ja, natürlich.« Schnell wusch sich Louis noch die Hände und folgte Sophie ins Wohnzimmer. Peter saß bereits in einem Sessel, wiegte Lisa auf seinem Schoß und deutete auf das Sofa. »Setzt euch, nach den Kurzmeldungen geht es los.«

»Herzlich willkommen zu einer neuen Ausgabe von *Land und Leute on Tour*. In unserem ersten Beitrag geht es an die Mosel, das heißt, nicht direkt ins romantische Moseltal, sondern in einen kleinen Ort oberhalb von Cochem. Und wenn man es ganz genau nimmt, dann sind es sogar zwei Orte oberhalb von Cochem, nämlich Wümmerscheid-Sollensbach. Das Doppeldorf wurde landesweit bekannt, weil man sich dort konsequent für den Ökotourismus starkmacht. Auslöser war die Entdeckung einer Lurch-Population im sogenannten Sollensbacher Bruch. Aber keine Sorge, liebe Zuschauerinnen und Zuschauer, meine Kollegin Meike Kaspari-Brettbäumler entführt Sie in ihrem Beitrag nicht in einen Teil unberührter Natur, sondern nimmt Sie mit auf einen Besuch voller kulinarischer Höhepunkte.«

Der Beitrag begann mit einer Luftaufnahme der beiden Dörfer. Das Fernsehteam muss die Aufnahmen mit einer Drohne auf dem Feldweg, über den ich immer spaziere, gemacht haben, schoss es Sophie durch den Kopf. Dann kam das Bistro ins Bild. Wow, wie hübsch unser Haus aussieht. Ja, es war ein besonders schöner und sonniger Vorfrühlingstag gewesen, als gedreht worden war. Das half natürlich auch.

»Das Haus sieht gut aus. Mensch, da müsste man wohnen«, witzelte Peter.

»Schscht!« Er erntete gleich zwei mahnende Blicke vom Sofa für seine Bemerkung.

»Spitzengastronomie hat ihre eigenen Regeln, aber sie ist nicht an bestimmte Orte gebunden. Natürlich darf man in Städten wie München, Hamburg oder Berlin mit Sternen am kulinarischen Himmel rechnen, aber man findet sie auch abseits des Großstadttrubels, beispielsweise hier im beschaulichen Wümmerscheid-Sollensbach. *Tante Dottis Bistro* ist in der Umgebung seit zwei Jahren eine feste Größe für wunderbar leichte, regionale Küche geworden, bei der manch französischer Koch vor Neid erblassen würde. Jetzt aber haben die Inhaberin Sophie von Metten und ihr Koch Louis Garbon zum Angriff auf die großen Restaurantauszeichnungen geblasen. Ihr Gourmetmenü wurde bereits von namhaften Kritikern bejubelt. Die Zeitschrift *Spitzenküche heute* nennt das

Bistro den heimlichen Shootingstar des Jahres, und dabei haben wir erst März.«

Louis stieß Sophie begeistert den Ellenbogen in die Seite und hob beide Daumen.

Das Fernsehteam hatte fast den ganzen Tag in und um den Mühlenhof herum Filmaufnahmen gemacht. Es folgten Sequenzen aus dem Gastraum, die Kamera schaute Melanie und Louis in der Küche über die Schulter, man sah, wie Sophie mit Gästen plauderte und wie die Servicekräfte an einem Tisch gekonnt einen Gang des Gourmetmenüs servierten.

»Das Gourmetmenü wird sicher nur der Anfang sein. Aber es ist ein Anfang, der Feinschmeckerherzen höherschlagen lässt. Die eher rustikale Speisekarte wird sicher nach und nach kulinarischen Kreationen weichen, die das Können des Kochs widerspiegeln. Es dürfte nicht mehr lange dauern, bis wir den Namen *Tante Dottis Bistro* in den Listen der großen namhaften Restaurantführer wiederfinden werden.« Eine lange Kamerafahrt weg vom abendlichen Mühlenhof, dessen Fenster golden leuchtet, beendete den Beitrag.

Sophie saß da und lächelte glücklich. Neben ihr seufzte Louis verzückt. »Hast du das gehört, Sophie? Kulinarische Kreationen, die das Können des Kochs widerspiegeln. Ich werde mich noch heute Abend hinsetzen und einen neuen Entwurf unserer Speisekarte zusammenstellen.«

»Mal langsam, Louis«, erwiderte Sophie lachend. »Unsere Gäste mögen doch dein Essen, so, wie es ist.«

»Schon, aber wir sollten das Eisen schmieden, solange es heiß ist. Nach diesem Beitrag erwarten unsere Gäste neue Gerichte. Wenn wir jetzt nicht durchstarten, wann dann?«

Sophie ließ sich von Louis' Begeisterung anstecken. »Vielleicht hast du recht. Nein, ganz sicher hast du recht. Lass uns in den nächsten Tagen über deine Ideen sprechen.«

»So machen wir es, Sophie. Und jetzt muss ich zurück in

die Küche, ich möchte Melanie nicht zu lange dort die Verantwortung überlassen.«

Als sie wieder alleine waren, lehnte sich Sophie zurück.

»Fünfzig Cent für deine Gedanken«, sagte Peter.

»Ich habe nur kurz daran überlegt, wie schön es wäre, wenn Dotti diesen Beitrag hätte sehen können.«

»Sie hätte ihre Freude daran gehabt, keine Frage. Aber ...«

»Was aber?«

»Ich will nicht unken. Wenn jemand so etwas durchziehen kann, dann du. Aber du solltest ein bisschen darauf achten, dass es dir nicht zu viel wird und dass Louis nicht übers Ziel hinausschießt. Und damit meine ich nicht die feine Leberwurst mit Schoko-Minze. Ich rede davon, dass dieses Bistro für viele im Dorf eine feste Größe geworden ist, nicht nur für die Feinschmecker und die Fernsehleute.«

»Selbstverständlich, glaubst du wirklich, ich würde das vergessen?«

»Nein, Sophie, das glaube ich nicht. Ich weiß nur nicht, ob unser Koch daran denkt.«

***

»Chefin, das musst du dir ansehen. Jetzt gleich, unbedingt.« Melanie kam mit einem Laptop unter dem Arm ins Wohnzimmer gestürmt. Sophie klappte das Kochbuch zu, in dem sie gerade geblättert hatte, behielt den Zeigefinger aber zwischen den Seiten und schaute hoch.

»Was gibt es denn?«

»Eine Freundin von mir hat mir gerade einen Link geschickt. Hier, schau selbst, ich hab die Seite schon für dich geöffnet.« Sie stellte den Laptop auf den Beistelltisch, klappte ihn auf und zeigte auf den Bildschirm. »Im Magazin der *Süddeutschen* steht etwas über – na rate? Genau, *Tante Dottis Bistro*. Ich zitiere: regional und kulinarisch genial.«

Interessiert beugte sich Sophie vor, überflog den Artikel und sagte erfreut: »Schön, das ist wieder eine gute Besprechung, davon hatten wir in letzter Zeit ja schon ein paar. Danke, dass du mir die gezeigt hast.« Sie wandte den Blick wieder ihrem Buch zu.

Melanie schien dieses deutliche Signal jedoch nicht wahrzunehmen und blieb neben dem Beistelltisch stehen. Offenbar war sie noch nicht fertig. »Und dann habe ich mir abends den Spaß gemacht, mal so richtig zu googeln. Du glaubst gar nicht, wer alles schon über uns berichtet hat. Ich hatte ja keine Ahnung.« Sie rief eine Datei auf. »Lies das«, sagte sie. »Ich hab da nur die Schlagzeilen und die wichtigsten Bewertungen reinkopiert.«

»Essen wie Gott in Frankreich, aber an der Mosel«, las Sophie halblaut. »Drei Goldene Gabeln für den Nachwuchs-Star. … Ein Ort, der in jedem Feinschmecker-Navi gespeichert sein muss. … Ländlicher Charme, der auf der Feinschmecker-Zunge zergeht. … Flammkuchen waren gestern, heute greift Sophie von Metten mit ihrem Team nach den Sternen …« Sie schaute auf und blickte zu Melanie hoch. »Du lieber Himmel, die überschlagen sich ja geradezu mit Lob für unsere Arbeit.«

»Und das Beste habe ich mir für den Schluss aufgehoben. Hier …« Melanie öffnete eine weitere Datei. »Hier wird ein bekannter deutscher Sternekoch zitiert. Als er in einem Interview gefragt wurde, wen er persönlich toll findet, sagte er: Ich rate allen Michelin-Testern, sich schon einmal den Weg nach Wümmerscheid-Sollensbach herauszusuchen. Sie werden den Besuch in *Tante Dottis Bistro* nicht bereuen.« Melanie strahlte Sophie an. »Der Hammer, oder?«

Sophie sprang auf und umarmte spontan die junge Frau. »Ja, du hast vollkommen recht – das ist der Hammer.« Mit verträumtem Blick fuhr sie fort: »Die Michelin-Tester in *Tante Dottis Bistro.* Das wäre wirklich ein Traum.«

Engagierte Servicekraft gesucht

»Hier, die klingt doch gut.« Louis wies auf eine E-Mail. Sophie und er saßen nebeneinander vor dem Computer in Sophies Arbeitszimmer und durchforsteten die eingegangenen Bewerbungen. »Hier steht: Sie ist eine engagierte Servicekraft und sucht eine Teilzeitbeschäftigung in einer Restaurantküche oder im Service«, fasste Louis zusammen, »sie möchte gerne abends arbeiten, ist sofort verfügbar und hat zehn Jahre Erfahrung.«

»Okay«, stimmte Sophie zu. »Die lade ich auch ein.« Sie warf einen Blick auf ihre handgeschriebene Liste. »Damit haben wir vier Bewerbungen für den Service, zwei gelernte Köche und noch sechs, die fürs Zuarbeiten in der Küche infrage kommen.«

»Ich bin froh«, sagte Louis, »dass das Gourmetmenü so gut ankommt. Aber ich muss dir ehrlich sagen, lange halte ich das nicht alleine durch.«

Nur ein Seitenblick in sein Gesicht genügte, um festzustellen, dass er die Wahrheit sagte. Er war blass, und unter seinen Augen lagen tiefe Schatten. Nun, da er sich unbeobachtet fühlte, hatte er sich auf dem Holzstuhl zurückgelehnt, die Schultern hingen schlaff nach vorne, der ganze Oberkörper war ohne jede Spannung. Jede Faser seines Körpers schrie nach Schlaf und Ruhe.

»Ich weiß, Louis. Du brauchst wieder deine Ruhezeiten, die letzten vierzehn Tage hast du praktisch ohne Pause durchgearbeitet. Das geht so nicht weiter. Ich mache mich sofort an die Arbeit und vereinbare die Termine für die Vorstellungsgespräche. Ich werde Leonie bitten, auf Lisa aufzupassen. Wir setzen uns mit den Bewerbern vormittags in den Gastraum, und ich möchte, dass du dabei bist. Schließlich sind das die Menschen, mit denen du jeden Tag zusammenarbeiten wirst, das muss schon passen.«

»Ist gut«, Louis nickte und erhob sich seufzend. »Ich geh dann mal. Das Lamm für heute Abend muss mariniert werden, und die Champignons sind auch noch nicht fertig. Da kann Melanie helfen.«

***

Passt!, dachte Sophie in demselben Moment, als Sarah Lessing den Raum betrat. Mittelgroß, Anfang dreißig, die hellbraunen Haare locker hochgesteckt, Perlenohrringe, ein freundliches, offenes Lächeln.

Sophie stand auf und ging ihr mit zur Begrüßung ausgestreckter Hand entgegen.

»Schön, dass Sie da sind. Sie müssen Sarah Lessing sein.«

»Frau von Metten, ich freue mich, dass Sie mich zum Gespräch eingeladen haben.« Wieder das freundliche Lächeln. Die erste Bewerberin des Tages hatte es raus, sofort Kontakt aufzunehmen, sie schaute Sophie direkt ins Gesicht. Sie wäre eine echte Bereicherung im Gastraum.

»Setzen wir uns doch. Möchten Sie vielleicht etwas trinken?«

»O ja, ein Glas Wasser wäre schön. – Sie möchten bestimmt alles Mögliche fragen. Oder vielleicht mache ich einfach mal den Anfang und erzähle ein bisschen über mich und warum ich hier bin.«

Zustimmend nickte Sophie.

»Ich habe insgesamt zehn Jahre Erfahrung im Gaststättengewerbe. Die meiste Zeit habe ich als Kellnerin gearbeitet, das ist es auch, was ich am liebsten mache. Die letzten Jahre musste ich ein bisschen kürzertreten, solange die Kinder noch klein waren. Aber jetzt, wo sie beide zur Schule gehen, würde ich gerne wieder einsteigen …«

Das Gespräch verlief angenehm, schnell war man sich einig, dass Sarah zunächst in Teilzeit und vorwiegend abends arbeiten würde.

***

David Schwerdtfeger rauchte draußen noch hastig ein paar Züge, das konnte Sophie deutlich durchs Fenster sehen. Anschließend trat er die Zigarette aus und ließ – sie konnte nicht umhin, das zu bemerken – die Kippe auf dem Boden liegen. Minuspunkt, noch bevor er reinkommt, dachte Sophie. Als David Schwerdtfeger dann lustlos durch den Gastraum zu ihrem Tisch schlurfte, brachte ihm das weitere Minuspunkte ein – zumindest in Sophies Augen. Aber sie wollte nicht vorschnell urteilen und begann das Gespräch.

»Herr Schwerdtfeger, Sie haben sich für den Posten als Küchenhilfe beworben.«

Der junge Mann kauerte auf der vordersten Stuhlkante und wippte unaufhörlich mit dem rechten Bein. Sophie wurde beim schon beim bloßen Hinsehen nervös. Er hielt die Augen niedergeschlagen und schaute auf seine Hände, die er knetete, die Finger ineinander verschränkt.

Oje, der arme Kerl ist aufgeregt, dachte Sophie und fragte noch einmal mit sanfter Stimme: »Herr Schwerdtfeger?«

»Was? Wie bitte? O ja, Entschuldigung, war kurz in Gedanken. Was hatten Sie gefragt?«

»Sie haben sich als Küchenhilfe beworben. Haben Sie schon einmal in dem Bereich gearbeitet?«, schaltete sich nun Louis ein. Wohl kaum, dachte Sophie bei sich, er ist gerade erst zwanzig, und er sieht irgendwie nicht so aus, als ob er überhaupt schon mal gearbeitet hätte.

»Nee, Küchenhelfer und so hab ich noch nicht gemacht. Ich studiere Philosophie.«

»Dann müssten Ihnen die Arbeitszeiten der Frühschicht ganz gut passen, das können Sie leicht vor dem ersten Seminar erledigen.« Louis' Mundwinkel zuckten belustigt.

Während Louis ihm die Aufgaben erläuterte, hatte Sophie Gelegenheit, den Bewerber weiter zu beobachten. Ungepflegt sah er aus, müde, mit ausgemergelten Gesichtszügen. Die langen Haare waren ungekämmt und hätten eine Wäsche nötig gehabt. Rund um die Handgelenke waren beide Arme tätowiert, aber nicht besonders kunstvoll. Die abgeknabberten Fingernägel zeigten deutliche Nikotinspuren. Wollte sie diesem jungen Mann die Verarbeitung ihrer kostbaren Lebensmittel überlassen?

Das Gespräch dauerte nicht besonders lange.

Kaum dass sich die Tür hinter Schwerdtfeger geschlossen hatte, prustete Sophie: »Louis, du Mistkerl, du hast so getan, als müsste man in unserer Küche schon um sechs Uhr früh anfangen. Dabei kommt ihr doch alle erst um halb zehn. Für die kleine Mittagskarte und den Kuchen hat das bis jetzt immer gereicht.«

Louis zwinkerte ihr zu. »Ich wollte einfach nur, dass es dem jungen Mann nicht so leidtut, wenn die Absage kommt. Wenn es mal stressig wird, und das kommt vor in der Küche, dann klappt der uns doch zusammen.«

»Und er wirkte auch so ungepflegt«, fügte Sophie hinzu.

Inzwischen war Louis schon aufgesprungen und hatte zwei Fenster geöffnet, um schnell durchzulüften, bevor das nächste Gespräch begann. »Ich habe das Gefühl, der ganze Raum riecht nach kaltem Zigarettenqualm. Igitt, so jemand möchte ich nicht neben mir in der Küche haben.«

***

Die Tür öffnete sich, und gleich darauf schien sich der Raum zu verdunkeln, weil der nächste Bewerber den Türrahmen komplett ausfüllte. Er war ein richtiger Hüne, sicherlich größer als zwei Meter, dabei schwer und massig gebaut.

Lächelnd schob Louis die nächste Bewerbungsmappe zu Sophie hinüber: »Du bist dran mit Begrüßen.«

Schnell noch den Namen nachsehen, dachte Sophie und las. Ratlos starrte sie auf den Lebenslauf und versuchte es noch einmal. Igor Zwerovchtschikow. Wie zum Teufel sprach man das aus? Zum Zaudern war jetzt nicht der richtige Zeitpunkt.

Wie bei den anderen Bewerbern stand Sophie auf und ging ihm mit freundlich ausgestreckter Hand entgegen. Während sie sich zur Begrüßung die Hand reichten, schaute sie zu ihm auf und sagte lächelnd: »Guten Tag, Herr … ähm …« Ihre Hand verschwand regelrecht in seiner mächtigen Pranke. Sein Händedruck aber war überraschend sanft und behutsam.

»Zwerovchtschikow. Igor Zwerovchtschikow«, ergänzte der Riese höflich, ohne eine Miene zu verziehen. Ein goldener Ring blitzte an seinem Ohr, was besonders dadurch zur Geltung kam, dass er vollkommen glatzköpfig war. Sie führte ihn zum Tisch und fühlte sich dabei geradezu zwergenhaft klein.

Igor Zwerovchtschikow ließ sich vorsichtig auf einem der geflochtenen Thonet-Stühle nieder, der unter seinem Gewicht bedrohlich knarrte.

»Igor«, sagte er zur Einleitung. »Bin Russe.«

Überraschung, dachte Sophie, hätte ich bei dem Namen nie vermutet.

Das Gespräch erwies sich als mühsam. Es zeigte sich, dass der Bewerber kaum Deutsch sprach und anscheinend auch von Natur aus mehr als schweigsam war.

»Sie haben sich für den Posten als Koch beworben«, steuerte Louis bei.

Als er das Wort Koch hörte, leuchteten die blauen Augen auf. »Igor kann kochen.«

Louis und Sophie tauschten einen hilflosen Blick. Sicher, dass er in Restaurantküchen gearbeitet und eine solide Ausbildung absolviert hatte, ging aus seinen Bewerbungsunterlagen hervor. Aber wie sollten sie sich von der Qualifikation dieses Mannes überzeugen, wie etwas über seine Fähigkeiten und seine Persönlichkeit herausfinden?

Igor saß eine Weile da und schien etwas zu überlegen. Schließlich griff er zu dem Stuhl neben sich. Dort hatte er seine Winterjacke und einen Leinenbeutel abgelegt, den Sophie schon vorhin bemerkt hatte. Er nahm eine Rolle aus Stoff heraus, legte sie auf den Tisch und öffnete sie langsam und sorgfältig. Drei verschieden große Messer wurden sichtbar.

Louis schnappte hörbar nach Atem. Er wisperte: »Das sind Messer von Jay Patel.« Und weil er Sophies ratlosen Blick sah, ergänzte er: »Das ist ein Hersteller von japanischen Profi-Kochmessern. Einhundertlagiger Damaszenerstahl. Scharf, ach was sag ich, sauscharf.«

Suchend schaute sich Igor um. Sein Blick blieb an der Tischdekoration hängen. Sophie hatte gestern eine weiße Stumpenkerze und ein paar dicke rote Äpfel auf einem hellen Eichenholzbrettchen angeordnet. Igor griff in seine Jackentasche, holte eine schmale Metallbrille heraus und setzte sie auf. Schweigend streckte er die Hand nach der Dekoration aus, bat mit einer hochgezogenen Augenbraue um Erlaubnis, und als Sophie zustimmend nickte, zog er das Brettchen zu sich heran.

Fast schneller, als man mit den Augen folgen konnte, hatte Igor einen der roten Äpfel in Viertel zerteilt und jedes in ein kleines Kunstwerk verwandelt. In die rote Schale schnitzte er beim ersten Viertel ein einfaches Schachbrettmuster, beim zweiten ein kleines, ineinander verflochtenes Schottenkaro, das dritte erhielt kleine Blätter und Zweige. Das letzte Viertel teilte er in zwei Richtungen, sodass eine Art rot-weißer Fächer entstand, der aus mehreren Dutzend feiner Lamellen zu bestehen schien. All das geschah in vollkommener Stille und Konzentration, vor allem aber in einem atemberaubenden Tempo.

»Könntest du das auch?«, wisperte Sophie.

»Ja, wenn du mir eine Viertelstunde Zeit lässt, vielleicht – aber so schnell, niemals«, flüsterte Louis zurück.

Gelassen nahm Igor ein Leinentuch aus der Tasche und trocknete die Messer sorgfältig ab. Er erlaubte sich ein leises Lächeln.

»Igor, kommen Sie.« Louis sprang auf. »Ich zeige Ihnen die Küche.« Louis machte eine auffordernde Handbewegung. Jetzt lächelte der Russe von einem Ohr zum anderen.

»Ich bin jetzt Koch hier?« Die einzelnen Wörter presste Igor langsam und bedächtig hervor, und sein Gesicht sah dabei aus, als würde er gerade Kiesel kauen.

Sophie suchte Louis' Blick. Der nickte heftig.

Sie strahlte Igor an: »Ja, wir würden uns freuen, wenn Sie bei uns arbeiten würden. Willkommen in *Tante Dottis Bistro.*«

»Verstehe Deutsch gut, besser als reden. Bin auch froh. Geh jetzt mit kleiner Mann in Küche, Boss.«

Sophie fand Louis' Gesicht bei der Formulierung ›kleiner Mann‹ zum Schreien komisch, aber sie riss sich zusammen und schaffte es, würdevoll zu nicken.

»Ach Louis, klär doch später noch mit Igor, wann er anfangen kann«, rief sie ihrem Chefkoch hinterher.

»Das ist gute Idee«, Louis versuchte Igors Brummbass zu imitieren und setzte hinzu, »Boss.«

Ja, Chef!

Dank Igor und Melanie sowie zwei weiteren Küchenhilfen hatte sich die Arbeitssituation in der Küche merklich entspannt. Vor allem Igor entpuppte sich als Fels in der Brandung. Der Russe blieb selbst in der größten Hektik die Ruhe in Person, gleichzeitig erledigte er seine Aufgaben in einem unglaublichen Tempo. Melanie ließ manchmal alles stehen und liegen, nur um ihn dabei zu beobachten, wie er beispielsweise Möhren in akkurate Würfel zerlegte, die nicht mal einen halben Zentimeter groß waren.

Wie Igor in der Küche war Sarah ein Gewinn für das Serviceteam. Wenn es abends darum ging, die Gäste zuvorkommend zu bedienen, sie bei der Auswahl der Gerichte zu beraten oder in aller Ruhe Sonderwünsche aufzunehmen, war Sarah unschlagbar. Sie hatte Louis gleich am ersten Tag damit überrascht, dass sie von ihm Details der aktuellen Gerichte wissen wollte. »Wie soll ich sonst die Gäste beraten«, hatte sie ihm erklärt.

Louis war sichtlich entspannter geworden, weil er nicht mehr alles alleine machen musste, häufig genügte es, Arbeitsabläufe zu koordinieren.

Am späten Vormittag machte Sophie gerne einen kleinen Rundgang zur Kontrolle durch Küche, Keller und zum Schluss den Gastraum. Gewöhnlich waren dann die Vorbereitungen für den Mittagstisch in vollem Gange. Louis leitete die Küche umsichtig und erfolgreich. Während ihres Rundgangs trug Sophie stets die kleine Lisa auf dem Arm. Sie war das perfekte Restaurant-Kind, falls es so etwas überhaupt gab. Alles, was sie sah, entlockte ihr ein begeistertes Quieken. Ihr strahlendes Lächeln konnte selbst das Herz einer übermüdeten Spülhilfe zum Schmelzen bringen. So war der tägliche Kontrollgang für Sophie zu einem Ereignis geworden, das sie nicht mehr missen wollte.

Heute jedoch war irgendetwas anders als sonst. In der Küche herrschte eine seltsam angespannte Stimmung. Normalerweise hörte man ab und zu ein paar eilig ausgetauschte Sätze, manchmal einen herzhaften Fluch oder auch einen kurzen Scherz, über den alle lachen mussten. Sogar Igor verzog dann sein Gesicht zu einem stillen Lächeln. Heute dagegen: nichts. Alle waren da. Alle hielten den Blick angestrengt auf ihren Arbeitsplatz gesenkt und konzentrierten sich betont auf ihre Aufgaben. Sophie runzelte die Stirn. Eigenartig. Dann fiel ihr auf, dass doch nicht alle da waren. Melanie fehlte. Nachdenklich schloss sie die Küchentür hinter sich und stand unentschlossen im Flur.

Von irgendwoher war ein schnaufendes, wimmerndes Geräusch zu hören. Sophie lauschte. Die Töne schienen aus der Damentoilette zu kommen. Sie öffnete die Tür, und tatsächlich: In der Ecke, an dem kleinen altmodischen Frisiertisch, saß Melanie auf einem der gepolsterten Hocker, den Kopf auf die Arme gelegt. Weinte sie etwa?

Sophie sagte leise: »Melanie?«

Keine Reaktion.

Lauter: »Melanie, was ist los?«

Jetzt schaute sie endlich hoch. Die Augen ganz verquollen vom Weinen, das Make-up völlig verschmiert. War das wirklich die lustige und gelassene Melanie, die sie kannte?

»Jetzt sag schon, ist etwas passiert?«

»Louis hat …« Vor lauter Weinen konnte Melanie erst einmal nicht weitersprechen. »Er hat mich … vor allen anderen kritisiert, ja, richtig heruntergeputzt.« Sie wischte sich mit dem Handrücken über die Augen. »Und das nur, weil ich einen klitzekleinen Fehler gemacht habe.« Unter Schluchzen brachte Melanie schließlich die ganze Geschichte heraus und schloss: »Ich meine … das geht doch nicht. Natürlich weiß ich, dass in der Küche oft ein rauer Ton herrscht, aber er ist doch mein Freund, der darf nicht so mit mir reden. Wenn alle zuhören und so …«

Tröstend sagte Sophie: »Pass auf, jetzt musst du die Zähne zusammenbeißen. Die Arbeit im Restaurant muss trotzdem weitergehen. Unsere Gäste können schließlich nichts dafür.«

Melanie nickte. Schweigend begann sie, ihr Make-up wieder herzurichten, den Zopf zu lösen, die Haare zu bürsten und neu zu flechten. Schließlich sah sie wieder halbwegs präsentabel aus.

»Ich rede heute Nachmittag mit Louis«, sagte Sophie. »Bestimmt klärt sich alles auf. Komm, und jetzt an die Arbeit.«

***

»Es kann ja sein, dass es Melanie wie ein klitzekleiner Fehler vorkommt. Aber an so einer Kleinigkeit hängen viele andere Arbeiten. Ich hatte ihr gesagt, sie soll die Fischlieferung annehmen und prüfen. Als der Lieferant weg war, hat sich herausgestellt, dass von den geräucherten Fischfilets viel zu wenige da waren. Außerdem hat Melanie nicht sofort in der Küche Bescheid gesagt, dass die tiefgefrorenen Garnelen noch im Flur standen. Sie konnte die Kiste nicht tragen.« Louis redete sich richtiggehend in Rage. »Aber anstatt eine von den Küchenhilfen zu informieren, hat sie die Kiste stehenlassen und zuerst im Keller das Gemüse in die Regale geräumt. Das musste zwar auch gemacht werden, hätte aber warten können. Währenddessen waren die Garnelen schon angetaut. Wir können sie zwar noch verarbeiten, aber nicht mehr einfrieren. Das wirft den Speisezettel für den Rest der Woche über den Haufen.« Louis fuhr sich aufgeregt mit beiden Händen durch die Haare. »Melanie ist noch am Anfang ihrer Ausbildung. Da muss es doch möglich sein, mal eine berechtigte Kritik zu äußern.«

»Ja«, sagte Sophie ernst. »Sie ist noch am Anfang ihrer Ausbildung. Auf der anderen Seite seid ihr beide erwachsen, und ihr hättet euch wohl denken können, dass es nicht einfach wird, ein Paar zu sein und gleichzeitig Ausbilder und Auszubildende.«

»Bei allem Respekt, Sophie, da muss ich dir widersprechen. Unsere Beziehung spielt während der Arbeit keine Rolle. So habe ich es mit Melanie abgemacht. Ich weiß doch, wie es zu den Stoßzeiten in der Küche zugeht. Da fällt schon mal ein unfreundliches Wort, aber das ist nicht so gemeint, und es ist nach Feierabend schnell wieder vergessen. So ist das eben in unserem Beruf. Du musst einfach funktionieren. Persönliche Befindlichkeiten haben da nichts verloren.«

Ich möchte wissen, dachte Sophie, ob Melanie das genauso sieht. Zu Louis gewandt sagte sie: »Nun, ich hoffe, dass ihr das miteinander geregelt bekommt. Ich werde nachher noch mal mit Melanie reden. Aber es ist wirklich unerlässlich, dass ihr zwei eure Gefühlsangelegenheiten regelt. *Tante Dottis Bistro* darf nicht darunter leiden.«

»Ich weiß«, sagte Louis. »Ich muss diese Küche führen, dafür bezahlst du mich schließlich. Und in der Küche läuft es so: Wenn ich etwas sage, dann gibt es nur eine richtige Antwort. Und die heißt: Ja, Chef!«

Heimweg unter Sternen

»Ich würde so gerne mal wieder …«, sagte Sophie träumerisch. Sie saß mit Peter bei einer späten Tasse Kaffee im Wintergarten.

»O ja, ich auch«, erwiderte Peter und grinste anzüglich.

»Ach, das doch nicht«, wehrte Sophie lachend ab. »Schließlich ist ein Kind anwesend. Außerdem hatte ich noch gar nicht zu Ende geredet.« Sie schaute hinüber zu Lisa, die zufrieden auf ihrer Krabbeldecke lag und der Spieldose zuschaute. »Ich würde so gerne mal wieder eine ganz normale Verabredung mit Freunden haben. So wie früher. Man verabredet sich spontan, isst zusammen etwas Schönes und quatscht ein bisschen.« Sie seufzte. »Das fehlt mir. Aber jetzt mit Lisa ist es eben anders, so was kann man einfach vergessen.«

Peter schwieg und überlegte eine Weile.

»Das ist doch Quatsch«, sagte er schließlich. »Warum soll das nicht gehen? Wir sind doch immer noch dieselben Leute, und wir brauchen auch mal was Schönes.« Er sprang auf. »Ich muss nur nachsehen, wo ich mein Handy hingelegt habe. Bin gleich wieder da.«

»So, alles geklärt«, verkündete er wenig später. »Wir essen heute Abend bei Leonie und Jan.«

»Aber wie soll das gehen? Lisa …«, wandte Sophie ein.

»Ich hab schon an alles gedacht. Pass auf: Du machst wie immer deine Begrüßung für die Abendgäste im Bistro. Währenddessen kümmere ich mich um Lisa. Bis du mit den Gästen durch bist, habe ich sie gebadet, gefüttert und fertig fürs Bett gemacht. Danach lege ich sie zum Schlafen hin, aber nicht in die Wiege, sondern in den Kinderwagen. Sie schläft ein, wir machen uns zu Fuß auf den Weg zu Leonie und Jan, und voilà – wir haben einen schönen freien Abend unter Erwachsenen, während unsere kleine Süße schon fest schläft. Ich habe schon angerufen, und Jan hat mir versprochen, Spaghetti zu kochen und eine Flasche guten Rotwein aufzumachen.« Er strahlte. »Na, was sagst du?«

»Ich sage – Peter, du bist der Beste. Ich liebe dich.«

Nur widerwillig löste sich Sophie aus seiner Umarmung und murmelte: »Ich geh jetzt mal besser nach oben und ziehe mich für den Abend um. Du kannst dir überhaupt nicht vorstellen, wie sehr ich mich auf später freue.«

***

Das Essen war noch nicht fertig, also blieben alle in der Küche und halfen mit. Peter rieb den Parmesankäse. Sophie hackte die Kräuter. Leonie hatte freiwillig angeboten, die Zwiebeln für die Sauce zu schneiden.

»So haben wir uns schließlich kennengelernt, mein Jan und ich«, seufzte sie glücklich, »beim Zwiebelschneiden in der Küche.«

»Keine Sorge, die Arbeit nimmt euch keiner weg«, sagte Sophie. »Soll ich schon mal den Tisch decken?«

Schließlich waren alle um den großen Esstisch versammelt. Leonie strahlte richtig.

»Ich liebe es, wenn zum Essen eine richtig große Runde versammelt ist. Das hätte ich am liebsten jeden Tag.«

»Dann mach es doch einfach«, schlug Peter vor.

»Wie meinst du das? Wollt ihr jeden Abend zum Essen kommen, oder wie?«

»Schön wär's, aber nein, so meinte ich es nicht.« Peter schwenkte sein Glas und ließ den Rotwein darin kreisen. »Ich wollte sagen: Welche Möglichkeiten gibt es, um jeden Tag möglichst viele Menschen um den eigenen Esstisch zu versammeln?«

»Eine Menge Kinder kriegen!«

»Jeden Tag den Dorfverein einladen!«

»Kindergeburtstag feiern!« Der Vorschlag kam von der kleinen Marie, die die Erwachsenen glücklich anstrahlte.

»Oder nein, ich weiß: einen privaten Mittagstisch gründen!«

Alle riefen durcheinander.

»Eine Landpension«, sagte Leonie plötzlich, und ihre Augen bekamen einen träumerischen Glanz. »Ich eröffne eine Landpension.« Sie schwieg und schien selbst überrascht von ihrer neuen Idee.

Sie stellte ihr Glas ab. Ihre Hände beschrieben ein Hausdach. »Eine Pension für alle, die einfach mal rauswollen aus dem Alltag. Sich ausruhen. Etwas Kreatives machen. Genau: Ich biete Zeichenkurse für meine Gäste an. Wir gehen in die Natur und zeichnen die Blumen, die Bäume, die Blätter ...«

»Leonie, das musst du unbedingt machen«, sagte Jan. »Immer nur diese Auftragsarbeiten, mal eine Broschüre, mal ein paar Visitenkarten, dafür bist du viel zu begabt. Und jeden Tag alleine am Computer arbeiten, wie oft hast du schon erwähnt, dass du den Kontakt zu anderen Menschen vermisst.«

»Ich könnte wieder mehr zeichnen und malen.«

Jan stand auf und füllte die Gläser nach und sagte: »Sophie, für dich noch etwas Wasser?«.

»Gerne«, sagte Sophie. »Auch wenn ich neidisch auf euren Rotwein gucke, ich würde gerne mal wieder ein Glas mittrinken.«

»Es dauert ja nicht mehr lange«, sagte Leonie tröstend.

»Lasst uns darauf anstoßen«, sagte Jan und hob sein Glas. »Auf unsere nächsten Treffen, bald auch wieder mit Rotwein für alle!«

Es war sehr spät, als sich Sophie und Peter mit ihrem Kinderwagen auf den Heimweg machten.

»Du bist ein sehr kluger Mann, genau so einen Abend haben wir gebraucht.« Tief in ihrem Innersten fühlte Sophie eine Wärme und Freude, und das lag nicht nur am Essen und dem guten Rotwein. »Was haben wir doch für ein schönes Leben.«

Sie blieben stehen. Die Stille war vollkommen. Über ihnen spannte sich ein klarer, kalter Nachthimmel, an dem Millionen von Sternen glitzerten. Peter stellte sich hinter Sophie und legte die Arme um sie, damit sie ja nicht fror.

»Schau nur, ich habe dir die Sterne gebracht. Extra für dich.«

»Glückssterne. Das sind lauter Glückssterne.«

Nicht im Buggy

Es war ein milder Tag Mitte März. Sophie hatte sich schon den ganzen Morgen darauf gefreut, einen ausgiebigen Spaziergang mit Lisa im Kinderwagen zu machen. Mittlerweile hatte sie das Oberteil ausgewechselt, seit ein paar Tagen war nicht mehr die Baby-Tragetasche, sondern der Kindersitz auf das Gestell montiert.

Ihre Stiefel und die Winterjacke hatte Sophie schon angezogen, damit sie sofort losgehen konnten, sobald Lisa im Sitz angeschnallt war. Liebevoll plauderte sie mit Lisa, während sie ihr den warmen Overall und eine Mütze anzog. Doch dann geschah etwas Unerwartetes. Lisa sah den Kinderwagen und fing an, leise zu greinen. Zuerst war Sophie nicht ganz klar, was los war, und sie setzte Lisa wie an den Tagen zuvor in den Sportsitz. Sie holte die erste Hälfte des fünfteiligen Gurts hinter Lisas Rücken hervor. Den Arm zu nehmen und hindurchzustecken erwies sich allerdings als unmöglich. Mit unglaublicher Energie zog die Kleine ihren Arm immer wieder heraus, sodass es schlicht unmöglich war, den zweiten Teil des Gurts anzulegen. Mittlerweile standen Sophie schon feine Schweißperlen auf der Stirn. Der Hausflur war zwar kühl, aber hier drinnen war die dicke Winterjacke viel zu warm. Leider hatte sie aber keine Hand frei, um sie wieder auszuziehen, also kämpfte sie verbissen weiter und redete währenddessen immer noch liebevoll, aber doch etwas angespannt auf ihre Tochter ein.

»So, meine Kleine, wo ist denn dein linker Arm? Jaa, genau, da haben wir ihn ja. Und jetzt …« Weg war der Arm. Neuer Versuch. »Hui, schau mal, das Ärmchen geht jetzt da durch und …« Lisas Greinen gewann an Lautstärke. Dieses Mal schaffte sie es sogar, den Arm aus dem Overall-Ärmel herauszuziehen, sodass Sophie den Reißverschluss öffnen musste, um die Sache in Ordnung zu bringen. Beim dritten, vierten und fünften Anlauf wurde immer noch kein Gurt angelegt. Lisas leises Wimmern steigerte sich langsam, aber sicher zu einem Gebrüll. Gleichzeitig entdeckte sie, dass sie ihren ganzen Körper mit großer Kraft in einer Art C-Form halten konnte, die es ihr erlaubte, den größtmöglichen Abstand zum Sitz zu haben.

Eine Viertelstunde später verließen die beiden endlich das Haus. Lisa mit laufender Nase und einer schief sitzenden Mütze, die die Augen halb verdeckte, Sophie schweißgebadet und mit einer Stimmung, die sich dem Nullpunkt näherte. So viel zu dem erholsamen Vormittagsspaziergang. Ein Windstoß fuhr ums Haus, und erste Regentropfen klatschten auf den Boden.

»Und jetzt erst recht«, murmelte Sophie grimmig.

***

Die Regentropfen klatschten Sophie ins Gesicht. Sie ging die Landstraße entlang. Jetzt über einen der Feldwege zu laufen wäre Blödsinn gewesen, sie hatte keine Lust, anschließend die schlammigen Reifen abzuwaschen. Lisa war nicht glücklich, sondern jammerte im Wagen und versuchte immer noch mit durchgedrücktem Rücken ihren Unmut über die Gurte deutlich zu machen. Na prima, dachte Sophie, wenn das jetzt jeden Tag so geht, kann ich diese Aktivität aus dem Tagesprogramm streichen. Aber sie wollte nicht darauf verzichten, schließlich musste sie doch mal an die frische Luft kommen, und Lisa tat das Ganze auch gut. Mit Neid dachte Sophie an Jenny, die unbekümmert ohne Kinderwagen ihre Joggingrunden absolvieren konnte. Was habe ich mich doch sicher gefühlt, sicher und überlegen. Leben mit Baby? – Alles kein Problem, kann man quasi nebenbei erledigen. Sophie hatte Jennys mitfühlenden Blick vor Augen. Jenny hat damals gewusst, was ich für einen Blödsinn rede, aber sie war zu höflich, um mich darauf hinzuweisen. Mit einem Windstoß wurde der Regen noch stärker und Lisas Knöttern lauter. »Ach Schatz, es tut mir leid, wir kehren jetzt gleich auch um.«

Wie musste sich Lisa fühlen, die, angeschnallt in dem Buggy, Wind und Regen gar nicht ausweichen konnte?

»Na, das ist aber ein Dreckswetter für einen Spaziergang.«

Ohne dass Sophie es richtig bemerkt hatte, war sie am Ende der Straße angekommen. Links lag Peters altes Haus, in dem jetzt Leonie und Marie wohnten und Peter noch seine Büroräume hatte, rechts lag das Haus von Erwin Körten-Buschmeier. Die kleine rundliche Gestalt des alten Mannes tauchte neben einer Hecke auf. Wie immer trug Körten-Buschmeier hohe Gummistiefel zur Arbeitshose und natürlich seinen speckigen Cordhut. Jetzt lief von der schmalen Hutkrempe ein Rinnsal Wasser herunter.

»Hallo, Erwin, was machst du denn bei diesem Wetter im Garten?«

»Der Regen hat mich überrascht. Ich war dabei, ein paar Blumenkübel wegzuräumen. Und du, wieso bist du draußen?«

»Als ich losgehen wollte, sah es noch gut aus, dann kam der Regen, aber ich hatte so lange gebraucht, um Lisa fertigzumachen, da wollte ich wenigstens ein paar Schritte laufen.«

Erwin Körten-Buschmeier trat näher an den Buggy, beugte sich herunter und sagte: »Na, kleine Prinzessin, meckerst du gerade rum, weil du den Regen genauso wenig magst wie ich?«

Lisas unzufriedenes Greinen verstummte. Mit ihren kurzen Ärmchen versuchte sie, nach Erwins Nase zu greifen. »Ach, das hättest du wohl gerne. Aber ich weiß schon, was du willst.« Ungeachtet des Regens nahm Körten-Buschmeier seinen Cordhut vom Kopf und hielt ihn sich vors Gesicht. »Jetzt bin ich weg«, tönte es dumpf aus dem Hut, »und jetzt bin ich da.« Erwin zog blitzschnell den Hut zur Seite. Lisa kreischte vor Vergnügen. Das Spiel wiederholte sich. Hut vors Gesicht halten, Hut wegziehen, Spaß haben. Mit einem ungläubigen Kopfschütteln beobachtete Sophie den alten Mann. War das derselbe Erwin Körten-Buschmeier, der viele Jahre lang im Ort als grimmiger, wortkarger und ständige maulender Kauz verschrien gewesen war? Der Mann, der ihr gleich an ihrem ersten Morgen in Wümmerscheid-Sollensbach die Polizei auf den Hals gehetzt hatte, der mit einem alten Jagdgewehr Falschparker von seinem Grundstück vertrieben hatte? Was für eine Verwandlung! Eines stand fest: Erwin hatte an der kleinen Lisa einen Narren gefressen. Er beendete sein Spiel, stülpte sich den Cordhut auf die strähnigen Resthaare und sagte dann: »Ich sollte jetzt mal besser reingehen und mir ein paar trockene Sachen anziehen. Das gilt auch für dich und deine Süße da, Sophie.«

»Das werden wir tun, Erwin. Und du solltest in den nächsten Tagen mal ins Bistro zum Kaffee kommen. Wir haben Kaffeeküsse und Apfelkuchen. Du bist herzlich eingeladen.«

»Apfelkuchen? Ja, den lieb ich sehr. Warum nicht, die Einladung nehme ich gerne an.« Erwin tippte an seine Hutkrempe, krabbelte mit den Fingern der Kleinen am Bauch und verschwand hinter den Gartenbüschen. Sophie kauerte sich vor den Buggy, strich ihrer Tochter behutsam die Regentropfen aus dem Gesicht und schnallte sie los, um sie auf den Arm zu nehmen.

»Komm, mein Schatz, wir gehen schnell nach Hause, und ich mache dir ein warmes Wannenbad.«

Sophie trug Lisa auf dem Arm, während sie den Buggy mit der anderen Hand vor sich herschob. Das war nicht ganz einfach, weil sich die Räder immer quer stellten und dadurch blockierten, aber so war die Kleine besser vor Wind und Regen geschützt. Zufrieden gluckste Lisa in Sophies Umarmung. Ich muss mir wirklich was Neues überlegen, dachte Sophie.

Sophie rechnet

Sophie schürzte nachdenklich die Lippen und prüfte die Beträge ein zweites Mal. Sie stieß einen leisen Pfiff aus. Himmel, was habe ich da nur angestoßen, überlegte sie.

Sie hatte es sich zur Pflicht gemacht, am Ende einer Woche immer die aktuellen Zahlen für ihren Betrieb zusammenzutragen und zu prüfen. Nicht, dass sie gerne die Buchhaltung führte – Peter hatte ihr sogar angeboten, diese Arbeit für sie zu übernehmen –, aber Sophie wollte über alles informiert sein und in Sachen Finanzen die Zügel fest im Griff behalten. Noch schaffte sie das, aber die Kutsche – um im Bild zu bleiben – hatte rasant an Fahrt aufgenommen. Rasanter, als sich Sophie das je hätte vorstellen können. Das zusätzliche Personal in der Küche und im Service ließen diesen Posten in der Kostenaufstellung durch die Decke schießen. Die Lebensmittel, die Louis mittlerweile für seine Gourmet-Kreationen forderte, waren deutlich teurer als alles, was sie noch vor einem Jahr im gleichen Monat eingekauft hatte.

Zum Glück stand diesen immensen Kostensteigerungen aber auch ein volles Reservierungsbuch gegenüber. Doch gut besetzte Tische pro Abend waren nur ein Teil in der neuen Umsatzstrategie. Nachdem sie das Gourmetmenü eingeführt hatten, hatte sie auch die übrigen Preise angepasst – und zwar nach oben. Ging gar nicht anders, sie musste schließlich nicht nur die Kosten einspielen, sondern auch verdienen.

Diesen Fehler hatte damals Tante Dotti mit ihrem neu eröffneten Café gemacht. Einfach nicht darauf geachtet, ob unter dem Strich auch ein Gewinn herauskam. Für Tante Dotti war der Mühlenhof die Erfüllung eines Lebenstraums und

Freizeitbeschäftigung in einem gewesen. Wäre sie nicht völlig überraschend gestorben, hätte sie vielleicht noch ein knappes Jahr gehabt, bevor sie pleite gewesen wäre. Glücklich, aber ohne ein Dach über dem Kopf – nicht mit mir, dachte Sophie und markierte in der Datei alle Ausgaben als gelesen und freigegeben.

Dann bearbeitete sie noch zwei Bestellungen. Kopfschüttelnd las sie Louis' neue Zutatenliste. Es gelang ihm immer noch, sie mit neuen Wünschen zu überraschen. Was zum Teufel war Krachai? Eine schnelle Recherche im Internet brachte die Antwort: eine Art Ingwerwurzel, die gerne in der Thai-Küche verwendet wurde. Einen neuen Arbeitsvertrag für eine Spülhilfe hatte Louis bereits ausgefüllt, den brauchte sie nur noch schwungvoll zu unterschreiben.

Bei all den Ausgaben und Plänen darf nur nichts schiefgehen, dachte Sophie beklommen, einen Plan B habe ich nämlich nicht. Zum Glück hatte sie darauf bestanden, für alle neu eingestellten Mitarbeiter eine Probezeit von sechs Monaten zu vereinbaren. So würde sie im Fall der Fälle wenigstens schnell das Personal reduzieren können. Andererseits gab es genug Spitzengastronomen in Deutschland, die so etwas auch stemmten und denen der Sprung in die Top-Gastronomie gelang.

Sie schaltete den PC aus, klappte die Unterschriftenmappe zu und sagte laut: »Was die können, kriegen wir auch hin.«

Mittwoch, 1. April, zwei Uhr morgens

»Wäääääh!«

Sophie fuhr mit einem Ruck im Bett hoch. Ihr Herz klopfte wie wild. Sie brauchte einen kurzen Moment, um sich zu orientieren. Der Schrei aus dem Babyfon hatte sie mitten aus dem Tiefschlaf gerissen.

»Uähhhh!«

Schon wieder. Schlaftrunken schaltete sie die Nachttischlampe auf ihrer Bettseite ein und tastete unter dem Bett nach ihren Hausschuhen.

Peter drehte sich um und murmelte: »Was ist los?«

»Lisa ist aufgewacht. Bleib liegen, ich geh schon.«

Sie tappte mit immer noch heftig klopfendem Herzen zum Kinderzimmer, alarmiert und besorgt. Was war nur mit Lisa los? Sie schlief doch schon seit Monaten jede Nacht durch.

Das Kinderzimmer war vom schwachen Schein des Nachtlichts ein wenig erhellt, gerade genug, um sich im Raum zu orientieren. Ihre Tochter lag mit weit offenen Augen im Bett und weinte jämmerlich.

Sophie eilte zum Bett und nahm Lisa hoch. »He, kleine Maus. Mama ist ja da. Hör auf zu weinen.«

Ein Korbsessel stand neben dem Gitterbettchen, dort setzten sich Sophie oder Peter immer hin, um abends ein Gutenachtlied zu singen und vor dem Einschlafen ein bisschen mit Lisa zu reden. In dieser Nacht war Sophie besonders froh, dass es eine Sitzgelegenheit gab. Sie setzte sich mit Lisa in den Sessel, bettete das Köpfchen auf ihre Schulter und strich ihr beruhigend über den Rücken. Das Weinen ging von lautem Gebrüll zu einem leisen, stetigen Wimmern über.

Hilflos tätschelte Sophie den Hinterkopf, strich immer wieder über den Rücken, aber das leise Weinen blieb unverändert und gleichmäßig. Sophie trug nur ein kurzes Nachthemd, langsam wurden ihre bloßen Beine kalt. Bestimmt würde sich Lisa bald wieder beruhigen, und sie konnte zurück ins warme Bett.

Eine Viertelstunde später war Sophie mittlerweile hellwach geworden, sie fror, und sie saß immer noch mit der wimmernden Lisa im Korbstuhl. Die Wanduhr tickte leise. Während Sophie dieses Geräusch bis jetzt immer als gemütlich und beruhigend empfunden hatte, ging es ihr heute Nacht allmählich auf die Nerven. Wieder warf sie einen Blick auf die Uhr, ein Geschenk des Ortsvorstehers zur Geburt war das gewesen. Das Zifferblatt zeigte einen lustigen gezeichneten Lattenlurch.

Zwanzig nach zwei.

Was war das? Jetzt wurde auch noch ihre Schulter kalt, da, wo Lisas Köpfchen lag. Vorsichtig tastete sie mit der freien Hand nach ihrer Schulter. Ihr Nachthemd war dort ganz nass. Seltsam. Sie stand auf und ging mit Lisa zur Wickelkommode. Erst jetzt bemerkte sie, was ihr vorhin noch nicht aufgefallen war: Lisas Kinn war nass, die Spucke floss in Strömen, und auch ihr Schlafanzug war am Halsausschnitt durchnässt. Seufzend machte sich Sophie daran, mit einer Hand einen trockenen Strampler herauszusuchen. Das leise Greinen hörte währenddessen keinen Moment auf.

Zwanzig vor drei. Erbittert schaute Sophie ab und zu auf die Wanduhr. Nun war sie nicht nur gleichzeitig hellwach und furchtbar müde, ihr war inzwischen richtig kalt und dabei auch noch langweilig. Gerade als sie überlegte, ob sie Lisa einfach mit in ihr eigenes Bett nehmen sollte – etwas, von dem sie sich vorgenommen hatte, es nie zu tun –, wurden Lisas Atemzüge langsamer und ruhiger. Behutsam, um sie ja nicht noch einmal aufzuwecken, legte Sophie die Kleine wieder zurück ins Gitterbett und blieb noch ein paar Minuten neben ihr sitzen, bis sie ganz sicher war, dass sie wieder eingeschlafen war.

Wieder zurück im warmen Bett kroch sie unter Peters Decke und schmiegte sich dicht an ihn. Er brummelte kurz »Teufel, hast du kalte Füße«, schlief aber sofort wieder ein.

Sophie dagegen war hellwach. Der Digitalwecker auf dem Nachttisch zeigte schon nach vier, als es ihr endlich gelang, wieder in den Schlaf zu finden.

Superwoman

Am nächsten Morgen wachte Sophie von einem höchst willkommenen Geräusch auf: vom Klappern eines Kaffeebechers auf dem Nachttisch.

Peter setzte sich auf die Bettkante. »Guten Morgen, Liebste. Es ist jetzt kurz nach acht. Ich habe dich so lange wie möglich schlafen lassen. Lisa habe ich schon gewickelt und gefüttert, und danach ist sie auf meinem Arm wieder eingeschlafen. Ich hab sie noch mal kurz hingelegt.«

Stöhnend setzte sich Sophie auf. »Puh, was für eine Nacht. – Hast du mir etwa Kaffee gemacht?« Sie nahm den Becher, umfasste ihn mit beiden Händen und sog gierig den Kaffeeduft ein. »Ah, den hab ich jetzt nötig. Danke schön.«

»Trink erst mal. Wenn du gleich unter die Dusche willst, warte ich noch solange und passe auf, ob Lisa nicht aufwacht. Danach muss ich dann aber wirklich los. Ich habe einiges im Büro zu erledigen.

Draußen war inzwischen ein strahlend heller Frühlingsmorgen heraufgezogen. Frisch geduscht, angezogen und zwei große Becher Kaffee weiter sah die Welt schon ganz anders aus, und Sophie fragte sich, um was genau sie sich in der Nacht eigentlich Sorgen gemacht hatte.

***

Um halb zwölf traf sie sich wie verabredet mit Melanie, um ihr zu zeigen, wie eine Tarte Tatin zubereitet wurde. Für so etwas nutzte sie gerne die kurze Zeitspanne, wenn die meisten

Vorbereitungen für den Mittagstisch erledigt waren und im Bistro noch nichts serviert werden musste.

Für Lisa hatte Sophie den Hochstuhl in die Küche gebracht, und für den Moment schien sie ganz zufrieden damit zu sein, zuzuschauen und an einem großen Apfelstück zu lutschen.

»Es ist wichtig, dass du die Tarte-Form großzügig mit Butter auspinselst. Und danach bestreust du die Form mit Zucker.«

Melanie nickte eifrig. Sie hielt die zuckerbestreute Backform zur Begutachtung in Sophies Richtung. »So?«

»Ja, so ist es gut«, bestätigte diese. »Und jetzt verteilst du den Karamell in der Form. Als Nächstes schälst du die Äpfel, schneidest das Kerngehäuse heraus und schneidest die Äpfel in Spalten. Dafür brauchst du mich ja nicht, ich gehe solange kurz mit Lisa raus in den Garten. Die Sonne scheint gerade so schön.«

Die Aprilsonne wärmte Sophie den Rücken. Langsam wanderte sie mit Lisa auf dem Arm durch den Garten und blieb ab und zu stehen, um ihr etwas besonders Schönes zu zeigen. Die leuchtend gelben Forsythienzweige schienen Lisa besonders gut zu gefallen.

Plötzlich hörte sie hinter sich ein Rascheln und Kratzen und drehte sich gerade noch rechtzeitig um, um zu sehen, wie ein sehr junges Eichhörnchen seine allerersten Kletterversuche an einem Baumstamm machte. Es war ganz klar noch nicht ausgewachsen, höchstens halb so groß wie alle Eichhörnchen, die sie je gesehen hatte. Die Pfoten wirkten im Verhältnis zu dem schmalen Körper riesig, und der Schwanz war zwar schon buschig, aber noch ziemlich kurz. Sophie blieb ganz still stehen, um das Tier nicht zu erschrecken. Auch Lisa schaute wie gebannt zu, während das Eichhörnchen versuchte, den Stamm hochzuklettern, sich dabei immer wieder in eine unmögliche Lage brachte und ins Gras herunterpurzelte.

Schließlich war es Zeit, wieder ins Haus zu gehen.

***

Gähnend verkündete Sophie am Abend um kurz vor zehn, dass sie jetzt schlafen gehen würde. Peter stimmte ihr grinsend zu, er hatte schließlich schon seit einer halben Stunde beobachtet, wie Sophie mit einem aufgeschlagenen Buch im Sessel gesessen hatte. Während der ganzen Zeit hatte sie nicht ein einziges Mal eine Seite umgeblättert, wahrscheinlich war sie immer wieder beim Lesen eingenickt.

»Siehst du«, sagte Sophie triumphierend, »alles halb so schlimm. Es ist kein bisschen so wie in den ersten Wochen mit Lisa. Ich habe trotz allem heute alles geschafft, was ich mir vorgenommen hatte. Melanie ein neues Rezept beigebracht, mit Lisa im Garten gewesen, abends nett die Gäste begrüßt. Alles gar kein Problem.«

»Ja«, neckte Peter sie liebevoll. »Du bist eben Superwoman. Warte mal, ist das ein rotes Cape, das da unter deinem Pulli rausschaut?«

»Ach du«, Sophie lachte. »Du bist nur neidisch, weil ich alles im Griff habe.«

Donnerstag, 2. April, zwei Uhr morgens

»Wäääääh!«

Sophie fuhr mit einem Ruck im Bett hoch. O nein, nicht schon wieder. Hatte sie gestern Nacht geglaubt, sie sei müde, war ihr jetzt klar, das war nichts gewesen verglichen damit, wie sie sich jetzt fühlte. Vorsichtshalber schlüpfte sie dieses Mal noch schnell in ihren warmen Morgenmantel, bevor sie ins Kinderzimmer hinüberging.

Der Ablauf der vergangenen Nacht wiederholte sich. Im Sessel sitzen, Lisa beruhigen, einen trockenen Schlafanzug finden, der Wanduhr zuhören. Der Lattenlurch schien ihr höhnisch zuzugrinsen. Wann hatte sie diese Figur jemals lustig gefunden?

Kurz nach drei endlich wieder in ihrem eigenen Bett angekommen, schloss Sophie die Augen. Gott, war sie müde. Aber dann geschah etwas Seltsames: Kaum dass sie ruhig dort lag, fiel ihr ein, dass sie am nächsten Tag unbedingt einen neuen Lieferanten für die asiatischen Gemüsesorten finden musste. In den letzten Tagen hatte sie mehrmals reklamieren müssen, die Qualität ließ zu wünschen übrig. Das durfte sie auf keinen Fall vergessen.

Und wenn sie schon dabei war, sie musste auch neue Stoffservietten bestellen. Jetzt, wo das Restaurant jeden Abend ausgebucht war, verbrauchten sie die gestärkten weißen Stoffservietten in einem atemberaubenden Tempo. Und die Gäste gingen auch so unachtsam damit um. Wie viele Servietten hatte sie schon aussortieren müssen, weil die Soßen- und Lippenstiftflecken einfach nicht mehr zu entfernen waren.

In Sophies Kopf bildete sich eine To-do-Liste, die immer länger wurde. Und je mehr ihr einfiel, umso weniger konnte sie in den ersehnten Schlaf finden.

In den nächsten Tagen würde es richtig voll werden, im gesamten Bistro gab es nicht mal mehr einen Hocker, den man noch hätte reservieren können. Dazu kam, dass die kommenden Tage auch noch mit zusätzlichen Aufgaben gespickt waren. Zwei Vertreter wollten vorbeikommen, eine Zeitungsredakteurin hatte sich fürs Wochenende angemeldet, ihre Freundin Karin Mahler hatte versprochen, die Kalkulation zu prüfen, und zwei Zulieferer drängten darauf, neu über die Lebensmittellieferungen zu verhandeln. Das alles war Sophie noch vor wenigen Tagen absolut machbar erschienen – Superwoman in Action eben. Aber was ich jetzt brauche, dachte sie, sind keine Superkräfte, sondern das Sandmännchen.

Peter schnarchte leise und drehte sich auf den Rücken. Das Geräusch wurde lauter. Sophie war mittlerweile so überreizt, dass sie nichts anderes mehr wahrnahm als dieses Schnarchen. Warum konnte Peter dort liegen und ausruhen, während sie selbst immer wacher wurde? Wieder wälzte sie sich auf die andere Seite und klemmte das Kopfkissen aufs Ohr. So hatte sie wenigstens Ruhe.

Als sie endlich einschlief, zeigte die Uhr kurz vor fünf.

Karin

Keine drei Stunden später wachte sie mit Kopfschmerzen auf.

Was waren die letzten beiden Nächte grauenvoll gewesen, schlimmer als in den ersten Wochen mit ihrer neugeborenen Tochter. Diese Zeit hatte sie als äußerst anstrengend erlebt, aber gleichzeitig in einem Gefühlstaumel von Glückseligkeit. Inzwischen hatte Sophie Verpflichtungen, und sie wusste, dass sie jetzt hundertprozentig für das Bistro und für ihre Gäste da sein musste. Der Badezimmerspiegel führte ihr im unerbittlich hellen Morgenlicht vor Augen, wie erschöpft sie aussah. Blasses Gesicht, dunkle Schatten unter den Augen, die Haare platt gelegen.

Das wird schon wieder, so wird es ja nicht ewig weitergehen, beruhigte sie sich selber und gähnte herzhaft. Sie kramte im Badezimmerschrank. Was sie jetzt brauchte, war zuallererst eine Kopfschmerztablette, danach einen doppelten Espresso und schließlich noch ein bisschen Zeit, um ihre Finanzunterlagen durchzuarbeiten. Denn das war etwas, was sie zusätzlich zu allem anderen beunruhigte. Die Berechnung, die sie aufgestellt hatte, sah zwar gut aus, aber Sophie wollte doch Gewissheit haben. Deshalb hatte sie sich heute früh mit Karin verabredet. Ein Glück, dass Karin gerade Urlaub hat, dachte Sophie, am späten Nachmittag oder gar am Abend wäre ein solches Gespräch im Moment gar nicht möglich gewesen. Karin Mahler arbeitete bei einer Bank in Cochem, und sie war es gewesen, die die Anfänge des Bistros professionell begleitet hatte. Genauer gesagt, Karin war es gewesen, die Sophie geholfen hatte, ihren allerersten Businessplan aufzustellen. Gut, dass Dotti und Karin so enge Freundinnen gewesen waren, denn Dottis unbedachte finanzielle Entscheidungen mussten Karin wie ein Albtraum aus Fehlbeträgen, Wunschrenditen und nicht erreichten Umsatzzahlen vorgekommen sein. Und obwohl Dotti nie zugelassen hatte, dass Karin ihr in Finanzfragen mit Rat und Tat zur Seite stand, hatte das ihrer Freundschaft keinen Abbruch getan.

Sophie zog sich an, frühstückte und freute sich darüber, dass die Tablette und das Koffein die Kopfschmerzen verschwinden ließen. Lisa schlummerte zum Glück in der Wiege, als es an der Haustür klingelte. Sophie trank rasch ihre Tasse leer, ein Blick auf die Uhr, natürlich, das musste Karin sein — wie immer pünktlich auf die Minute.

Als Sophie die Tür öffnete, staunte sie nicht schlecht: Normalerweise gehörten maßgeschneiderte Hosenanzüge zu Karins üblichem Outfit. Mit ihrer schlanken Figur hätte sie vieles tragen können, und man sah Karin auch nicht an, dass sie im September ihren vierundsechzigsten Geburtstag feiern würde. Aber in ihren Maßanzügen fühlte sie sich offenbar am wohlsten, auch wenn das immer ein wenig streng wirkte. Heute dagegen trug Karin schmal geschnittene Jeans, einen dunkelblauen Rollkragenpullover und einen Kurzmantel aus grauer Wolle. Die dunkelblaue Farbe passte wunderbar zu ihren kurzen silbergrauen Haaren.

»Was schaust du denn so, Sophie? Bin ich zu früh dran?«

»Hallo, Karin, schön, dass du Zeit hattest. Nein, du bist nicht zu früh.« Ganz sicher werde ich ihr nicht erklären, dass sie ohne Hosenanzüge so viel hübscher und offener wirkt. Sie nahm Karin den Mantel ab, hängte ihn an die Garderobe und sagte: »Du darfst es mir nicht übelnehmen, wenn ich heute etwas merkwürdig rüberkomme, Lisa hat zwei Nächte lang herumgejammert, und ich habe kaum geschlafen. Hoffentlich wird das heute ein ruhiger Tag, schließlich muss ich am Abend topfit sein.«

Karin folgte Sophie in den Wintergarten, wo diese bereits etliche Papiere auf einem Tisch ausgebreitet hatte.

»Möchtest du etwas trinken?«, fragte Sophie.

»Zu einem schwarzen Tee mit Milch und Zucker würde ich nicht Nein sagen. Und während du den Tee holst, kann ich mir ja schon einmal ein paar Zahlen anschauen«, erwiderte Karin. Noch im Stehen griff sie nach der ersten Tabelle und begann zu lesen. Ohne das Papier aus der Hand zu legen und das Lesen zu unterbrechen, setzte sie sich auf einen Stuhl.

Sophie kannte die Anzeichen schon. Ihre Freundin konnte beim Anblick von Umsatztabellen und Ergebnisprognosen alles um sich herum vergessen, also lief sie rasch in die Küche, um den gewünschten Tee zu holen. Sie kam mit einem Tablett zurück, auf dem eine Kanne mit frisch aufgegossenem Tee dampfte, daneben standen ein kleines Milchkännchen, eine Zuckerdose und zwei von den großen weißen Teetassen, die sie im Bistro benutzten.

An einem normalen Tag hätte sie Karin alle Zeit der Welt gegönnt, um sich anhand der Unterlagen ein Bild zu machen. Aber heute war kein normaler Tag. Sophie wusste nicht, wie lange Lisa in ihrer Wiege Ruhe geben würde, und sie war nicht sicher, ob das Dauergeschrei nicht auch tagsüber weitergehen würde. Deshalb sagte sie mit einer Spur von Ungeduld in der Stimme: »Ich habe dich hergebeten, weil ich sicher sein möchte, dass ich nichts übersehen habe. Wenn wir wirklich das Bistro zu einem Spitzenrestaurant weiterentwickeln wollen, dann wird das Geld kosten, aber die Ausgaben muss ich mir auch leisten können.« Karin nickte geistesabwesend, las die Aufstellung zu Ende und legte das Blatt Papier zur Seite.

»Ich muss sagen, du hast in den letzten Jahren wirklich dazugelernt. Wenn ich an unseren ersten gemeinsamen Businessplan denke … Mit diesen Unterlagen«, Karin tippte mit ihrem sorgfältig manikürten Zeigefinger auf die Tabellen,

»könntest du jederzeit bei einer Bank einen Kredit beantragen.«

»Es geht mir aber gar nicht um einen Kredit, Karin, ich brauche deine Einschätzung, ob es irgendwo einen Fallstrick gibt.« Sophie zählte es an den Fingern ab: »Wir haben höhere Personalkosten, weil ich zusätzliche Leute im Service und in der Küche benötige, wir haben höhere Kosten im Einkauf, weil wir nur mit Spitzenprodukten das kochen können, was Louis sich vorstellt. Aber auf der anderen Seite haben wir so viele Reservierungen wie nie zuvor. Und die Preise könnten wir auch noch weiter anpassen.«

Karin rührte Milch in ihren Tee und nahm aus der Dose, die auf dem Tisch stand, ein Stück Würfelzucker. Sie pustete auf den heißen Tee und trank einen Schluck. Das alles tat sie nur, um die Zeit zu überbrücken, in der sie das überdachte, was Sophie gerade aufgezählt hatte. Ohne Zweifel wird sie dabei auch die Zahlen, die sie eben gelesen hat, mit berücksichtigen, dachte Sophie. Als Karin antwortete, geschah das in einer Weise, die Sophie an jemanden erinnerte, der sich auf einem zugefrorenen See schrittweise auf das Eis wagte. »Du hast alle Voraussetzungen, um deinen Plan zu realisieren, keine Frage. Die Zahlen sehen gut aus, alle Weichen stehen auf Erfolg.«

»Aber? Es kommt doch ein ›Aber‹, das höre ich deutlich.«

Karin lächelte, und dieses Lächeln ließ ihr Gesicht aufleuchten und machte es weniger streng. »Du kennst mich sehr gut. Ja, es gibt ein ›Aber‹. Du baust gerade ein wunderschönes Kartenhaus auf. Nimm eine Karte heraus, und das Haus bleibt wahrscheinlich stehen. Zwei Karten – da wird es schon heikel. Unzufriedene Gäste könnten eine Karte sein, oder schlechte Kritiken. Dein Chefkoch wird krank, und du hast keinen Ersatz. Es gibt Probleme mit dem Gesundheitsamt … Das sind nur ein paar Beispiele, du bist lange genug dabei, um zu wissen, dass solche Dinge passieren können. Bei dem bisherigen Bistrokonzept hattest du viele Sicherheiten, aber natürlich auch geringere Einnahmen. Das hier, Sophie, diese neuen Pläne sind ambitioniert, und du trägst ein höheres Risiko. Versteh mich nicht falsch, so etwas funktioniert überall in Deutschland. Aber du musst wissen, worauf du dich einlässt.«

»Oh, das weiß ich. Ich habe alles lang und breit mit Peter und auch mit Louis besprochen. Wir wollen diesen Weg gehen, und wenn du sagst, dass wir in unserer Planung bisher keinen Fehler gemacht haben, dann reicht mir das.«

Karin lächelte und legte Sophie beruhigend ihre Hand auf den Arm. »Nein, du hast keinen Fehler gemacht.«

Sophie atmete auf. Ihr Herz, das eben noch wild gepocht hatte, als Karin mit ihrer Aufzählung begann, beruhigte sich langsam wieder. Aus dem Babyfon, das auf dem Tisch lag, war ein leises Weinen zu hören.

»Ach herrje, ich hätte mich so gerne noch länger mit dir unterhalten, Karin. Aber ich fürchte, ich muss mich jetzt um Lisa kümmern.«

»Mach dir um mich keine Gedanken, Sophie. Geh du nur zu deiner Tochter, ich finde alleine raus.«

»Ich danke dir, dass du dir alles angeschaut hast. Das war mir sehr wichtig. Du musst so bald wie möglich mit Heidi und Rita vorbeikommen, wir haben ein paar tolle neue Gerichte auf der Karte.«

Das Schluchzen aus dem Babyfon wurde lauter.

»Machen wir, und jetzt geh.«

Sophie umarmte ihre Freundin und lief dann schnell die Wendeltreppe hoch.

Karin schlenderte die Landstraße hinunter, sie hatte ganz bewusst ihren Wagen auf dem Parkplatz neben dem Rathaus abgestellt, weil sie ein Stück zu Fuß gehen wollte. Die frische klare Luft tat ihr gut. Nachdenklich kaute sie auf der Unterlippe. Aus der Innentasche ihres Kurzmantels zog sie ihr Smartphone heraus und wählte aus den Kontakten Ritas Nummer aus.

»Morgen, Rita, ich bin's, Karin. Ich war gerade bei Sophie im Bistro. … Ja, klar weiß ich, dass du auf einer Kreuzfahrt bist. Ich wollte nur schnell fragen, wann du wieder zurückkommst, es ist doch bald so weit, oder? … Ihr wollt noch ein paar Tage Badeurlaub auf Malta dranhängen? Hach, ich beneide euch so sehr. … Weswegen ich anrufe: Ich war wie gesagt gerade bei Sophie, und in *Tante Dottis Bistro* laufen die Dinge gerade in eine Richtung – ich mach mir Sorgen, ob das gutgeht. Am liebsten würde ich mich mal mit dir und Heidi zusammensetzen und darüber reden. Nur ist Heidi in Frankreich, und du … Ja, das ist lieb, melde dich, sobald du wieder im Land bist. Ich wünsche euch noch viel Spaß, und schick mal ein Foto. … Ja, tschüs.«

Karin steckte das Handy zurück in die Tasche und seufzte. Wie gerne hätte sie sich mit ihren Freundinnen ausgetauscht, und was für ein Pech, dass ausgerechnet jetzt alle beide im Ausland waren. Sophie war so begeistert von ihren neuen Ideen, da wollte ich ihr keinen Dämpfer verpassen, dachte sie. Aber als Freundinnen sollten wir ein wenig darauf achten, dass ihr Kartenhaus auch wirklich stehen bleibt.

Freitag, 3. April, zwei Uhr morgens

»Peter!«

Keine Antwort.

»Wach auf!«

»Was ist denn?«

Die dritte schlaflose Nacht in Folge, das war los. Es fühlte sich an, als hätte sich Sophies Sprachzentrum zusammen mit ihrer Geduld und ihrer guten Laune für immer verabschiedet. Sie suchte nach Worten, hatte aber nicht die Energie für ganze Sätze oder lange Erklärungen.

»Lisa. Brüllt wieder.«

»Hmmm. Hab ich gar nicht gehört.«

Wie konnte er das nicht hören, wenn das Babyfon doch eingeschaltet war?

»Du musst gehen. Ich kann. Nicht. Mehr.« Schon diese Worte hervorzustoßen kostete fast übermenschliche Kraft. Sie hätte weinen mögen vor Müdigkeit und presste den Kopf fest aufs Kissen, in der Hoffnung, weiterschlafen zu können.

»Klar. Ich geh rüber. Und das Babyfon stell ich ab, damit du Ruhe hast. Mach die Augen zu.«

***

Es war vergeblich. Langsam und unerbittlich meldeten sich die Nachtgedanken in Sophies Kopf, dieselben, die sie schon letzte Nacht wach gehalten hatten. Hinter ihren Schläfen hämmerten bohrende Kopfschmerzen.

Augen zu, schnell an etwas Schönes denken, dachte Sophie. Schlafen. Dann wird alles wieder gut.

Fast schon eingedöst, fuhr sie plötzlich mit einem Ruck wieder hoch. O nein, sie hatte vergessen, die Servietten zu bestellen. Nun musste sie sich überlegen, wie das am nächsten Tag aufgeholt werden konnte. Vielleicht in der Wäscherei Bescheid sagen, dass sie es noch einmal mit Einweichen versuchen sollten. Oder vielleicht konnte sie eine Expresslieferung bestellen. So viel teurer wäre das bestimmt gar nicht.

Das waren aber keine Gedanken zum Einschlafen. Sophie suchte nach etwas, das sie ablenken würde. Genau: der Erfolg von *Tante Dottis Bistro.* Das war doch ein schönes Thema. Sie stellte sich bildlich die drei besten Zeitungsartikel vor, die sie eingerahmt im Büro aufgehängt hatte.

Es waren zwar schöne und angenehme Gedanken, die sie jedoch nicht schläfrig und entspannt machten. Vielmehr führte eins zum anderen, und plötzlich ertappte sich Sophie dabei, dass sie überlegte, wie der Dienstplan der kommenden Woche aussehen könnte. Die Aussicht auf Schlaf entwich in immer weitere Ferne. Unruhig wälzte sie sich im Bett hin und her, nickte ab und zu ein, aber Erholung wollte sich nicht einstellen.

***

Wo Peter nur blieb? Sie schaute auf den Wecker. Jetzt war er schon über eine Stunde bei Lisa. An schlafen war ohnehin nicht mehr zu denken, also schwang Sophie die Beine über den Bettrand, zog wie in der vorigen Nacht den Morgenmantel über und tappte hinüber ins Kinderzimmer. Lisas Weinen war schon im Flur zu hören. Sie blieb in der Tür stehen und schaute auf Peter herab, der mit Lisa auf dem Arm in dem eigentlich gar nicht so bequemen Korbsessel hockte.

Er blickte verzweifelt auf. »Was sollen wir nur machen? Sie gibt einfach keine Ruhe. Und sie steckt immer die ganze Hand in den Mund und kaut auf allem herum.«

Sophie schlug sich mit der flachen Hand vor die Stirn: »Klar! Jetzt weiß ich. Sie bekommt einen Zahn.« Schnell kniete sie neben dem Sessel auf den Boden und streichelte Lisas Wangen. »Du armes Häschen. Oje, dein Kinn ist schon ganz wund.«

»Wenn ich hier noch lange sitze, werde ich wahnsinnig«, grummelte Peter ein paar Minuten später. »Ich habe überhaupt nicht das Gefühl, dass Lisa einschläft.«

»Nein, ich auch nicht. Das hat alles keinen Zweck. Weißt du was? Wach sind wir sowieso. Ich hab doch vor Wochen schon so ein Schmerzgel in der Apotheke gekauft. Das sollte helfen. Und dann packen wir Lisa in eine warme Decke, setzen sie in den Buggy und machen einen Spaziergang. Dabei schläft sie eigentlich immer ein. Und wenn nicht, dann sitzen wir wenigstens nicht hier herum und warten. Probieren müssen wir es.«

Peter nickte. »Es ist auch richtig hell draußen, fast schon Vollmond. Los geht's. Auf zum Mondscheinspaziergang.«

Das Schmerzgel wirkte rasch. Lisa ließ sich anstandslos in den Buggy setzen. Das Jammern erstarb, und der völlig übermüdeten Kleinen fielen in kürzester Zeit die Augen zu. Ziel erreicht, dachte Sophie, wie gerne wäre ich jetzt an Lisas Stelle und würde einfach die Augen zumachen. Ihr ganzer Körper sehnte sich nach Schlaf.

»Wollen wir trotzdem noch ein Stückchen den Weg entlanggehen?«, fragte Peter sanft. Offenbar sah er ihr an der Nasenspitze an, wie sie sich fühlte.

Sophie lächelte ihn tapfer an. »Ich hatte diese verrückte Idee, also will ich mich gar nicht beschweren. Ich ärgere mich nur, dass ich nicht früher auf den Gedanken gekommen bin, dass unser kleines Mäuschen zahnt.«

»Ich hätte auch daran denken können. Es war ja längst überfällig.«

»Gleich morgen gehe ich noch mal in die Apotheke und lass mich beraten.«

»Hat Leonie nicht sogar mal etwas von einem Beißring erzählt, den man in den Kühlschrank legen kann?«

»Stimmt. So einen sollten wir besorgen. Die letzten drei Tage müssen für Lisa ja schrecklich gewesen sein.«

»Nicht nur für sie.« Peter schob vorsichtig den Kinderwagen und achtete darauf, möglichst nicht in ein Schlagloch zu geraten. »Ich würde es begrüßen, wenn ich nicht ab jetzt jede Nacht spazieren gehen müsste«, sagte er mit einem schiefen Grinsen.

»Aber es ist auch schön. Surreal, aber schön.« Und das meinte Sophie ganz im Ernst. Der Mond tauchte die Landschaft in ein fahles, kühles Licht. Unten im Ort brannten einzelne Straßenlaternen, der Wald war nur ein dunkles Band. Über allem lag ein tiefer Friede.

»Wie ruhig es ist«, murmelte Sophie.

»Ja, kein Saxonet, niemand, der Atemübungen macht, keine Fans von Lurchwasser.«

»Beschwöre es bloß nicht herauf.«

»Im Ernst, ich fürchte, das ist noch lange nicht das Ende der Fahnenstange.«

Statt einer Antwort gähnte Sophie herzhaft. Mit einem Mal spürte sie überdeutlich die Kühle der Nachtluft. Fröstelnd rieb sie mit den Händen über die Arme. Obwohl sie ihre warme Jacke angezogen hatte, fing sie an zu zittern.

»Komm, Sophie, wir drehen um. Du bibberst ja regelrecht«, sagte Peter und wendete den Buggy.

»Das ist nur die Müdigkeit.«

»Bestimmt ist das so. Aber ich möchte nicht, dass du dich erkältest.« Peter schob den Kinderwagen mit einer Hand, legte seinen Arm um ihre Schultern und zog sie an sich. Sophie genoss seine Umarmung. So gingen sie dicht aneinandergeschmiegt zurück zum Mühlenhof.

Die Dame an Tisch neun

Ausgerechnet an diesem Abend fehlten zwei Mitarbeiterinnen im Service. Uta hatte am Mittag einen Krankenschein vorbeigebracht. Die unübersehbar rot verschnupfte Nase sprach Bände. »Es tut mir so schrecklich leid, Sophie, aber ich hab mir irgendwie die Mutter aller Erkältungen eingefangen. Ich … hatschi … boah, schrecklich, ich … hatschi … wie soll ich so arbeiten?«

»Ja, gar nicht, Uta.« Sophie achtete darauf, außer Reichweite ihrer Mitarbeiterin zu bleiben. Eine Erkältung war das Letzte, was sie sich jetzt leisten konnte.

Uta schnäuzte sich die Nase und stöhnte: »Ich leg mich gleich hin und schau, dass ich so schnell wie möglich wieder auf die Beine komme, versprochen.«

»Ist gut, Uta, gute Besserung.« Sophie machte sich weiter keine Sorgen, so etwas konnte vorkommen. Die Sorgen begannen erst, als es halb sieben am Abend war und Sarah immer noch alleine im Bistro servierte. Judith, die junge Kellnerin, die neben Sarah und Uta heute für den Service eingeteilt war, war um sechs Uhr nicht zum Dienst erschienen.

»Weißt du, wo Judith steckt, Sarah?«, fragte Sophie.

»Keine Ahnung. Ich habe nicht so viel Kontakt zu Judith und Uta, die beiden sind ja doch erheblich jünger als ich.« Sarah wirkte regelrecht zerknirscht, weil sie Sophie nicht helfen konnte.

»Na, der werde ich was erzählen«, murmelte Sophie und nahm das schnurlose Telefon, um bei ihrer Mitarbeiterin anzurufen. Doch da lief nur eine kurze Ansage: »Hi, kann grad nicht. Quatsch mir was auf die Mailbox«.

Sophie atmete einmal tief durch. Vielleicht gab es einen guten Grund für Judiths Fehlen. »Judith, hier ist Sophie. Du hast heute Dienst, und ich wundere mich gerade, wo du wohl bleibst. Bitte melde dich im Bistro, wenn du diese Nachricht gehört hast.« Sophie legte das Telefon zur Seite und betrat den Gastraum. Schon jetzt waren mehr als zwei Drittel aller Tische besetzt.

»Und, konntest du sie sprechen?« Sarah kam mit drei Tellern in den Händen durch die Pendeltür und schaute Sophie fragend an. Die schüttelte nur den Kopf und sagte: »Mailbox!«

Sarah schnaubte empört und schaltete dann, kurz bevor sie den Tisch der Gäste erreichte, auf ein strahlendes Lächeln um. Tja, was mache ich jetzt?, fragte sich Sophie. Ihre Rolle als plaudernde Gastgeberin konnte sie heute vergessen. Sie musste als Kellnerin einspringen. Selbst zu zweit würden sie an diesem Abend im Service bereits hart am Wind segeln. Sarah alleine machen lassen? Ausgeschlossen, sie würde, trotz aller Professionalität, untergehen. Ein Glück, dass Peter keinen Auswärtstermin hatte und sich um Lisa kümmern konnte. Aber dass sie sich heute früher zurückziehen konnte, um zeitig schlafen zu gehen und die letzten Nächte ein bisschen auszugleichen, das konnte sie wohl vergessen. Mit einem Seufzen ging Sophie in den Keller, wo sie den Umkleideraum für das Personal eingerichtet hatte und wo die Wäsche aufbewahrt wurde. Sie nahm sich eine lange schwarze Schürze vom Stapel und band sie sich um. Normalerweise hätte sie noch ein wenig Make-up aufgelegt und sich die Haare frisiert, aber dafür war jetzt keine Zeit. Oben im Bistro lief bereits alles auf Hochtouren.

***

»Herzlich willkommen in *Tante Dottis Bistro*. Schön, dass Sie heute Abend bei uns sind. Darf ich Ihnen schon etwas zu trinken bringen?« Sophie lächelte die alleinstehende Frau freundlich an. Sarah hatte sie an einen Zweiertisch ganz hinten im Bistro gesetzt.

»Ich denke, ich werfe zunächst einen Blick in die Karte, junge Dame. Oder doch, warten Sie. Ein Wasser wäre für den Anfang nicht schlecht. Medium, nicht zu viel Kohlensäure, wenig Eisen, in einer verschlossenen Einzelflasche, ich möchte selber einschenken.«

»Natürlich. Gerne.« Sophie schluckte kurz, lächelte dann noch einmal und lief in die Küche. Sie hatte sich in den letzten zwei Stunden schnell wieder in die Rolle der professionellen Bedienung eingefunden. Schließlich hatte sie schon während ihrer Studienzeit im Service gearbeitet. In den letzten Jahren hatte ihre herzliche Art, mit Gästen umzugehen, mit zum Erfolg ihres Bistros beigetragen. Aber es gab Gäste, bei denen fiel es schwerer, herzlich zu sein, als bei anderen. Die Dame an Tisch neun gehörte definitiv dazu.

»Wer ist denn das an der Neun?«, fragte Sophie, während sie in der Küche das gekühlte Mineralwasser aus dem Getränkekühlschrank holte, ein Glas aus dem Schrank nahm und es schnell noch einmal mit einem weichen Tuch nachpolierte.

»Warte mal.« Sarah warf einen Blick ins Reservierungsbuch. »Ach ja, die habe ich eingetragen. Gott, das ist ja mal ein Name: Adelheid von Stelzenborn.«

»Adelheid von Stelzenborn …« Sophie runzelte die Stirn. »Irgendwas klingelt da bei mir. Wo habe ich nur diesen Namen schon mal gehört?«

»Keine Ahnung. Aber sie erinnert mich ein wenig an Meryl Streep in ihrer Rolle in *Der Teufel trägt Prada*. Kennst du den Film?«

»Ja, klar. Und du hast recht. Die grauen gestylten Haare, das hagere, leicht missmutige Gesicht, die schmale Lesebrille.« Sophie seufzte. »Immer daran denken: Jeder Gast ist unser persönlicher Gast. Obwohl, diese Dame hätte ich nur ungern in meinem Wohnzimmer sitzen. Irgendwas ist mit der. Also, auf in den Kampf.«

Sophie brachte das Mineralwasser an Tisch neun. »Einmal das Mineralwasser. Schauen Sie in Ruhe die Karte an, ich bin gleich wieder bei Ihnen. Drüber auf der großen Tafel finden Sie zusätzlich noch unsere Spezialitäten des Tages.«

»Wenn man die Handschrift lesen könnte«, sagte Adelheid von Stelzenborn mehr zu sich selber und vertiefte sich in die Karte. Dabei saß sie kerzengerade und berührte nicht die Rückenlehne ihres Stuhls. Ihre ganze Körperhaltung sprach von Anspannung und höchster Konzentration. Sophie wollte gehen, doch sie wurde mit einer erhobenen Hand stumm aufgefordert zu bleiben.

»Moment noch.« Die Speisekarte des Bistros war von Sophie bewusst kurz gehalten, weil sie nichts davon hielt, unzählige Gerichte anzubieten. Lieber einige wenige, aber die richtig. Dieses Credo hatte Sophie von Jean-Pierre gleich zu Beginn eingeschärft bekommen und sich immer daran gehalten. Ach Jean-Pierre. Sophie vermisste den kleinen, stets gut gelaunten Franzosen …

»Sagen Sie mal, träumen Sie?«

»Was? Ich meine, entschuldigen Sie. Ich war in Gedanken.«

»Das habe ich gemerkt. Ich fragte gerade, ob der Riesling auf der Karte trinkbar ist?«

In Sophie wallten gleich zwei Empfindungen auf. Sie fühlte sich ertappt, weil sie die Frage nicht mitbekommen hatte und tatsächlich mit den Gedanken ganz woanders gewesen war, und gleichzeitig war sie empört, weil die Frage als solche geradezu unverschämt war.

»Wir haben nur ausgesuchte Jahrgänge von namhaften Winzern auf der Karte. Der Riesling, auf den Sie gerade zeigen, ist vom Mosel-Weingut Bremmer und hat schon mehrere Auszeichnungen erhalten.«

Sophies jetzt schon nicht mehr ganz so herzliches Lächeln erstarb endgültig, als sie hörte, wie Adelheid von Stelzenborn missmutig mit der Zunge schnalzte und murmelte: »Da macht man sich doch besser ein eigenes Bild, als sich auf das Urteil von anderen zu verlassen. Also gut, dann nehme ich ein Glas Riesling, dazu vorweg den Salat mit Ziegenkäse. Den Ziegenkäse bitte nicht zu lange braten. Und danach das Rindersteak, bitte nicht zu groß, ich bin ja kein Holzfäller. Medium, aber um Gottes willen nicht zu blutig. Eine Ofenkartoffel, so was werden Sie sicher haben, Kräuterbutter. Kein Salz, ich salze mein Fleisch und die Kartoffel selber. Haben Sie französisches Meersalz? Gut, ich denke, das wäre es dann.«

Sophie nahm schweigend die Bestellung auf, wandte sich vom Tisch ab und war schon zwei Schritte entfernt, als sie noch hörte: »Sie sollten mehr schlafen, junge Dame, Sie sehen schrecklich aus. Vielleicht sprechen Sie mal mit Ihrer Chefin. Mir scheint sowieso, dass der Service hier ein wenig dünn besetzt ist.«

Sophie blieb stehen und zählte innerlich bis drei, bevor sie sich wieder umdrehte.

»Die Chefin bin ich, Frau von Stelzenborn. Mein Name ist Sophie von Metten, und leider, leider haben gleich zwei Mitarbeiterinnen heute ihren Dienst nicht angetreten. Aber bislang hatte noch kein Gast Grund zur Klage.« Adelheid von Stelzenborn schwieg und zog eine Augenbraue hoch, was Sophie so sehr in Rage versetzte, dass sie ohne nachzudenken weiterredete. Die Worte sprudelten nur so aus ihr heraus: »Ach ja, und ich habe eine kleine Tochter, die gerade Zähne bekommt, und ich habe drei Nächte kaum geschlafen. Ich weiß gar nicht, warum ich Ihnen das erzähle, denn das geht Sie eigentlich nichts an. Aber Sie sind der erste Gast, der mich auf mein Aussehen anspricht. Ich wünsche Ihnen trotzdem, dass Sie den Abend hier im Bistro genießen und …«

»Merde!« Der Schrei aus der Küche hallte quer durch den

Gastraum. »Was zum Teufel ist da drin? Ist das gerösteter Salbei?«

Diesem Satz folgte ein lautes Scheppern, so, als wäre gerade eine Stahlschüssel auf den Boden gefallen, ein Aufschluchzen und der Knall einer zugeschlagenen Tür.

Im Gastraum verstummten alle Gespräche. Sophie stand versteinert da, Blut schoss ihr vor lauter Verlegenheit ins Gesicht.

Mitten in diese peinliche Stille hinein stellte Adelheid von Stelzenborn nicht besonders laut, aber mit glasklarer Bühnenstimme fest: »Ob dieser Abend ein Genuss wird, wage ich zu bezweifeln, Frau von Metten.«

***

Krisensitzung am Esstisch im Wintergarten. Sophie brannten die Augen. Ihr ganzer Körper sehnte sich nach Schlaf, aber sie wusste auch, dass sie den Eklat des heutigen Abends hier und jetzt besprechen mussten. Mit dieser schrecklichen Szene im Kopf würde sie ohnehin nur unruhig schlafen können. Peter, der neben ihr saß, streichelte sanft über ihren Arm. »Ich werde jetzt mal die Moderation übernehmen, weil ich von dem ganzen Schlamassel nichts mitbekommen habe«, begann er. »Und um die schlechte Nachricht gleich vorwegzuschicken: Ich hab ein bisschen im Internet recherchiert. Das ist übrigens nicht die schlechte Nachricht.« Er versuchte ein kleines Lachen, um die Lage ein wenig zu entspannen, und fuhr fort: »Hier kommt die schlechte Nachricht: Adelheid von Stelzenborn ist die Verfasserin der Kolumne *Adelheid … isst.* Sie schreibt für zahlreiche Gourmetmagazine, ihr Blog hat Tausende von Followern, und ein berühmter Sternekoch soll mal gesagt haben, dass er weder Tod noch Teufel fürchte, wohl aber eine schlechte Kritik von Adelheid.«

Sophie sah, wie es in Louis arbeitete und wie Melanie beschämt den Fußboden des Wintergartens musterte.

»Okay, so viel also zu den schlechten Nachrichten«, Peter schaute zu Sophie hinüber. »Hat es ihr wenigstens geschmeckt?«

»Kann ich nicht sagen. Ich war ja draußen bei Melanie, Sarah hat währenddessen Tisch neun übernommen.«

»Gut, ändern können wir jetzt sowieso nichts mehr, aber wir können dafür sorgen, dass sich so etwas nicht wiederholt. Also, Louis, was ist konkret vorgefallen?«

»In der Küche gibt es klare Vorgaben von mir, wie wir ein Gericht zubereiten. Das muss auch so sein, schließlich müssen wir eine gleichbleibende Qualität liefern. Die Kräuterbutter aber schmeckte heute anders.« Er blickte in die Runde, erst zu Peter, dann zu Sophie, vermied es jedoch, Melanie anzusehen. »Melanie hatte gerösteten Salbei untergerührt, obwohl der nicht in dem Rezept steht, das ich entwickelt habe. Das ist nicht hinnehmbar. Wenn jeder kocht, wie er will, oder einzelne Bestandteile von Gerichten eigenständig abändert, werden wir nie ein Spitzenrestaurant.«

»Aber ich hab doch nur gerösteten Salbei in die Kräuterbutter getan. Du tust ja gerade so, als hätte ich Spülmittel reingerührt«, verteidigte sich Melanie.

»Ich habe entschieden, wie unsere Kräuterbutter schmecken soll, und gerösteter Salbei war nicht vorgesehen«, erwiderte Louis wütend.

»Wer hat mir denn immer stolz erzählt, dass er eigenständig mehr Ziegenkäse in die Käsecreme gerührt hat, um seinem Onkel dann zu antworten: Genug ist, wenn ich finde, es schmeckt. Ich fand die Idee gut, gerösteten Salbei in die Kräuterbutter zu rühren. Und es hat geschmeckt.«

»Du bist aber noch keine Köchin«, zischte Louis und blickte ihr nun doch endlich ins Gesicht, »du bist noch mitten in der Ausbildung, und es steht dir nicht zu, die Rezepte deines Chefs eigenständig zu verändern.«

»Damit erteilst du jeder kreativen Idee in der Küche eine Absage. Deine Rezepte – sie sind doch nicht in Stein gemeißelt. Ja, du bist am Herd der Chef, aber du bist nicht der unfehlbare Küchenpapst. Vielleicht wärst du das gerne, aber so weit bist du noch nicht.« Melanie sprang auf. »Sophie, entschuldige mich bitte. Ich verspreche dir, dass sowas wie heute nicht noch einmal passieren wird. Aber ich möchte auch mal eine eigene Idee umsetzen, wenn ich davon überzeugt bin, dass sie gut ist.« Melanie wischte sich zornig mit der Hand eine Träne aus den Augen, dann schaute sie Louis an. »Du musst heute Abend nicht auf mich warten, ich werde in meiner eigenen Wohnung schlafen. – Darf ich jetzt bitte gehen, Sophie? Ich muss ein bisschen alleine sein.«

»Weißt du, Melanie, ich habe das etwas unterschätzt. Als du hier angefangen hast, haben wir beide zu zweit im Bistro gearbeitet. Jetzt haben wir eine komplette Küchenmannschaft mit einer festen Hierarchie, ich hätte mehr daran denken müssen, wie das für dich ist. Wir reden in den nächsten Tagen noch mal drüber.«

Melanie nickte und verließ schweigend den Raum.

Louis öffnete kurz den Mund, so als wollte er ihr noch etwas hinterherrufen, aber dann presste er stattdessen verärgert und trotzig die Lippen aufeinander.

»Das ist jetzt nicht so gelaufen, wie ich es mir vorgestellt hatte«, ergriff Peter wieder das Wort. »War denn die Kräuterbutter nicht genießbar?«

Diese Frage löste bei Louis eine unerwartete Reaktion aus. Er schlug mit der flachen Hand auf den Tisch und sprang auf. »Nein, sie war köstlich, wenn du es genau wissen willst. Aber hier geht es nicht um den Geschmack, es geht um das Prinzip. Ich glaube, ihr habt immer noch nicht verstanden, dass wir so nicht arbeiten können.«

So aufgebracht hatte Sophie Louis noch nie erlebt. Beschwichtigend sagte sie: »Louis, bitte, Melanie hat sich doch entschuldigt. Du hast doch gehört, was ich gerade zu ihr gesagt habe. Und was dich betrifft: Ich kann keinen Chefkoch gebrauchen, der in der Küche herumschreit, wenn alle Gäste im Bistro es hören können. Wir hatten alle einen schlechten Tag, lass uns eine Nacht darüber schlafen, und morgen solltest du mit Melanie sprechen.«

Louis seufzte und fuhr sich mit der Hand über das Gesicht, dann nickte er. »Ist gut, Sophie. Ich werde dann besser auch mal gehen.«

Als Louis die Wohnzimmertür hinter sich geschlossen hatte und sie wieder alleine waren, stöhnte Peter: »Na, das kann ja heiter werden. Unsere Küche ist zu klein für eine Beziehungskrise.«

»Die beiden werden das schon wieder auf die Reihe kriegen.«

»Ich hoffe inständig, dass du recht hast.«

Ja, das hoffe ich auch, dachte Sophie. Das mulmige Gefühl in ihrem Bauch aber blieb.

Adelheid … isst

Man sollte sich eben nie auf das Urteil anderer verlassen, sondern sich besser selbst ein Bild machen. Und genau das würde ich Ihnen dringend empfehlen, gerade in Bezug auf Tante Dottis Bistro oberhalb von Wümmerscheid-Sollensbach. Ich weiß nicht, welche Tante für diesen drolligen Namen Pate stand, meine eigene Tante wäre jedenfalls über die vorgefundenen Zustände wenig erfreut gewesen.

Aber der Reihe nach: In den letzten Wochen wurde dieses, ich nenne es mal Restaurant, von so vielen Seiten hochgelobt. Es war fast schon zu schön, um wahr zu sein. Mein erster Eindruck: ein hübsches Landhaus-Bistro, nett anzusehen, mehr aber auch nicht. Außen der Charme eines alten Bruchsteingebäudes, wer's mag, wird sich daran erfreuen, innen aber eher Studentenbude und Szene-Café. Selbst gebastelte Tische und alte Stühle aus der Sperrmüllsammlung. Das mag manchen ansprechen, mit gehobener Gastronomie hat es wenig zu tun.

Das Interieur könnte ein erster Hinweis sein auf das, was einen dann erwartet: eine patzige Chefin, die unausgeschlafen die Bestellung entgegennimmt und auch noch meint, ihren desolaten Zustand erklären zu müssen. Ganz ehrlich: Wenn ich gut essen gehen will, möchte ich Gast sein, nicht der Seelendoktor für die Problemchen meiner Mitbürger (Bistro-Chefinnen eingeschlossen). Man möchte am liebsten rufen: Dann geh doch in Elternzeit oder hör auf zu jammern, dass sich Beruf und Baby schlecht vereinbaren lassen.

Gar nicht auszudenken, wohin das alles führen würde, wenn dieses Bistro wirklich einmal gehobene Küche anbieten würde. Der bekannte Jean-Pierre Garbon soll hier die Grundla-

ge geschaffen haben. Man fragt sich allerdings: die Grundlage für was?

Von der Qualität der Küche konnte ich mir keinen rechten Eindruck verschaffen, dafür sorgten ein herumfluchender Koch, aufgebrachte Küchenhilfen, die hysterisch Türen schlugen, und eine Küchenbrigade, die offenbar noch weit davon entfernt ist, auch nur annähernd an einem Strang zu ziehen.

Mein Fazit zu einem unerfreulichen Abend: Hier müssen alle Beteiligten noch das kleine Gastronomie-Einmaleins lernen, oder bei dem bleiben, was man schon kann. Viel wird das allerdings nicht sein. Das viel gelobte Gourmet-Menü mochte ich nicht probieren, da war mir aufgrund der Hektik der Appetit auf ein ausgiebiges Essen schon vergangen. Und was ich ansonsten auf der Speisekarte lesen konnte … nun ja, Bistro-Einerlei, hauptsächlich Flammkuchen und Salate. Das Rindersteak, das ich probiert habe – nun ja, annehmbar. Und an einer Ofenkartoffel kann man nicht viel falsch machen. Dazu ein Weißwein aus der Gegend. Kurz, etwas, das auch jeder besseren Straußwirtschaft mühelos gelingt, dann aber in einer Atmosphäre, in der man gerne Gast ist und nicht unfreiwilliger Zuschauer bei Familienproblemen und Küchendramen.

Wie heißt es in Zeugnissen bei unzureichenden Leistungen so schön: »Er hat sich stets bemüht …« Ja, ich fürchte, mehr wird man auch nicht über Tante Dottis Bistro sagen können. Aber all die positiven Kritiken … werden Sie jetzt vielleicht anmerken. Nun, dem kann ich nur ein Sprichwort meiner verstorbenen Großmutter entgegenhalten: Eine Schwalbe macht noch keinen Sommer.

Ihre Adelheid

Peters Idee

»Das … das ist so gemein, so ungerecht, so völlig falsch.« Sophie lag schluchzend auf dem Bett. Sie hatte sich auf den Bauch gelegt und das Gesicht in ein Kissen vergraben. Ein neuer Weinkrampf schüttelte sie. Mit beiden Fäusten schlug sie auf die Matratze ein. »Ich blöde Kuh denke auch noch, dass ich mich rechtfertigen muss, und zack, liefere ich diesem Biest den nächsten Stock, mit dem sie auf uns einprügeln kann.«

Peter, der neben ihr auf der Bettkante saß, streichelte zärtlich über ihr Haar. »Es ist nur ein Internet-Blog, Sophie. Wahrscheinlich wird das kaum einer wahrnehmen.«

Sophie hob den Kopf vom Kissen und schaute ihn mit rot verweinten Augen an. »Das wird kaum einer wahrnehmen? Das glaubst du doch selber nicht. Wie du schon gesagt hast: Dieser Drache hat Tausende von Followern. Wenn auch nur zehn Prozent davon den Text teilen … Und das bleibt für immer im Netz. Jeder, der *Tante Dottis Bistro* googelt, wird diesen Verriss zu lesen bekommen. Jeder! Das Internet vergisst so was nicht. Jetzt werden andere auf den Zug aufspringen und nach dem Haar in der Suppe suchen, und wenn es nur unsere Einrichtung ist. Nein, Peter, das ist erst der Anfang. Wenn wir nicht aufpassen, dann geht alles, was wir aufgebaut haben, den Bach runter.« Sophie ließ ihr Gesicht wieder ins Kissen fallen und murmelte: »Karin hatte recht, es ist ein Kartenhaus, und Adelheid von Stelzenborn hat gerade mehrere Karten auf einmal herausgezogen.«

»Ach komm, Schatz. Du hast genug Energie, um jeder Adelheid die Stirn zu bieten. Beweise ihr, dass sie unrecht hat.

Wenn sie erst einmal selber einräumen muss, dass sie falschlag, dann hast du gewonnen.«

»Du hast gut reden«, erwiderte Sophie. »Das Schlimme ist, dass sie recht hat. Ich schaffe es einfach nicht, alles unter einen Hut zu bekommen. Lisa, den Haushalt und unsere Bistro-Pläne. Jetzt hat auch noch Judith, die unzuverlässige Kuh, gekündigt, und wir dürfen einmal mehr nach einer neuen Servicekraft suchen. Schon als ich vor ein paar Monaten bei Jennifer erwähnt habe, dass ich alles super im Griff hätte, hat sie mich so mitleidig angeschaut, als hätte ich nicht alle Tassen im Schrank. Und es stimmt ja auch. Es stimmt alles. Aber das macht es, verdammt noch mal, auch nicht leichter.« Stöhnend vergrub sie den Kopf wieder in dem dicken Federkissen.

Peter küsste sie auf den Hinterkopf. »Geliebte Sophie, vielleicht sollten wir dann das tun, was andere vor uns auch schon getan haben.«

Sophie drehte sich um, schniefte und wischte sich mit der Hand die Tränen von den Wangen. »Und woran denkst du da konkret?«

»An die Einführung eines offiziellen Ruhetags im Bistro – das könnte auch die Lage in der Küche entspannen. Bisher hast du dir zwar abwechselnd mit den anderen ab und zu freigenommen, aber in letzter Zeit bist du dazu kaum noch gekommen. Und für uns ganz privat denke ich an eine Kinderfrau, die auf Lisa aufpasst, damit du dich zu bestimmten Zeiten auf den Betrieb konzentrieren kannst. Um ehrlich zu sein, ich weiß nicht, wann es bei mir wieder heißen wird: Herr von Metten, besuchen Sie doch mal den Kunden in München oder Stuttgart. Verstehst du? Wir tanzen da auf zu dünnem Eis, und deine Pläne dürfen nicht von meinem Chef abhängig sein.«

»Eine Kinderfrau? Im Ernst?«

»Natürlich!«

»Aber ist das auch gut für sie?«, gab Sophie zu bedenken.

»Ich hatte mir immer vorgestellt, dass wir als ihre Eltern die wichtigsten Personen in ihrem Leben sein sollten. Aber stattdessen ist es vielleicht ihre Kinderfrau, an die sie sich später erinnert.«

»Ich schlage ja nicht vor, dass wir Lisa ins Heim geben oder ins Baby-Internat abschieben«, widersprach Peter. »Wir holen uns Hilfe zu uns ins Haus, haben jederzeit die Möglichkeit, nach unserer Tochter zu sehen, und am Ruhetag bleibt genug Zeit, neben dem Entspannen noch den Bürokram und unseren Haushalt zu erledigen, sodass der auch an den übrigen Tagen weniger wird.«

Sophie dachte kurz nach, dann nickte sie zögernd. »Ja, dann machen wir es so. Das erste Lebensjahr ist total wichtig für Lisas Entwicklung, da werden alle Weichen gestellt. Aber was nützt es Lisa, wenn die Eltern total fertig und abgearbeitet sind oder wenn wir nicht mehr genug Geld verdienen, weil wir unsere Arbeit nicht mehr vernünftig erledigen können? Gar nichts. Nein, wir brauchen Hilfe, das ist mir selbst ja auch in der letzten Zeit klar geworden. Wir werden alles entspannter umsetzen können, und ich habe die Möglichkeit, mehr im Bistro präsent zu sein.«

Sie zog Peter zu sich herunter und küsste ihn. »Du bist mein Rettungsanker, geliebter Herr von Metten.«

Etepetete-Atmosphäre

Beim nächsten Treffen des neuen Dorfvereins waren deutlich weniger Mitglieder anwesend als bei den letzten Treffen.

»Was ist los, Johannes? Sonst musste ich immer mehrere Tische zusammenschieben, und heute seid ihr nur zu fünft?«, fragte Sophie, als sie den Gastraum im ehemaligen Stallgebäude betrat.

»Guten Abend, Sophie.« Johannes Braubart ergriff wie immer als Erster das Wort. »Ja, es ist zurzeit wie verhext, wir konnten uns einfach … ähm … na ja, es gab Terminprobleme.«

»Aber jetzt seid ihr ja da. Was darf ich euch denn zu trinken bringen? Und möchtet ihr auch etwas essen?«

»Also, die Getränke auszusuchen ist leicht, bring uns allen ein Pils«, erklärte Braubart, und die anderen vier Männer nickten zustimmend. »Und vielleicht ist es möglich, das Hauptgericht aus deinem Gourmet-Menü zu bestellen ohne die ganzen anderen Gänge?«

»Du sprichst von der Rinderhüftdecke mit Wacholderrahm, dazu Kartoffeln *Bamberger Hörnchen* und grüne Bohnen? Natürlich geht das. Ist zwar nicht die Regel«, Sophie zwinkerte den Männern zu, »aber für euch machen wir eine Ausnahme.«

»Dann mal her damit. Ich meine, für die Qualität des Fleisches verbürge ich mich. Wenn das nicht schmeckt, liegt es jedenfalls nicht am Metzger, höhö.«

Die Männerrunde klopfte feixend auf den Tisch, und Sophie lachte mit. »Johannes, du bist ein schrecklicher Kerl. Also fünf Mal das Rind. Dauert ein wenig, ich lass Sarah gleich die

Getränke und für den Anfang etwas Schmalz und Brot bringen. Ich möchte ja nicht, dass ihr mir vom Fleisch fallt.«

Als Sophie mit der Bestellung in die Küche kam, war die angespannte Stimmung im Raum mit Händen greifbar. Melanie arbeitete mit starrem Gesicht in einer Ecke und schnitt Kräuter klein, während Louis gerade am Herd eine Sauce abschmeckte. Er nickte Igor anerkennend zu, schnalzte mit der Zunge und hob den Daumen. Igor nahm das Kompliment mit einem zurückhaltenden Lächeln entgegen. Melanie schaute nicht einmal hoch, augenscheinlich herrschte zwischen ihr und Louis mehr oder weniger Funkstille. »Igors Sauce ist fertig«, sagte Louis kühl, »wie weit sind die Kräuter?«

»Kannst du haben, Chef.« Melanie betonte das Wort »Chef« besonders, und mit ihrem Tonfall hätte man auch ein paar Cocktails auf knapp über den Gefrierpunkt herunterkühlen können. Sophie suchte Igors Blick, der hob nur eine Augenbraue und machte ein hilfloses Gesicht. Klar, der riesige Russe konnte und wollte sich hier nicht einmischen, dafür kannte er alle noch zu wenig.

Das müssen Melanie und Louis unter sich ausmachen, mir fehlt einfach im Moment die Kraft für die Arbeit als Beziehungstherapeutin, dachte Sophie. Laut sagte sie: »Louis, ich habe hier fünf Mal die Rinderhüftdecke.«

»Wie jetzt? Nur das Hauptgericht?«

Sophie registrierte sehr wohl, dass Melanie mit dem Schneiden innehielt und die Spülkraft mit dem Scheuern eines Topfes aufhörte. Igor dagegen spitzte die Lippen und hackte ungerührt eine große Gemüsezwiebel klein.

»Ja, fünf Mal das Hauptgericht. Der Dorfverein ist drüben im Stall und hat Hunger. Melanie, würdest du bitte Brot und Schmalz vorbereiten, das bringt Sarah dann gleich rüber.«

»Moment mal, Sophie.« Louis trat näher. Er senkte die

Stimme, offenbar wollte er nicht, dass alle mithörten. »Das geht so nicht.«

»Was geht so nicht? Dass Melanie Brot schneidet?«

»Nein, dass du einfach ein Gericht aus meinem Gourmet-Menü herauslöst und es separat anbietest. Ich habe das Ganze akribisch durchkalkuliert. Es ist unter dem Strich eine Mischkalkulation. Die Rinderhüfte alleine, puh, da müssten wir ja locker knapp unter dreißig nehmen, damit die Relationen stimmen.«

»Ich berechne doch nicht für eine Scheibe Rindfleisch, drei Kartöffelchen und ein paar Bohnen knapp unter dreißig Euro. Und dann auch noch beim Dorfverein.« Sophie richtete sich zu ihrer vollen Größe von genau ein Meter siebzig auf und schaute ihm fest in die Augen. »Nee, Louis, darüber können wir uns gerne mal in Ruhe unterhalten. Jetzt ist der falsche Zeitpunkt, um über Speisekartenplanung zu reden. Und was das Thema 'mein Gourmet-Menü' betrifft«, fügte sie kühl hinzu, »bitte vergiss nicht, dass das hier immer noch mein Bistro ist. Ich habe es aufgebaut, und was ich meinen Gästen serviere, ist immer noch meine Sache. Wenn ich etwas entscheide, will ich das ganz sicher nicht in der Küche diskutieren, da reicht mir ein einfaches ›Ja, Chefin‹.«

Sophie hat sich sehr bemüht, ruhig zu bleiben, was ihr weiß Gott schwer genug fiel. Die letzten Tage hatten sehr an ihr gezehrt, die Nerven lagen blank. Das Letzte, was ihr jetzt noch fehlte, war ein eingeschnappter Koch, der ihren Gästen ein Essen verweigerte. Louis presste die Lippen zusammen. Etwas in Sophies Blick ließ ihn wohlweislich schweigen. »Ist gut, Sophie, also fünf Mal das Rind. Igor, kümmere dich bitte um die Bohnen. Melanie, etwas mehr Beeilung bitte, Brotschneiden ist ja nicht so schwer. Zeig mal. Nein, die Scheiben müssen gleichmäßiger werden. Halt das Brot gerade, dann werden die Scheiben akkurater. Dann sorgst du für die Kartoffeln.«

Louis ist verletzt und stinkig, schoss es Sophie durch den Kopf, damit muss er klarkommen. Aber er sollte das nicht an den anderen auslassen. Mit schlechtem Gewissen verließ sie die Küche, um das Bier zu zapfen. Sarah kam an die Theke. »Alles okay bei dir, Chefin? Du siehst ganz käsig aus.«

»Ja, danke, Sarah, geht schon. Die Stimmung in unserer Küche ist nicht gerade zum Jubilieren.«

»Das kannst du laut sagen. Louis hat einen Ton am Leib, der mich stark an die Drill-Sergeants in der US Army erinnert, zumindest, was ich so aus dem Kino kenne. Ich warte nur darauf, dass Melanie ihm eine pfeffert.«

»Mal den Teufel nicht an die Wand, Handgreiflichkeiten sind das Letzte, was ich dadrinnen brauche. Zapfst du bitte noch zwei Bier? Melanie hat Brot und Schmalz, beides geht nach draußen zum Dorfverein. Ich will nur schnell drüben nachsehen, ob mit Peter und Lisa alles in Ordnung ist. Ich bin in zehn Minuten zurück.«

»Mach nur, im Moment sind ja alle versorgt. Seid ihr mit eurer Kinderfrau weitergekommen?«

»Wir haben eine Anzeige geschaltet, aber bislang noch keine Bewerberinnen.«

»Ich frage, weil meine Nachbarin was in der Richtung sucht. Sie ist Erzieherin und grundsolide, soll ich die mal vorbeischicken?«

»Gerne, sie soll mich einfach anrufen.«

»Richte ich aus, Chefin.«

***

Im Laufe des Abends wurde die Stimmung in der Küche nicht besser, und als Sophie schließlich gegen dreiundzwanzig Uhr im Stallgebäude beim Dorfverein abkassierte, musste sie den nächsten Dämpfer einstecken.

»Und hat es euch allen geschmeckt, Johannes?«, fragte sie,

während sie noch ein paar Geldscheine in ihr großes Portemonnaie einordnete. Der Metzgermeister war der Letzte im Raum, die anderen Mitglieder des Dorfvereins waren schon nach draußen gegangen. Zwei, drei von ihnen, das sah Sophie durch die Tür, zündeten sich im Windschatten der Mauern eine Zigarette an.

»Doch, schon … klar«, Johannes Braubart sah nicht gerade glücklich aus.

»Was ist los? Komm, wir kennen uns lange genug.«

»Nun ja, die Portion war … ähm … überschaubar. Geschmacklich ganz wunderbar. Die Rinderhüfte zerging praktisch auf der Zunge, aber das war ja doch mehr was für den hohlen Zahn. Wir hatten alle einen arbeitsreichen Tag und richtig Hunger. Na ja und …«

»Und was, Johannes?«

»Es gab schon vorher Diskussionen, ob das hier oben noch der richtige Ort für den Dorfverein ist, wegen der Edelküche und den ganzen Auswärtigen aus Frankfurt und sonst woher. Versteh mich nicht falsch. Wir gönnen dir alle den Erfolg, Sophie, aber du musst auch die Jungs verstehen, die wollen sich ungezwungen treffen, und das geht eben nicht in so einer Etepetete-Atmosphäre. Das ist auch der Grund, warum wir heute Abend nur zu fünft waren. Jetzt weißt du es, es tut mir leid, Sophie.«

»Aber Johannes, das ist doch Quatsch, ihr seid immer willkommen bei mir. Ohne euch hätte zum Beispiel der Umbau nie geklappt.«

Johannes Braubart klopfte Sophie unbeholfen auf die Schulter. »Ich weiß das, Sophie, ich weiß das, aber die Jungs …« Er zuckte entschuldigend mit den Schultern. »In zwei Wochen werden wir uns unten im Eichenkrug treffen. Da gibt es auch Pils, dazu aber Pommes und ein Schnitzel zum Sattessen. Nix für ungut, ich geh dann mal, will die anderen nicht warten lassen.«

Johannes Braubart zog die schwere Holztür hinter sich zu und ließ eine ratlose Sophie zurück.

Louis denkt nach

Louis schloss seine Wohnungstür auf. Wie still es in den dunklen Räumen war. Im fehlte Melanies Lachen, ihre Ausgelassenheit und natürlich die Zärtlichkeiten. Louis seufzte und ging in sein Wohnzimmer, aber anstatt die Lampen einzuschalten, um die Dunkelheit zu vertreiben, ließ er sich einen großen Sessel fallen und vergrub das Gesicht in den Händen. Irgendwie lief alles gerade furchtbar schief. Dabei hatte er sich so gut gefühlt, so gut wie schon seit Jahren nicht mehr. Mit Melanie an seiner Seite hatte er vergessen, was Steffi ihm angetan hatte.

Ich bin nicht viel besser als sie, dachte er bitter. Ich bin dabei, die Frau, die ich liebe, zu verlieren. Ich habe ihre Gefühle verletzt, und mehr als einmal habe ich sie vor den Kopf gestoßen. Wie sehr hatte er es in den letzten Wochen genossen, neben Melanie zu arbeiten. Die kurzen Berührungen, ein sanfter Blick, ein Lächeln, in dem das Versprechen auf das lag, was nach der Arbeit kam.

Ja, sie waren in der Küche ein gutes Team gewesen. Melanie lernte unglaublich schnell, und er konnte voller Stolz sagen, dass sie von ihm lernte. Trotzdem hatte es in den letzten Wochen mehr als eine Auseinandersetzung gegeben. Und klar, Melanie hatte manchmal echt Mist gebaut. Aber jetzt, wo er in seiner dunklen, stillen Wohnung saß, in der nur die Heizungsrohre leise knackten, jetzt, wo er ganz alleine mit sich und seinem schlechten Gewissen war, musste er sich eingestehen, dass die Hauptschuld bei ihm lag. Hatte Onkel Jean-Pierre ihn in der Küche angeschrien, als er angefangen hatte, selbstständig Rezepte zu variieren? Nein, sein Onkel hatte lediglich gelacht. Jean-Pierre was stolz gewesen, stolz darauf, dass sein Neffe Eigeninitiative bewiesen hatte.

Und was habe ich gemacht? Ich habe Melanie vor allen Leuten, mitten im Hochbetrieb, angebrüllt.

Louis stand auf und ging zu einem kleinen Beistelltisch, auf dem ein paar Flaschen standen. Er brauchte jetzt einen Drink, auf der Stelle. Willkürlich griff er nach der erstbesten Flasche, zog den Korken heraus und trank einen großen Schluck direkt aus der Flasche. Bei hochprozentigem Grappa keine gute Idee. Er verschluckte sich, hustete, der Alkohol brannte im Hals. Er nahm gleich einen zweiten Schluck, bevor er sich wieder in den Sessel fallen ließ. Nachdenklich hielt Louis die Flasche in der Hand, dann verschloss er sie wieder und stellte sie vorsichtig auf den Fußboden neben dem Sessel. Sich jetzt zu betrinken wäre zwar verlockend, aber es würde sein Problem nicht lösen. Mit einer ihn selber überraschenden Hellsichtigkeit erkannte er zwei Dinge.

Erstens: Als Chef einer Spitzenküche musste er klare Kante zeigen.

Zweitens: Klare Kante in der Bistroküche und eine Liebesbeziehung mit Melanie, das war ein Hochseilakt, den er nicht beherrschte.

Muss ich mich wirklich zwischen meinem Berufstraum und der Frau, die ich liebe, entscheiden? Vielleicht sollte ich erst einmal klären, ob diese Frau überhaupt noch an mir interessiert ist. Louis seufzte tief, stand auf und schlurfte ins Schlafzimmer. Ihm fehlten einfach Antworten.

***

Das Dudeln seines Handys riss ihn aus dem Schlaf. Es war eine unruhige Nacht gewesen. Louis stöhnte, rieb sich die Augen. Sein Handy verstummte, und für einen Augenblick war er versucht, sich einfach wieder umzudrehen, aber dann siegte die Neugierde. Schon nach halb acht, er musste sowieso aufstehen, da konnte er genauso gut nachsehen, wer angerufen hatte. Auf dem Display tauchte eine unbekannte Nummer auf, mit einer Vorwahl, ganz ähnlich wie Wümmerscheid-Sollensbach sie hatte. Verrückterweise hatte er gehofft, es wäre Melanie gewesen, die ihn angerufen hatte. Vergiss es, dachte er, so leicht wird es nicht, da muss ich wohl schon den ersten Schritt machen.

Während in der Küche die Espressomaschine aufheizte, wählte Louis die unbekannte Telefonnummer.

»Abtei Brennerbach, guten Morgen.«

Louis runzelte verwirrt die Stirn. »Garbon, Louis Garbon. Sie haben versucht, mich zu erreichen.«

»Guten Morgen, Monsieur Garbon, das ist aber sehr freundlich von Ihnen, sich direkt zurückzumelden. Mein Name ist Brobel. Christian Brobel. Ich bin der neue Chef der Abtei-Verwaltung.«

Louis hatte immer noch keine Vorstellung, worum es in diesem Telefonat gehen sollte. Also antwortete er lediglich mit einem lang gezogenen »Ja«.

Christian Brobel lachte leise. »Ich verstehe schon, Sie fragen sich jetzt, warum ruft mich der Verwaltungschef der Abtei am frühen Morgen an? Nun, die Antwort ist sehr simpel. Ich hatte gehofft, Sie noch vor Ihrem Dienstantritt im Bistro zu erreichen. Ich hätte da einen Vorschlag für Sie, Monsieur Garbon, der möglicherweise Ihr Interesse findet.«

Louis' Daumen schwebte über dem Knopf an der Espressomaschine. Wie gerne hätte er jetzt einen starken Espresso gehabt. Er war so nahe daran, zögerte aber, den laut gurgelnden Vorgang zu starten. Er ließ die Hand wieder sinken und sagte stattdessen: »Sie machen es aber spannend, Herr Brobel. Worum geht es denn?«

Was er dann zu hören bekam, ließ Louis den Espresso völlig vergessen. Nachdem das Telefonat beendet war, sank er fassungslos auf einen Küchenstuhl. Das war verrückt. Total verrückt. Oder es war die Lösung für alle seine Probleme. Gedankenverloren starrte er aus dem Fenster in den trüben Morgen.

Sonderzutat Lurch

»Sarah hat eine Nachbarin, die als Erzieherin arbeitet und einen Nebenjob sucht – klingt das nicht fantastisch? Das wäre doch was.« Sophie strich Butter auf ihr Brot, blickte dann wieder hoch und schaute Peter erwartungsvoll an.

»Ja, das klingt wirklich gut. Hast du schon ihre Nummer? Dann könnten wir sie gleich zu einem Gespräch einladen. Mir wäre es lieber, wenn wir sofort jemanden finden, ohne erst Dutzende von Vorstellungsgesprächen zu führen. Deine Personalsuche fürs Bistro war ja nicht ohne, so etwas brauchst du nicht schon wieder.«

»Ich habe Sarah gebeten, unsere Nummer weiterzugeben. Ich denke, spätestens heute Nachmittag wird sich die Dame bei uns melden«, überlegte Sophie laut. »Heute Vormittag wird sie wohl arbeiten. Aber man kann nie wissen. Jedenfalls weißt du jetzt Bescheid, falls sie anruft. Ich würde Lisa gleich einpacken, mit ihr und Herrn Württemberg runter ins Dorf gehen und ein paar Kleinigkeiten einkaufen.«

»Gut, ich bin auf jeden Fall noch bis kurz vor elf hier, dann fahre ich in die Agentur. Mal sehen, was die heutige Besprechung bringt.«

Sophie kannte ihren Peter gut genug, um ihm seine Nervosität anzusehen. Heute war der Tag, an dem das jährliche Mitarbeitergespräch mit seinem Chef anstand. Sie sagte: »Hör zu, du willst doch heute lediglich die Möglichkeiten ausloten. Du legst denen nicht die Kündigung auf den Tisch, sondern besprichst nur, wie die Arbeit künftig aussehen könnte.«

Peter lächelte schief. »Du kennst mich wirklich besser als jeder andere. Ja, ich habe mir Gedanken gemacht, aber du hast recht, wir wollen nichts überstürzen. Mal sehen, wie die Jahresplanung aussieht. Ich könnte mir übrigens auch gut vorstellen, etwas Eigenes aufzuziehen und dann als Dienstleister für meine alte Firma zu arbeiten.«

»Wie wir damals bei Leonie und Jan schon gesagt haben, manchmal muss man neue Ideen haben. Von Marlon Brando gibt es ein Zitat: Nur wer seinen eigenen Weg geht, kann von niemandem überholt werden.«

»Oho, so viel Weisheit schon beim Frühstück.«

»Stand auf einer der Spruchkarten, die man in meiner Hamburger Lieblingskneipe mitnehmen konnte«, Sophie lachte, stand auf und küsste Peter zärtlich. »Du wirst das Richtige tun, mein Schatz.«

Als Sophie den Buggy über den Dorfplatz schob, sah sie Louis aus einer Seitenstraße kommen. Er bemerkte sie nicht. Und noch besser: Melanie ging neben ihm. Während Louis mit beiden Händen gestikulierte, hörte sie ihm, wie es aussah, konzentriert zu.

Halleluja, freute sich Sophie, sie reden wieder miteinander. Okay, sie liefen nicht eng umschlungen über die Straße, sie hielten nicht Händchen, aber immerhin, sie redeten wieder. »Siehst du, mein kleiner Schatz, es wird doch noch alles gut.« Lisa brabbelte leise. Auch eine Antwort, dachte Sophie und schob den Buggy in Richtung Metzgerei Braubart.

***

»Tja, schrecklich, wenn man so die völlig falsche Richtung einschlägt. Ich meine, ich gönne ihr den Erfolg, Renate, da kannst du hier jeden fragen. Ich bin die Letzte, die sagt, so was gehört sich nicht. Aber der Dorfverein trifft sich jetzt wieder im Eichenkrug, das sagt ja wohl alles. Also, ob das gutgeht?«

Sophie, die damit beschäftigt war, den Buggy rückwärts die

Stufen hoch in die Metzgerei zu zerren, hörte nur den letzten Satz von Hetti Braubart. »Guten Morgen zusammen. Was soll nicht gutgehen, Hetti? Hab ich was verpasst?«

Wahrscheinlich lag es daran, dass Sophie noch mit dem Buggy beschäftigt war und sich gleichzeitig mit einem prüfenden Blick durch das Schaufenster vergewisserte, ob Herr Württemberg auch brav draußen neben den Treppenstufen saß, auf jeden Fall entgingen ihr gleich zwei Reaktionen. »Dat Renate«, Stammkundin und enge Freundin von Hetti Braubart, bekam eine Gesichtsfarbe, die irgendwo zwischen feiner Cervelatwurst und geräucherter Teewurst lag. Und Hetti? Hetti drehte sich erst einmal zur Seite, um ein blitzsauberes Messer noch einmal am Waschbecken abzuspülen.

Als sich Hetti dann wieder umdrehte, strahlte sie Sophie an, vielleicht eine Spur zu strahlend, aber auch das entging Sophie.

»Ja, da ist ja der kleine Fratz. Mensch, ist die Lisa groß geworden, da kann man ja zugucken, wie die wächst. Na, Lisa, wie wäre es mit einem Stück Fleischwurst von Tante Hetti?«

»Hetti! Die Zähne sind noch nicht durch, und ich stille noch.«

»Hach, man kann nicht früh genug anfangen. Mir kommt es ja so vor, als hätte ich unsere Jennifer schon in der Wiege mit Salami gefüttert. Und der kleine Christopher, na gut, der ist jetzt auch schon fast zwei, der ist schon größer. Wenn du bei dem Racker nicht aufpasst, dann ist da ganz schnell eine Scheibe Fleischwurst weg wie nix.« Hetti beugte sich über die Theke und lächelte Lisa an. »Hör zu, Süße, aufgeschoben ist nicht aufgehoben. Die Tante Hetti merkt sich das einfach, und wir holen das mit der Fleischwurst nach.«

Lisa lachte strahlend und zahnlos die Metzgersgattin an.

»Ach süß, die Kleine, da möchte man doch gleich noch mal zwanzig sein und selber wieder Kleinkinder haben, was sagst du, Renate? So ein Goldstück.«

»Ja, Hetti, wo du recht hast, hast du mal wieder recht. Wobei ich ganz froh bin, dass unser Bernd jetzt schon achtundzwanzig ist. Was hat der nächtelang gebrüllt, schön war das nicht.«

»Siehste, Sophie, dat Renate weiß, wovon ich rede. Aber jetzt sag mal, was kann ich für dich heute tun?«

»Ein großes Stück feine Leberwurst mit Kräutern hätte ich gerne, ein Viertel Aufschnitt, und Peter schwärmt so von der neuen Salami, die Johannes selbst gemacht hat.«

»Ja, dein Peter weiß, was gut ist, der Mann hat Geschmack. Dat is Mediterrane, ganz was Feines. Auf jeden Fall ist mir das lieber als die Bestellungen von den Bekloppten.«

Sophie horchte auf. »Wovon redest du?«

»Hach, schlimm, ganz schlimm. Ich hab das schon der Renate erzählt. Ich steh hier also letzte Woche im Laden, da kommen so zwei von den Lurch-Schwestern hier reingeschwebt. Ich meine, so Damen in Wallegewändern, wie sie nebenan auf dem Ratshausparkplatz mittlerweile busweise vorfahren. Ich frage also höflich nach den Wünschen, da schaut die eine auf unsere Wurstauslage und fragt: ›Ist das vegan?‹ Du hättest meinen Johannes sehen sollen, der kam gerade aus der Wurstküche, das Gesicht von ihm ist rot angelaufen. Ganz bedrohlich hat er gegrollt: Wir sind eine ordentliche Metzgerei, gnädige Frau. Bei uns wird keinem Karnickel das Futter weggefressen.«

Den letzten Satz hatte Hetti mit tiefer Grabesstimme wiedergegeben. Sie fand das Ganze anscheinend bei weitem nicht so lustig wie Sophie, die leise kicherte. Ein mahnender Blick traf Sophie, die sich eilig zusammenriss und eine ernste Miene aufsetzte.

»Aber das haben die gar nicht verstanden«, fuhr Hetti fort. »Die eine hat nur gefragt: Kaninchen? Sie verarbeiten Kaninchen? Und da ist dem Johannes der Kragen geplatzt, gebrüllt hat er: ›Klar ist das Kaninchen, und die Salami ist Dackel, und die Stücke in der Leberwurst sind Lurch. Außerdem habe ich hinten noch meine Welpenschlachterei, die läuft immer auf Hochtouren. Was darf es also sein?‹ So schnell habe ich noch nie jemanden aus dem Laden rennen sehen.«

Jetzt war es mit Sophies Beherrschung doch vorbei. Sie lachte, dass ihr die Tränen die Wangen herunterliefen. »Oh, Hetti, das ist schrecklich. Ich meine, schrecklich lustig.«

»Ja, du lachst, aber ob du es glaubst oder nicht, die vom Gesundheitsamt haben angerufen und nachgefragt. Sie hätten den Hinweis bekommen, dass Johannes Sonderzutaten verarbeiten würde. Sonderzutaten, pah. Ich meine, unsere Oma hat zwar immer gesagt, in jeden Topp passt ein Dackel, aber das war doch nur ein Scherz gewesen. Ich sag dir, Sophie, das nimmt mit diesen Lattenlurch-Heinis noch ein ganz schlimmes Ende.«

Daumen hoch für Elsie

Sie kommt um fünf. Peters kurze Nachricht auf ihrem Handy wurde begleitet von dem Bild eines hochgestreckten Daumens, zwei Herzen und einem Emoji mit Küsschen.

Mit »sie« war ganz sicher die Kandidatin für die Stelle als Kinderfrau gemeint. Sophie hoffte, dass Peter es schaffen würde, rechtzeitig zurück zu sein, damit sie dieses Gespräch gemeinsam führen konnten. Sicher, sie konnte natürlich auch alleine mit ihr reden, aber es wäre besser, wenn sich auch Peter ein Bild von der Frau machen könnte, der sie ihr gemeinsames Kind anvertrauen wollten. Wir haben eine Stunde Zeit für das Gespräch, bevor ich mich für den Abendbetrieb im Bistro umziehen muss, plante Sophie, das wird gut hinkommen.

Hat sie auch einen Namen?, tippte sie als Antwort ein. Es dauerte nur Sekunden, bis Peter antwortete:

Elsie Müller-Schwirbelein!

Diesmal ohne Emoji, das war nicht nötig, denn Sophie hatte sein breites Grinsen auch so vor Augen. Sie hatten eine gemeinsame Vorliebe für Doppelnamen und staunten immer wieder darüber, dass sich Menschen dafür entschieden, mit solch komplizierten vielsilbigen Namenskombinationen durchs Leben zu gehen.

***

»Ich bin froh, dass du es geschafft hast, pünktlich hier zu sein.«

Peter küsste sie auf die Wange. »Es gab ein paar Momente,

da dachte ich, ich würde wohl erst gegen Mitternacht ankommen. Der Verkehr auf der Autobahn wird immer schlimmer.«

»Und wie war dein Gespräch?«

»Gut, sehr gut. Mit einigen meiner Vorschläge habe ich offene Türen eingerannt.« Peter stellte seine Aktentasche ab und ließ sich in einen Sessel fallen. Sofort kam Herr Württemberg hechelnd herbeigelaufen und stellte sich erwartungsvoll neben sein Knie. Geistesabwesend begann Peter, ihm den Kopf zu streicheln. »Frank will sich in absehbarer Zeit aus der Agenturleitung zurückziehen. Er kann sich gut vorstellen, dass ich ein paar meiner langjährigen Kunden dann auf eigene Kappe betreue. Wegen der Provision und der Bezahlung würden wir uns schon einig, hat er gesagt.«

»Wieso will dein Chef in den Ruhestand gehen?«, fragte Sophie. »So alt ist Frank Törren doch noch gar nicht.«

»Das stimmt«, erwiderte Peter. »Es war auch nicht von Ruhestand die Rede, er will nur nicht mehr diese Agentur leiten. Es ist so: Seine Frau ist Wirtschaftsrechtlerin, und sie hat einen Lehrauftrag in London angeboten bekommen. Wir müssen keine schnelle Entscheidung treffen, Sophie, aber in den kommenden Wochen sollten wir darüber nachdenken, wie es mit meinem Job weitergehen könnte.«

»Das werden wir«, sagte Sophie. »Es hat sich ja schon einiges verändert. Du arbeitest immer noch viel, aber deine Arbeitszeiten sind flexibler geworden. Überleg mal: Früher bist du nie erst vormittags um elf in die Agentur gefahren. Das machst du jetzt öfter mal, und zum Beispiel heute bist du trotzdem schon vor fünf wieder zu Hause. Das wäre vor zwei, drei Jahren noch undenkbar gewesen.«

Herr Württemberg hatte es sich eine Weile gefallen lassen, dass Peter ihm nur seine halbe Aufmerksamkeit geschenkt hatte. Nun hatte er offenbar beschlossen, dass es Zeit für die nächste Stufe war. Er ließ sich mit einem Schnaufen auf den Boden fallen, drehte sich halb auf den Rücken, hechelte mit heraushängender Zunge und bot Peter den Bauch dar. Peter hockte sich neben ihn und tat dem Hund den Gefallen, das weiche Bauchfell zu kraulen.

Währenddessen sprach er weiter: »Es gefällt mir auch, dass ich meine Zeit so frei einteilen kann. Ich will schließlich für euch da sein, wenn ihr mich braucht.« Sophie wollte noch etwas antworten, aber da klingelte es an der Haustür.

»Das wird sie sein, pünktlich ist sie jedenfalls schon mal«, sagte Sophie.

Vor der Haustür stand eine Frau, einen halben Kopf kleiner als Sophie, Mitte fünfzig, mit kurzen blonden Haaren und einem offenen, herzlichen Lächeln.

»Sie müssen Frau Müller-Schwirbelein sein«, begrüßte Sophie ihre Besucherin. »Kommen Sie doch bitte herein. Mein Mann und ich freuen uns, Sie kennenzulernen.«

»Schön, dass ich vorbeikommen darf.« Sie ließ ihren Blick bewundernd durch den Flur schweifen, an dessen Ende die Tür zum lichtdurchfluteten Wohnzimmer einladend offen stand. »Ihr Haus sieht ja schon von außen toll aus, aber drinnen ist es ein Traum.«

Sophie führte Elsie Müller-Schwirbelein ins Wohnzimmer, wo sich Peter gerade ein Mineralwasser eingoss. »Hallo, ich bin Peter von Metten. Darf ich Ihnen auch etwas zu trinken anbieten, Frau Müller-Schwirbelein? Setzen Sie sich doch bitte.«

»Ein Glas Wasser wäre nett, oder – wenn Ihnen das keine Umstände macht – ein starker Kaffee, den könnte ich jetzt gebrauchen, der Tag in der Kita war doch anstrengend.«

»Ich hole schnell den Kaffee.« Peter eilte aus dem Wohnzimmer.

Elsie lehnte sich zurück und schaute sich um. »Das ist ein wundervoller Raum, Frau von Metten. Und dazu noch der Wintergarten und der Blick nach draußen, darum beneide ich Sie ein bisschen.« Elsie seufzte. »Als Sarah mir gesagt hat, dass

Sie eine Kinderfrau suchen, war das für mich ein Wink des Schicksals.«

»Ja, warum?«

»Ach, das ist eine unerfreuliche Geschichte. Ich bin vor ein paar Wochen von Trier hierhergezogen. Ich habe ein kleines Haus gekauft, ganz hübsch, aber es muss auch noch eine Menge gemacht werden. Nun, ich scheue mich nicht, ordentlich anzupacken, also hielt ich das für eine gute Idee. Aber jetzt gibt es Probleme mit der Finanzierung. Ich bekomme noch Geld von meinem Ex-Mann, aus dem Verkauf unseres gemeinsamen Hauses, aber der weigert sich, mir meinen Anteil auszuzahlen. Egal, ich will nicht jammern, aber ein kleiner Nebenverdienst wäre jetzt sehr willkommen.«

Sophie wollte gerade etwas sagen, als Peter zurückkam.

»Hier kommt der Kaffee. Und ein Wasser«, verkündete er und stellte ein Tablett auf den Tisch. »Bitte, Frau Müller-Schwirbelein, bedienen Sie sich mit Milch und Zucker, wenn Sie möchten.«

»Frau Müller-Schwirbelein hat gerade erzählt, dass sie erst vor kurzem von Trier hierhergezogen ist«, erklärte Sophie.

»Und Sie arbeiten als Erzieherin in einer Kita?«

»Ja, in der Kita Hasenzahn in Brennerbach. Tolle Einrichtung, ein kirchlicher Träger. Vorher war ich fast fünfundzwanzig Jahre in Trier in einer städtischen Kita, sechzehn Jahre davon war ich die verantwortliche Leiterin. In Brennerbach werde ich ab dem Sommer die Kita-Leitung übernehmen. Meine Kollegin geht vor den Ferien in den Ruhestand.«

»Das ist bestimmt viel Arbeit, wird Ihnen das mit einem Nebenjob bei uns nicht zu viel?«, fragte Peter.

»Nein, das geht. Es käme natürlich darauf an, wann Sie mich brauchen. Normalerweise mache ich pünktlich um siebzehn Uhr Feierabend und gehe nach Hause. Jetzt, wo ich alleine lebe, habe ich sonst auch nicht viel zu tun, außer den Arbeiten am Haus natürlich. Um ehrlich zu sein, finde ich es weniger ermüdend, kleine Kinder zu betreuen, als die ständig neuen Anforderungen der Behörden zu erfüllen. In den letzten Jahren ist der ganze Papierkram immer mehr geworden. Aber erzählen Sie doch mal: Sie haben eine kleine Tochter – so viel hat mir Sarah schon verraten.«

»Sie heißt Lisa, und sie ist neun Monate alt. Im Moment schläft sie, sie hat noch was nachzuholen, weil sie vor ein paar Tagen die ersten Zähnchen bekommen hat. Ich schau mal, ob sie schon wach ist«, sagte Sophie.

Als sie mit Lisa auf dem Arm zurückkam, streckte Frau Müller-Schwirbelein gleich ihre Arme aus und sagte: »Hallo, Lisa, ich bin Elsie. Na, wollen wir Freundinnen werden?«

Es gefiel Sophie, dass Frau Müller-Schwirbelein dabei weder in einen kindlich-piepsigen Tonfall verfiel noch irgendeinen blöden angeblich kindgerechten Namen wie »Tante Elsie« verwendete.

Sie reichte Lisa weiter, und Elsie nahm die Kleine, hielt sie mit ausgestreckten Armen vor sich und sagte: »Na, du bist aber eine Hübsche. Mensch, da werden ja später die Jungs bei euch vor der Haustür Schlange stehen.«

Lisa quiekte vergnügt und versuchte mit ihren kleinen Händen nach Elsies Nase zu greifen. Die ließ das zu und lachte dabei, sodass sich der blassblaue Pulli über ihrer mächtigen Oberweite bedrohlich spannte. Sie stand auf und ging mit Lisa auf dem Arm zum Fenster des Wintergartens.

»Also mit Kindern kann sie umgehen, gar keine Frage«, raunte Peter zu Sophie.

»Was meinen Sie, Frau Müller-Schwirbelein?«, sagte Sophie. »Wir suchen jemanden, der fünf oder sechs Tage die Woche am frühen Abend zu uns ins Haus kommen kann. Ideal wäre von achtzehn bis einundzwanzig Uhr. Das ist die Zeit, in der ich im Bistro die Gäste begrüße und überhaupt präsent sein muss. Nach einundzwanzig Uhr kann ich mir mit dem Babyfon weiterhelfen, oder Peter ist zu Hause. Um die Zeit ist der Hauptansturm aber auch vorbei.«

»Also, von meiner Seite aus ist das gar kein Problem. Ich habe eine Mappe mit den Kopien meiner Zeugnisse und ein aktuelles polizeiliches Führungszeugnis dabei. Das musste ich sowieso für meine neue Arbeitsstelle in Brennerbach beantragen, es ist also ganz neu.« Frau Müller-Schwirbelein übergab Lisa wieder an Sophie und holte aus ihrer Tasche einen Schnellhefter heraus, um ihn auf den Tisch zu legen.

Peter griff nach der Mappe und las schweigend und konzentriert. »Sehr beeindruckende Beurteilungen, Frau Müller-Schwirbelein«, sagte er schließlich.

Sophie sagte: »Und was das Arbeitsverhältnis angeht, da hatten wir an eine offizielle Anmeldung gedacht, dann gibt es versicherungstechnisch keine Probleme.«

»Finde ich toll, ich habe das auch schon heute mit dem Träger abgesprochen, die haben nichts dagegen, dass ich einen Nebenjob annehme.«

»Hm«, meinte Sophie nachdenklich. »Wenn Sie ganz sicher sind, dass es Ihnen nicht zu viel wird …«

»Wirklich«, versicherte Frau Müller-Schwirbelein, »für mich wäre es eine Erholung und ein Vergnügen, den Abend mit Ihrer kleinen Tochter zu verbringen. Lisa ist so goldig, und wie ich vorhin schon sagte, ich habe ja sonst nichts vor. Es würde mir helfen, mich nach der Trennung von meinem Mann nicht so einsam zu fühlen.«

»Gut, wenn Sie sicher sind. Wir können ja eine Probezeit von, sagen wir mal, drei Monaten abmachen und dann schauen, wie es läuft.«

»Sehr gerne.«

»Jetzt noch das Finanzielle«, begann Sophie. Der Stundensatz, den sie nannte, lag im üblichen Rahmen, und Frau Müller-Schwirbelein war sofort einverstanden. Peter und Sophie schauten sich an, suchten im Blick des anderen nach Zustimmung und fanden sie. »Also, wir beide würden uns freuen, wenn Sie bei uns anfangen würden«, sagte Sophie, und Peter nickte.

»Da ist noch eine Kleinigkeit«, sagte Frau Müller-Schwirbelein und schluckte. »Ich weiß, wir kennen uns noch gar nicht richtig, und Sie beide sind meine Arbeitgeber – aber sagen Sie doch bitte Elsie zu mir. Der Doppelname … na ja, sagen wir mal so, er ist sehr sperrig, und Herr Schwirbelein ist ja auch Geschichte. Ginge das?«

»Sehr gerne, Elsie.« Peter schaute zu Sophie, die ihm zunickte. »Wir sind Peter und Sophie.«

»Ab wann könntest du es denn einrichten?«, fragte Sophie.

»Wie wäre es mit sofort morgen? Ich wäre dann um kurz vor sechs hier.«

»Toll, wir freuen uns sehr«, antwortete Sophie und strahlte Peter glücklich an. Der hob nur vergnügt einen Daumen.

Entscheidung mit Folgen

»Du meldest dich wohl gar nicht mehr bei mir?«

Sophie hatte das Telefon abgenommen, und als sie die Stimme ihrer alten Freundin Miri aus Hamburg hörte, hatte sie sofort einen Anflug von schlechtem Gewissen. Wobei, richtig böse klang sie nicht.

»Oh, du bist es! Ich wollte dich schon seit Tagen anrufen.«

»Hast du aber nicht«, entgegnete Miri vergnügt, »deswegen musst du jetzt mit mir sprechen. Erzähl doch mal, was bei dir so los ist.«

»Ach, es war so viel, ich weiß gar nicht, wo ich anfangen soll. Die letzten Wochen waren unterirdisch, da ist mir einiges über den Kopf gewachsen.«

»Du meinst die fiese Besprechung der schrecklichen Adelheid von Stelzenborn?«

»Die hast du gesehen?«

»Natürlich«, sagte Miri. »Das ist einer der Gründe, warum ich anrufe. Diese Kritik hat dir bestimmt schwer zu schaffen gemacht.«

»Das kann man wohl sagen. Ich habe ihr doch gar nichts getan. Ich glaube fast, Frau von Stelzenborn hat persönlich was gegen mich.«

»Quatsch, die schreibt immer so gemeine Texte in ihrem Blog«, versicherte Miri. »Das ist mir auch bei älteren Blog-Einträgen aufgefallen.«

»Und das war noch nicht alles. Alles lief total glatt, Lisa hat praktisch von Anfang an jede Nacht durchgeschlafen. Ich habe wohl erwartet, dass das immer so weitergeht. Aber seit sie Zähne bekommt, ist Schluss mit der Nachtruhe. Und gleichzeitig ist im Bistro so viel zu tun.«

»Ach du Arme. Und jetzt?«

»Na ja, inzwischen läuft endlich alles wieder halbwegs in den richtigen Bahnen. Im Bistro habe ich zwar immer noch massig Arbeit, aber das ist in Ordnung. So geht's wieder.«

»Klingt doch gut«, sagte Miri. »Was hast du denn unternommen, damit es besser wurde?«

»Wir haben jetzt einen festen Ruhetag, stell dir vor! Jeden Mittwoch ist das Bistro geschlossen.«

Miri schnappte hörbar nach Luft. »Du meinst, bis jetzt hast du sieben Tage die Woche gearbeitet, und das mit einem Baby?«

»Ich dachte zuerst, das geht schon«, verteidigte sich Sophie kleinlaut. »Schließlich kann ich mir meine Zeit frei einteilen, und Peter kümmert sich ja auch viel um Lisa. Gut, rückwirkend betrachtet«, gab sie zu, »klingt es wie eine ganz miese Idee.«

»Mies?«, schnaubte Miri. »Vollkommen verrückt, wenn du mich fragst. Aber egal, jetzt bist du ja von selbst darauf gekommen.«

»Ja, und es ist toll. Ich habe am Mittwoch den ganzen Tag lang das Gefühl gehabt, es wären Ferien. Herrlich! Und da ist noch etwas. Wir haben für Lisa eine Kinderfrau gefunden, die jeden Tag für ein paar Stunden ins Haus kommt. Elsie heißt sie, und Lisa hat sie sofort in ihr Herz geschlossen. Wenn sie Elsie sieht, quiekt sie immer vor Begeisterung und streckt ihr die Arme entgegen. Sie weiß schon genau, dass sie als Erstes immer hochgenommen und geknuddelt wird. Total süß.«

»Du hast neulich noch erwähnt, dass es Ärger in der Küchenmannschaft gab. Louis hatte was mit eurer Auszubildenden angefangen, richtig?«

»Ja, das war auch so eine Sache. Zuerst schwebten die zwei auf rosa Wolken.«

»Und dann?«, hakte Miri nach. »Was ist passiert?«

»Das, was jedem außer dem frisch verliebten Paar schon vorher klar war. Es gab Krach. Wenn der Freund gleichzeitig der Ausbilder und Vorgesetzte ist ...«

»Auweia«, entfuhr es Miri. »Haben die beiden wirklich erwartet, dass das gutgeht?«

»Ja.« Die beiden Freundinnen kicherten in gegenseitigem Einvernehmen. Sophie bestätigte noch einmal: »Das haben sie wirklich geglaubt. Ich konnte ihnen ja auch schlecht verbieten, sich ineinander zu verlieben, oder womöglich einen von beiden entlassen. Neulich hat es dann aber richtig gekracht, und ich habe ihnen gesagt, dass sie die Dinge zwischen sich irgendwie regeln müssen.«

»Und das hat geholfen?«

»Die Stimmung in der Küche ist seitdem viel besser, offenbar haben sich Louis und Melanie ausgesprochen. Sie arbeiten jetzt wieder Hand in Hand. Es fehlt zwar diese verliebte Leichtigkeit, die sie noch vor Wochen ausgestrahlt haben, aber alles ist besser als diese miese, aggressive Stimmung, die nach dem Eklat geherrscht hat. Also, eigentlich ist alles gut hier.«

Miri horchte auf. »Eigentlich? Da ist also doch noch etwas?«

»Ich weiß nicht genau. Mir ist aufgefallen, dass nur noch wenige Leute aus dem Dorf ins Bistro kommen. Besonders abends ist kaum noch ein bekanntes Gesicht unter den Gästen.«

»Hm.«

»Meinst du, ich mache etwas falsch? Darf ich denn nicht an dem Erfolg meines Bistros arbeiten? Die Leute aus dem Ort können manchmal so verbohrt sein, das macht mich richtig wütend. Müssen sie denn wegbleiben, nur weil ich die Speisekarte geändert habe?«

»Vielleicht ist die gehobene Küche nicht so ihr Stil?«

»Na toll, jetzt machst du mir auch noch ein schlechtes Gewissen.«

»Mal langsam«, warf Miri ein. »Ich hab doch bloß gefragt. Du wirst schon wissen, was du tust.«

»Hör mal, ich muss jetzt Schluss machen. Es hat an der Haustür geklingelt, das wird der Weinlieferant sein. Sei mir nicht böse, aber ich muss los. War toll, mal wieder mit dir zu sprechen.«

»Mach's gut, liebe Freundin«, verabschiedete sich Miri, »und wie gesagt, du wirst schon wissen, was du tust.«

Weiß ich das?, dachte Sophie, nachdem sie den Anruf beendet hatte. Weiß ich das wirklich?

***

Es war später Vormittag, als es an der offen stehenden Wohnzimmertür leise klopfte.

»Sophie, hast du einen Moment?«

»Klar, Louis, du weißt doch – die Tür ist offen, also kannst du jederzeit reinkommen.«

Zögernd trat Louis an den großen Esstisch, wo sich Sophie mit einem Becher Kaffee niedergelassen hatte.

Alles an ihm wirkte angespannt und nervös: die zusammengezogenen Augenbrauen, die Hände, die nicht wussten, wohin, der flache, schnelle Atem. In Sophies Kopf begann eine Alarmglocke zu schrillen, und in ihrem Bauch breitete sich ein fieses, mulmiges Gefühl aus. Das war nicht der Louis, der selbstbewusst über neue Bestellungen, eine geniale Rezeptvariante oder mehr Personal sprechen wollte.

Sophie schob ihren Becher zur Seite und sagte: »Was hast du auf dem Herzen, Louis? Du siehst ja aus, als müsstest du den letzten Gang zum Schafott antreten. Setz dich erst mal hin, und dann sagst du mir, was los ist.«

Über sein Gesicht glitt ein halbherziges Grinsen.

»Der Vergleich ist nicht schlecht. Also pass auf.« Louis zog sich einen Stuhl heran und setzte sich Sophie gegenüber. »Mir ist klar geworden, dass ich mit Melanie nicht in einer Küche zusammenarbeiten kann, wenn wir gleichzeitig ein Paar sind.« Louis hob die Hand. »Sag jetzt nicht, das hättest du geahnt. Ich weiß selber, dass ich Mist gebaut habe. Ich habe wirklich gedacht, ich könnte das trennen. In der Küche der Chef und zu Hause der liebevolle Partner. Nur kann man so eine Chef-Rolle nicht einfach abstreifen wie eine Kochschürze. Du nimmst das mit nach Hause. Und Melanie hatte bei dem Streit um das abgeänderte Rezept recht, natürlich soll sie kreativ sein. Onkel Jean-Pierre hat das bei mir auch immer gefördert. Melanie und ich, wir lieben uns, da hat sie keine Kritik von mir verdient, sondern meine volle Loyalität.«

»Alles gut und schön, aber es läuft doch jetzt wieder … ähm … ganz gut zwischen euch.«

»Weil sie meinen Plan kennt. Sie war zwar am Anfang dagegen, hatte aber auch keine bessere Idee. Weißt du, Sophie, ich würde wirklich gerne in der gehobenen Gastronomie arbeiten, Sterneküche, das wäre schon was. Aber für mich heißt die Entscheidung in *Tante Dottis Bistro:* Traumberuf oder Traumfrau.«

»Immerhin ist Melanie noch deine Traumfrau«, murmelte Sophie.

»Ja, das ist sie.« Zum ersten Mal in diesem Gespräch strahlte Louis ehrliche Begeisterung aus. »Keine Frage, und das habe ich ihr auch gesagt.«

Sophies Unbehagen wuchs von Satz zu Satz. Also dann doch lieber ein Ende mit Schrecken, dachte sie. »Raus mit der Sprache, was hast du vor, Louis?«

Er holte tief Luft und schoss dann die Antwort in einem so schnellen Tempo heraus, dass klar war, dass er das vorher geübt hatte. »Ich habe das Angebot, als Chefkoch in dem neuen Restaurant der Abtei Brennerbach anzufangen. Ich möchte zum Ende nächsten Monats hier aufhören. Und weil ich noch so viel Urlaub habe, würde ich schon am nächsten Montag gehen.«

»Du willst was?« Sophie traute ihren Ohren nicht. »Du kündigst? Du gehst nächsten Montag?«

»Bitte, Sophie. Ich hab mir das alles gut überlegt.«

»Na, da bin ich ja erleichtert«, antwortete Sophie scharf. »Ich dachte nämlich gerade für einen Moment, mein Chefkoch, mit dem ich das Bistro zu einem Spitzenrestaurant entwickeln will, würde mich im Stich lassen.«

»Wirklich, Sophie, hör mir doch bitte erst einmal bis zum Ende zu, ich bin noch nicht ganz fertig. Danach kannst du mich meinetwegen anschreien. In Brennerbach habe ich eine richtige Küchenbrigade zur Verfügung und freie Hand, was die Investitionen betrifft.«

»Du kannst nicht behaupten, dass ich mich über irgendeine Bestellung oder Anschaffung beschwert hätte.«

»Nein, hast du natürlich nicht. Aber versteh doch bitte, dass Melanie und ich nur so eine Chance haben zusammenzubleiben – das glaube ich zumindest. Ich will dich auch gar nicht im Stich lassen. Ich habe mir schon eine Lösung überlegt. Der Verwaltungschef der Abtei hatte mir schon zugesagt, und erst danach hat er noch eine Bewerbung auf den Tisch bekommen. Ein unglaublich talentierter Koch, etwas über vierzig. Er hat früher schon mal einen Stern erkocht, und er ist bereit, hier anzufangen. Es wäre für dich ein nahtloser Übergang, wahrscheinlich sogar ein Gewinn. Er war schon da, wo ich erst hinwill. Um ehrlich zu sein: Hätte Brennerbach seine Bewerbung schon früher auf dem Tisch gehabt, hätten sie mich gar nicht angerufen.«

Sophie blies die Wangen auf und stieß dann die Luft mit einen lauten »Puh« wieder aus. »Junge, Junge, das sind ja mal Nachrichten. Okay, Louis, ich verstehe dein Problem mit Melanie. Aber du bist ja nicht einfach nur Koch hier, du gehörst praktisch zur Familie.«

»Ich weiß, ich würde das auch nie machen, wenn es nicht schon einen möglichen Ersatz für mich gäbe.«

Was würde wohl Jean-Pierre zu den Plänen sagen?, überlegte Sophie. Oder war sie vielleicht einfach zu sentimental? Das hier war eben nicht mehr das Bistro, in dem sie selber in der Küche gestanden und Flammkuchen zubereitet hatte. Wenn man ein professionelles Restaurant führen wollte, musste man auch Änderungen beim Personal akzeptieren.

»Okay, Louis. Wie heißt denn dieses Naturtalent aus der Sterneküche?«

»Diego E. Tonte.«

Diego E. Tonte

Diego E. Tonte – was für ein Name, dachte Sophie. Andererseits war ein seltener Name in diesem Fall ganz gut, da konnte sie sicher sein, dass ihr bei einer Internetrecherche keine Namensvetter ins Netz gingen.

»Lisa schläft tief und fest«, sagte Peter, als er mit einem Gähnen die Wendeltreppe herunterkam. »Musst du noch arbeiten?«

»Nein, ich schau nur noch schnell, was ich über diesen Diego Tonte finde.«

»Ach je, das ist echt ein Ding. Als du mir das heute am Telefon erzählt hast, dachte ich, du nimmst mich auf den Arm. Louis kündigt der Liebe wegen. Toll.« Peter seufzte. »Okay, ich bin gemein. Ich hab gut reden, ich habe schließlich die Liebe meines Lebens gefunden, und wir haben nicht denselben Arbeitsplatz. Aber trotzdem, eine Kündigung wegen der Liebe, praktisch ohne Vorwarnung, das war schon ein übler Schuss vor den Bug.«

Unterdessen hatte Sophie die ersten Suchbegriffe eingegeben. Sie überflog ein paar Treffer und sagte dann: »Möglicherweise haben wir nicht nur eins vor den Bug bekommen, sondern müssen eine ganze Breitseite einstecken. Ich weiß gar nicht, ob dieser Tonte so ein Glückgriff ist.« Sie scrollte auf dem Bildschirm, las weiter und murmelte: »Uhh, das klingt aber ein bisschen gruselig. Hier steht was von ›untergegangenem Küchenstar‹ … und dann weiter ›verlorenes Talent‹, ›einst junger Wilder‹.«

»Lass mal sehen.« Peter setzte sich neben Sophie. »Rufst

du mal den Treffer da unten auf, *Gourmet aktuell*, das ist doch eine ganz seriöse Quelle. Was schreiben die denn so?«

»Diego E. Tonte arbeitet an seinem Comeback«, las Sophie laut vor, »man kennt das auch aus dem Showgeschäft. Da gibt es Schauspieler und Sänger, die in jungen Jahren für Furore sorgen und dann von der Bildfläche verschwinden. Mickey Rourke wäre so ein Beispiel oder Joe Cocker. Beide, Rourke und Cocker, haben aber auch gezeigt, dass man sich wieder ins Rampenlicht zurückkämpfen kann. Vielleicht gelingt Diego E. Tonte dieses Kunststück auch. Der Einundvierzigjährige galt lange Zeit als das große Kochtalent, einer der jungen Wilden, die die alteingesessenen Herren am Herd das Fürchten lehrten. Mit vierundzwanzig erkochte er sich beziehungsweise seinem damaligen Restaurant den ersten Stern. Der junge Tonte war ohne Frage ein großer Könner am Herd, hatte eine Nase für kulinarische Trends. Umso tiefer war dann der Fall. Rausschmiss, Anzeigen wegen Drogenbesitzes, seine Verhaftung, die Verurteilung auf Bewährung. Aber – und hier beginnt wieder der Vergleich mit Cocker & Co – jeder hat eine zweite Chance verdient. Seine Arbeit in den USA blieb nicht unbeachtet. Und jetzt ist er wieder zurück in Deutschland. Man darf gespannt sein, wo er anfangen wird. Kochen – das liegt ihm im Blut, er hätte eine zweite Chance verdient. Tonte war einmal ein Koch mit Charakter.«

Für einen Moment schwiegen beide, dachten über das nach, was Sophie gerade vorgelesen hatte.

»Wann will er kommen?«, fragte Peter.

»Morgen Nachmittag. Louis hat mit ihm telefoniert.«

»Wenn du nichts dagegen hast, schaue ich, dass ich dann auch Zeit habe und dabei bin. Den möchte ich nicht verpassen.«

»Kannst du dir denn die Zeit nehmen?«

»Glaub mir, die nehme ich mir.«

Sophie lehnte ihren Kopf an seine Schulter. »Danke, mein Schatz.«

Ein richtiges Messer

Es sollte keine Abschiedsfeier geben, zumindest war das Louis' eigener Wunsch gewesen. »Ich wandere ja nicht aus, ich bleibe in der Nähe und arbeite in Brennerbach. Und über Melanie erfahre ich, wie es bei dir läuft, Sophie«, hatte er ihr anvertraut. Sie hatte ihm recht gegeben. Es war kein Abschied. Louis gehörte für sie zur Familie, diese Verbindung würde bleiben – egal, wo er arbeitete.

Am Ende aber, als es dann Zeit wurde, auf Wiedersehen zu sagen, schwammen Sophies Augen dann doch in Tränen. Es war spätabends. In der Küche hatte man den Tag abgeschlossen, und Sophie hatte im Bistro eine Flasche Winzersekt geöffnet. Sogar für sich selber schenkte sie einen kleinen Schluck ein, das heute war schließlich kein Tag wie jeder andere.

Als Louis aus der Küche kam, blieb er überrascht stehen. Sophie lächelte ihn wehmütig an. »Hast du wirklich gedacht, ich lasse dich ohne ein Au revoir gehen?« Sie hielt ihm das Tablett mit den Gläsern entgegen. »Hier, bitte.«

Louis nahm eines der Gläser und reichte dann das Tablett an Melanie, Igor und Sarah weiter, die ihm aus der Küche gefolgt waren.

»Lieber Louis«, begann Sophie, »du hast hier im Bistro mehr getan, als nur zu kochen, gut zu kochen. Du hast mitgeholfen, dass dieses Bistro zu dem geworden ist, was es heute ist. Mittlerweile kann ich verstehen, warum du gehen musst. Ich habe etwas Zeit gebraucht, aber wie gesagt, ich habe es begriffen. Jedenfalls wollte ich Danke sagen. Und du sollst wissen, dass du in meiner Küche immer einen Platz hast.«

Louis schluckte gerührt und hob dann sein Glas. »Danke, Sophie, ich trinke auf deinen, auf euren Erfolg.«

Nachdem sie angestoßen hatten, breitete sich eine verlegene Stille aus. Eigentlich gab es ja nichts mehr zu sagen, und alle waren nach dem langen Tag müde und erschöpft, aber niemand wollte den Anfang machen und gehen.

»Bevor ich es vergesse«, Sophie stellte ihr Glas auf einen Tisch und holte hinter der Theke ein flaches Päckchen hervor. »Ich habe hier noch ein Abschiedsgeschenk für dich, Louis. Wir haben es per Express bestellt.«

»Das wäre doch nicht nötig gewesen.«

»Unfug, komm, mach auf. Ich hätte übrigens nicht gedacht, dass ich es so schnell geliefert bekomme. Ich bin froh, dass es geklappt hat.«

Louis reichte sein Glas an Melanie weiter und öffnete das Päckchen. Als er das teure Kochmesser sah, schnappte er hörbar nach Luft.

»Ich finde, ein künftiger Sternekoch sollte mit einem richtigen Messer arbeiten«, erklärte Sophie mit einem Lächeln.

Ganz vorsichtig streichelte Louis über die Klinge. »Ich werde es hüten wie meinen Augapfel.« Und zu Igor gewandt sagte er: »Das hast du ausgesucht, nicht wahr?«

Igor grinste. »Nur noch üben, damit du Muster in Apfel und nicht in Finger schneidest, Boss.«

Louis nickte. »Ja, Igor, das werde ich wohl müssen.«

Ein Koch mit Charakter

Unruhig lief Sophie im Gastraum auf und ab. Das fing ja prima an. Tonte war jetzt schon eine halbe Stunde zu spät dran. Wenn er nicht bald kam, würde sie keine Zeit mehr haben, mit ihm zu sprechen, bevor die Vorbereitungen für den Abend begannen. Sie schaute noch einmal durch eines der großen Fenster auf den kiesbestreuten Vorplatz.

Da, endlich, das musste er sein. Ein in die Jahre gekommener VW Käfer rollte durch die Einfahrt. Der Fahrer parkte und stieg aus. Sie schluckte, ja, das war Tonte, so viel war sicher. Aber die Fotos im Netz waren offenbar allesamt älteren Datums. Diego E. Tonte hatte schon mal besser ausgesehen. Die massige Gestalt des ehemaligen Starkochs wirkte unförmig, schwerfällig stampfte er über den Hof. Neben dem großen Blumenbeet blieb er kurz stehen, drehte sich langsam und ließ den Blick dabei rundum über den Mühlenhof schweifen. Er verzog abschätzig das Gesicht. Begeisterung sieht anders aus, dachte Sophie, aber vielleicht ist er auch nur genervt von der Fahrt.

Das lange schwarze Haar klebte ihm fettig auf dem Schädel. Ein ebenfalls schwarzer Henriquatre-Bart zierte das Gesicht, aber der Bart rund um den Mund konnte nicht verbergen, dass dieses Gesicht schon mal bessere Zeiten erlebt hatte. Als Tonte noch fünfundzwanzig Kilo leichter und sein Gesicht weniger aufgedunsen gewesen war, hatte er sicherlich südländischen Charme versprüht. Jetzt wirkte er wie eine gealterte, dicke Karikatur seines früheren Ichs. Aber sollte man einen Menschen nur nach seinem Äußeren beurteilen?

Sie öffnete die Bistro-Tür. »Willkommen in *Tante Dottis Bistro*, Herr Tonte. Ich bin Sophie von Metten.«

»Na, endlich mal ein Lichtblick nach dieser schrecklichen Fahrt«, erwiderte Tonte lächelnd, und mit diesem Lächeln kam ein Stück des früheren, jüngeren, sympathischen Tonte zum Vorschein. »Ich muss mich für die Verspätung entschuldigen, Frau von Metten. Ich hatte die verrückte Idee, schon etwas früher von der Autobahn abzufahren, um das Moseltal zu genießen. Von der Fahrtstrecke her wäre das gleich gewesen, ich habe nur nicht mit den ganzen Ortsdurchfahrten und Moselschleifen gerechnet. Die haben mich sehr langsam gemacht. Als mir das klar wurde, war es schon zu spät zum Umkehren.«

»Jetzt sind Sie ja da, und das ist die Hauptsache. Kommen Sie bitte hier entlang, mein Mann wartet schon in unserem Wohnzimmer auf uns.« Sophie blieb kurz stehen. »Das heißt, Sie können sich natürlich auch gerne zuerst hier umschauen. Das ist unser Hauptgastraum, wir haben die Getränketheke mit der Zapfanlage erst vor einem Jahr eingebaut. Draußen in einem Nebengebäude gibt es noch einen zweiten Gastraum, der oft für geschlossene Gesellschaften genutzt wird, und im Sommer haben wir natürlich noch Außentische.«

»Mhm«, brummte Tonte und ließ dabei offen, was er von der Einrichtung hielt. Sophie beschloss, das erst einmal zu ignorieren. Sie wollte einen guten Koch und keinen Einrichtungsberater, ihr war es herzlich egal, ob Tonte ihre Räume schön fand oder nicht. »Und das hier ist die Küche.« Sophie hielt die Pendeltür auf. Melanie und Igor waren mit den Vorbereitungen für den Abend beschäftigt.

Tonte nickte einen Gruß in ihre Richtung. »Diego Tonte, ich hoffe, wir lernen uns noch besser kennen. Bin aber gerade erst angekommen.« Seine Augen begannen zu funkeln, als er sich umsah. Keine Frage: Hier war er in seinem Element. Als er erkannte, mit welchem Messer Igor gerade Ingwer hackte, wurde sein Brummen deutlich wohlwollender. Ja, es klang schon fast bewundernd. »Nicht schlecht, gar nicht übel, Frau von Metten. Offen gestanden, ich hatte Schlimmeres erwartet. Verstehen Sie mich nicht falsch. In den Staaten habe ich in Grillbuden gearbeitet und mich wohlgefühlt. Ich sag das nur, weil Sie einen neuen Koch suchen, und das passiert oft, wenn der vorherige Koch mit den Rahmenbedingungen nicht zufrieden war. Über diese Küche kann man aber nicht meckern. Das Haus ist hübsch, die Küche ist groß. Wir werden ein paar modernere Geräte benötigen. Die Kaffeemaschine ist erstklassig, die können wir behalten.«

»Ich denke, wir sollten uns erst einmal einig werden, bevor wir die Küche neu ausstatten«, erwiderte Sophie, und ihre Stimme klang deutlich kühler als zuvor.

»Sicher, da haben Sie wohl recht. Aber Diego Tonte ist eben kein Mann, der mit seinen Ansichten hinterm Berg hält.«

Im Wohnzimmer angekommen, begrüßte Tonte Peter mit einem Handschlag, wobei Peters Hand zwischen Tontes dicken, fleischigen Fingern lächerlich klein wirkte.

»Herr Tonte, schön, dass Sie den Weg zu uns gefunden haben«, sagte Peter. Er wies Richtung Esstisch. »Setzen wir uns doch. Möchten Sie etwas trinken?«

»Ein großes Bier wäre ein Traum, aber ich bleibe bei Wasser.«

Tonte nahm das Glas, das Peter ihm einschenkte, und trank es in einem Zug fast leer. »Ahh, das hat gutgetan. Also, dann legen Sie mal los. Was wollen Sie wissen?«

Sophie lächelte ihn über den Tisch hinweg an. »Erzählen Sie doch mal ein bisschen von sich.«

»Vieles können Sie im Internet lesen, haben Sie bestimmt schon gesehen, aber da steht auch eine Menge Unfug über mich. Okay, fangen wir mit den Basics an. Ich heiße Diego E.

Tonte. Den Vor- und Nachnamen hat mein südländischer Vater beigesteuert, während das E. tatsächlich für Eberhard steht, meine deutsche Mutter hat darauf bestanden. Sie werden wissen, dass ich einen Stern erkocht habe. Ich war ein wirklich guter Koch, bin ich immer noch. Aber leider hatte ich damals meine Nase zu tief im Koks, das machen viele, und der Erfolg war mir zu Kopf gestiegen. Manche sahen mich und unser damaliges Restaurant schon mit einem zweiten oder gar einem dritten Stern. Ich habe den Stress nicht gut wegstecken können. Ich will Ihnen beiden nichts schönreden. Ich war ein Arsch, ein selbstgefälliger Despot in der Küche. Ich dachte, ich krieg nur Spitzenleistungen von meiner Brigade, wenn die vor mir kuschen. Aber damit habe ich den Karren an die Wand gefahren. Ja, und dann wurde ich mit Koks erwischt, ich habe eine Bewährungsstrafe bekommen – ist kein Geheimnis –, bin in die Staaten gegangen und habe nach einer Entziehungskur wieder angefangen zu kochen. So gut, dass einige Kritiker ganz aus dem Häuschen waren. Aber irgendwann habe ich Heimweh nach Good old Germany bekommen. Und da bin ich nun, Ende der Geschichte.«

Nach einem Moment des Schweigens sagte Sophie: »Danke für Ihre Offenheit.«

»Louis Garbon hat mit Ihnen telefoniert. Sie wissen, wie unsere Situation aussieht«, sagte Peter.

Tonte nickte. »Weiß ich, das Bistro hat ein paar vielversprechende Erfolge errungen, und jetzt brauchen Sie jemanden, der den Laden nach oben bringt.«

Peter schaute Sophie an, wartete auf eine Reaktion in ihrem Gesicht. Die atmete einmal durch. »Was halten Sie davon, wir probieren es mal für einen Monat miteinander. Sie müssen uns kennenlernen, und ich möchte sehen, wie Sie mit dem Team klarkommen. Ein Monat, das ist überschaubar, und beide Seiten kaufen nicht die Katze im Sack.«

Tonte dachte kurz über den Vorschlag nach, dann streckte er seine große Hand über den Tisch hinweg Sophie entgegen.

»Klingt in meinen Ohren fair. Und um ehrlich zu sein, habe ich gerade auch nichts Besseres zu tun.«

Sophie schlug ein. »Ausgezeichnet. Im Dorf habe ich eine Bekannte, die eine kleine Ferienwohnung vermietet. Ich habe schon mit ihr gesprochen, sie würde Ihnen die Wohnung zu einem Sonderpreis überlassen.«

»Da sag ich nicht Nein, Frau von Metten.«

Sophie stand auf und holte eine kleine Broschüre vom Sideboard. »Hier, das ist die Adresse. Wann könnten Sie anfangen?«

»Ich würde morgen mit meinen Habseligkeiten anrücken. Für vier Wochen würde ich natürlich meine Wohnung in Frankfurt behalten. Sagen wir, morgen gegen fünfzehn Uhr sehen wir uns in der Küche wieder.«

***

Als Diego Tonte in seinem Käfer saß, schaute er noch einmal durch die Windschutzscheibe auf den Mühlenhof. Vor mehr als einem Jahr hatte er in einer finsteren Kneipe ein Gespräch mit einem Mann geführt, der genau dieses Bistro hatte an sich reißen wollen. Er, Tonte, hätte damals den Laden schmeißen sollen. Aus dem Deal war nichts geworden, der Kerl war im Knast gelandet.

Und nun bin ich doch hier, dachte Tonte zufrieden. Tja, man sieht sich im Leben immer zwei Mal. Er beugte sich zum Handschuhfach hinüber, öffnete es und zog eine kleine Flasche heraus. Nach einem prüfenden Blick durch die Scheibe schraubte er die Flasche auf und trank gierig einen großen Schluck. Als er vorhin gesagt hatte, dass er am liebsten ein großes Bier trinken wolle, war das nicht gelogen gewesen. Was er nicht erwähnt hatte: Ein großer Grappa wäre ihm noch lieber gewesen. Wenn es nach ihm gegangen wäre, hätte er sich den noch vor dem Gespräch gegönnt – er war so viel lockerer und entspannter, wenn er ein paar Tropfen getrunken hatte. Doch er war klug genug, nicht mit schnapsgeschwängertem Atem in ein Vorstellungsgespräch zu gehen. Tonte trank noch einen zweiten Schluck, ließ den scharfen Schnaps die Kehle herunterrinnen und genoss das leichte Brennen. Er rülpste leise und verstaute die Flasche wieder im Handschuhfach. Wozu koksen, wenn man auch ganz legal Spaß haben konnte?

Die Blonde am Beilagenposten hat einen knackigen Hintern, die sieht scharf aus, dachte er. Der werde ich nicht nur das Kochen beibringen, ich werde sie zum Kochen bringen. Tonte lachte leise in sich hinein. Wenn ich mich einigermaßen geschickt anstelle, fressen die mir aus der Hand. Das ist also der Mühlenhof, wo Heidi Schwarzbeck und Jean-Pierre Garbon mitgemischt haben. Aber jetzt habe ich hier das Sagen und nicht die Schwarzbeck oder der Schneckenlutscher. Selbstgerechtes Pack.

Küchenpläne

Am nächsten Tag standen Diego Tonte und Sophie um Viertel vor drei in der Bistroküche. Tonte war bereits umgezogen. Die Haare von einem Koch-Bandana bedeckt, eine schwarze Jacke mit seinem in Weiß eingestickten Namenszug auf der Brust. »Ich wusste nicht, was Sie an Arbeitskleidung stellen, da habe ich mal meine eigenen Sachen angezogen.«

»Ich habe Hosen und Oberteile mit dem Namenszug unseres Bistros unten im Umkleideraum. Wir werden ein paar Sachen in Ihrer Größe bestellen müssen, Igor brauchte auch eine Sondergröße, die wird Ihnen aber nicht passen.«

»Ich schlage vor, wir warten mal den Monat ab, bevor Sie anfangen, Arbeitskleidung zu ordern«, erwiderte Tonte grinsend, was durchaus charmant wirkte. »Also, ich hätte gerne den Speiseplan der Woche und einen kurzen Überblick, wer hier arbeitet. Wenn Sie nichts dagegen haben, dann spreche ich später mit den Leuten und stelle mich selber vor. Außerdem möchte ich mir heute erst einmal ansehen, wer was und wie macht. Morgen werde ich die Mannschaft dann eventuell neu einteilen. Einverstanden?«

Sophie nickte, das klang alles vernünftig, und vor allem war ihr klar, dass ein Koch, der so viel Erfahrung hatte wie Tonte, seinen eigenen Stil hatte und die Posten in seiner Küche selber einteilen wollte.

»Damit bin ich einverstanden. Was halten Sie davon, wenn wir uns nach draußen in die Frühlingssonne setzen und die Speisekarte durchgehen?«

Anerkennend schaute sich Tonte hinten im Garten um, nachdem er einen kurzen Blick in den zusätzlichen Gastraum geworfen hatte. »Gefällt mit gut. Rustikal, aber hat was, müsste man allenfalls für Abendgäste mit einer Service-Station ausrüsten: Besteck, Servietten, Speisekarten alles hier vor Ort. Wie lösen Sie das Problem, dass die Speisen heiß auf den Tisch kommen sollen, wenn es schneit oder regnet?«

»Wir nutzen Warmhalteboxen.«

»Das geht bei Flammkuchen, Pizza und Pommes, aber in der gehobenen Gastronomie will ich keine Styroporkisten sehen, in denen mein Essen verschwindet. Da werden wir uns noch was einfallen lassen müssen. Okay, im Sommer hier draußen zu servieren ist eine sehr gute Idee, darauf stehen die Gäste. Windgeschützt, abseits der Straße, gute Entscheidung.«

Diego Tonte ist augenscheinlich kein Freund von Diplomatie, dachte Sophie. Was für ein Tonfall. Er redet immerhin mit der Inhaberin. Seine Urteile wurden im Brustton der Überzeugung vorgetragen und ließen keinen Spielraum für Verhandlungen.

Sie setzten sich draußen auf eine Bank, und Sophie reichte Tonte die Speisekarte. Der nahm sie, las aufmerksam jedes einzelne Wort genau durch und stieß dabei nur ab und zu ein Brummen aus. Sophie wurde nervös. War es nun gut, was sie sich mit Louis in den letzten Wochen überlegt hatte? Oder war es in den Augen des ehemaligen Starkochs nur eine laienhafte Zusammenstellung, die unter professionellen Gesichtspunkten keinen Bestand hatte? Tonte klappte die Karte zu, schloss kurz die Augen und schien nach den richtigen Worten zu suchen. Was Sophie ein wenig beruhigte, war das zufriedene Lächeln in den Mundwinkeln des Kochs.

»Okay, mir gefällt die Struktur«, begann Tonte. »Da gibt es schon eine Linie, was man bei vielen Karten nicht sagen kann. Die Konzentration auf wenige Gerichte, diese aber in Top-Qualität – super. Regionale Zutaten einbinden und auf der Karte benennen – ja, kann man machen, passt zum Konzept.

Das Gourmet-Menü liest sich gut, ist aber ein bisschen gewollt, da fehlt eindeutig der Glitter. Ich meine das Chichi, auf das die Gastro-Kritiker so abfahren. Handwerklich solide, aber ohne Glanzpunkte. Hier ist mein Vorschlag: Wir wollen ja nicht die Gäste vergraulen. Wir bleiben bei der Karte und binden im Laufe der nächsten Tage ein paar von meinen Rezepten bei den Tagesgerichten ein. Dann sehen wir, wie die ankommen, und können entscheiden, was dauerhaft auf der Karte bleibt und was rausfliegt.«

»Das ist ein vernünftiger Gedanke«, sagte Sophie erleichtert.

»Dann erzählen Sie mir mal, was ich über mein Team wissen muss.«

In den nächsten Minuten beschrieb Sophie die einzelnen Personen in der Küche und im Service.

»Gut, dann weiß ich jetzt, woran ich bin. Als Nächstes will ich das Warenlager und den Rest sehen, danach spreche ich mit dem Team. Also los, Frau von Metten, Rock ›n‹ Roll.«

***

»Dann guten Appetit, ich bin gespannt, wie es schmeckt«, sagte Sophie zu Peter. Seit einer knappen Woche kochte Tonte jetzt im Bistro. Soweit Sophie das beurteilen konnte, klappten die Abläufe in der Küche wie eine gut geölte Maschine. Tonte machte klare Ansagen, hatte jeden Posten im Blick und war sich nicht zu schade, auch mal schnell einzugreifen und etwas selber zu übernehmen. Heute Abend war es das erste Mal, dass sie und Peter Gelegenheit hatten, eines der neuen Hauptgerichte in aller Ruhe zu probieren. Sarah hatte gerade die beiden Teller im Wintergarten serviert.

Peter schnitt sich ein Stück Fleisch ab, aß und stieß ein genießerisches Stöhnen aus. »Himmel, ist das gut. Das Fleisch zergeht auf der Zunge, und diese Kräuterkruste ist göttlich.

Und die Sauce …«, Peter nahm eine neue Gabel voll, »ist die gut. Und die Kombination mit den frittierten Kartoffelkrönchen. Da könnte ich mich reinsetzen. Okay, genusstechnisch ist der Mann unschlagbar. Wie kommen die anderen mit ihm klar?«

Sophie ließ sich mit der Antwort Zeit, weil sie gerade selber angefangen hatte zu probieren. Peter hatte recht, es schmeckte wirklich himmlisch. »Mmh, … also … mmh, ich denke, ganz gut. Ich will morgen mit Sarah, Igor und Melanie sprechen.«

»Okay, ich bin gespannt. Vielleicht solltest du Adelheid von Stelzenborn noch einmal einladen und ihr das hier servieren. Das Gesicht würde ich zu gerne sehen.«

Sophie kicherte. »Nee, lass mal, ich glaube, das muss ich mir nicht noch mal antun. Wobei – mal abwarten, wie sich unser Diego Eberhard noch so entwickelt.«

Drei Gespräche …

Kochen ist Teamarbeit, dachte Sophie. Ich muss herausfinden, wie die Küchenmannschaft mit Diego Tonte klarkommt. Sie hatten jetzt schon ein paar Tage Zeit, sich eine Meinung zu bilden. Am nächsten Tag nutzte sie daher die erste Gelegenheit, die sich bot, um Sarah zur Seite zu nehmen. Sie begegneten sich unten im Kellerflur; Sarah war unterwegs, um eine Kiste Mineralwasser zu holen, und Sophie wollte die frisch gewaschenen und gebügelten Bistro-Schürzen aus der Wäscherei in den Umkleideraum bringen.

»Ach Sarah, hast du mal einen Moment?«

»Klar, Sophie, was gibt es?«

Sophie vergewisserte sich mit einem Schulterblick, dass sie wirklich alleine im Keller waren, bevor sie fragte: »Diego Tonte ist jetzt fast eine Woche hier. Was hast du für einen Eindruck von ihm?«

Sarah dachte einen Moment nach, dann zog sie Sophie am Ärmel in den Weinkeller und schloss die alte Eichentür hinter sich. »Man weiß ja nie, wer oben an der Kellertreppe steht und mithört«, sagte sie. »Also, mal vorab die Frage: Bist du zufrieden?«

Sophie ließ sich die Gegenfrage gefallen. Sarah und sie waren derselbe Jahrgang. Aber weil Sarah schon zwei Kinder im Grundschulalter hatte, kam es Sophie manchmal so vor, als wäre sie wesentlich jünger als die Kellnerin; diese hatte ihr doch manches an Lebenserfahrung voraus. Rasch hatte sich zwischen den beiden Frauen ein tiefes Vertrauen entwickelt. Sarah war für Sophie in der kurzen Zeit, die sie hier arbeitete, schon mehr Freundin als Angestellte geworden.

»Was das Essen angeht, kann ich mich nicht beschweren. Tonte kocht großartig, das steht außer Frage«, sagte Sophie. »Aber ich vermisse Louis. Schließlich hat er am Anfang sogar hier im Haus gewohnt, bevor er mit seiner damaligen Freundin zusammengezogen ist. Für mich ist das, als wäre ein Teil der Familie weggezogen.«

»Ja, Louis war klasse«, sagte Sarah und fügte nachdenklich hinzu: »Allerdings fehlte ihm noch die Souveränität, die Tonte hat. Louis war so in die Idee mit der gehobenen Gastronomie vernarrt, dass er manchmal vergessen hat, wer Freund und wer Feind war. Melanie hat das oft zu spüren bekommen.«

Sophie stellte einmal mehr fest, dass Sarah ohne Zweifel eine genaue Beobachtungsgabe und ein feines Gespür für Zwischenmenschliches besaß. »Okay, Sarah, du hast recht. Ich muss zugeben, dass ich deutlich länger für diese Erkenntnis gebraucht habe als du. Aber was ist jetzt mit Tonte?«

»Die Gäste schwärmen für seine Tagesgerichte. Das wirst du selber auch schon mitbekommen haben, aber ich bin ja die ganze Zeit im Gastraum und kriege es hautnah mit. Ich denke, sein damaliges Restaurant ist nicht umsonst mit einem Stern ausgezeichnet worden. Aber menschlich ist er mir unheimlich.«

»Unheimlich?« Sophie horchte auf, jetzt wurde es interessant. »Wieso unheimlich?«

»Irgendetwas stört mich an diesem Mann. Der verbirgt irgendwas. Manchmal, wenn er denkt, ihn sieht keiner, dann hat er so ein verächtliches Lächeln im Gesicht. Das dauert nur ganz kurz und ist praktisch sofort wieder vorbei, aber ich hab es schon drei, vier Mal gesehen.«

Sophie erinnerte sich wieder an den Moment, als Tonte vor dem Vorstellungsgespräch aus dem Auto gestiegen war und sich umgesehen hatte. »Ich weiß genau, was du meinst.«

»Es ist, als würde man die ganze Zeit nur auf eine Fassade blicken. Gestern kam er zum Beispiel aus dem Weinkeller. Ich stand drüben an der Treppe, er hatte mich nicht bemerkt und grinste wieder so hämisch. Ich bin die Stufen zurückgegangen und habe extra laut gesummt, und als ich um die Ecke bog, strahlte er ganz charmant. Wobei ich bei dieser Art von südländischem Charme eher eine Gänsehaut kriege.«

Sophie nahm sich vor, später darüber nachzudenken, was sie eben gehört hatte. »Ich danke dir, Sarah. Du bist wirklich ein Gewinn für mein Bistro. Und ich danke dir für die offenen Worte.«

»Gern geschehen, Sophie. Für mich sind die Abende bei dir echte Highlights. Nicht, dass ich meine beiden Racker nicht lieb hätte, aber es tut schon gut, auch mal mit Menschen zusammenzukommen, die keine Pokémon-Karten sammeln.«

»Und Patrick, dein Mann?«

»Ist seit fast drei Wochen in Thüringen, weil er dort eine Großbaustelle einrichten muss. Meine Mutter achtet abends darauf, dass die Jungs auch wirklich in den Betten bleiben. Und nein, Patrick sammelt auch keine Pokémon-Karten.«

Sophie kicherte. »So hatte ich das gar nicht gemeint, das weißt du auch. Wenn Patrick wieder zurück ist, dann musst du mal mit ihm vorbeikommen. Wir könnten noch Leonie und Jan, Freunde von uns, dazuholen. Das wird bestimmte eine nette Runde. Natürlich nur, wenn es dir nicht unangenehm ist, von deiner Chefin eingeladen zu werden.«

Sarah lächelte vergnügt. »Ganz sicher nicht, Sophie. Die Einladung nehmen wir gerne an. Und wenn du mit Jan einen gewissen Jan Köllner meinst, der war mit fünfzehn mein Tanzpartner auf dem Abschlussball der Tanzschule. Den kenne ich ganz gut.«

»Wümmerscheid-Sollensbach ist wirklich ein Dorf.«

»Tja, Augen auf bei der Wohnsitzwahl, Sophie«, sagte Sarah mit einem hellen Lachen. »Und jetzt muss ich schauen, dass ich das Mineralwasser hochbringe, bevor meine Chefin meckert.«

Mit Igor zu reden war weitaus schwieriger als das Gespräch mit Sarah. Denn der Hüne kam zur Arbeit, nahm mehr oder weniger schweigend seine Aufgaben entgegen und begann diese dann abzuarbeiten. Ein zufälliger Kontakt ließ sich so kaum herbeiführen. Da half nur ein kleiner Umweg, fand Sophie. Also rief sie in die Küche hinein: »Ach Igor, bist du so nett und hilfst mir bitte einmal bei der Lampe im Wohnzimmer? Du bist doch größer als ich, und ich müsste dafür eine Leiter holen.«

Bereitwillig folgte Igor Sophie ins Wohnzimmer. Sophie schloss rasch die Tür hinter ihnen.

»Welche Lampe?«

»Entschuldige, Igor, es geht nicht um eine Lampe, ich musste dich aus der Küche herauslotsen. Ich habe nur eine Frage: Wie ist Tonte?«

»Bei so Frage ist heimlich besser. Tonte ist guter Koch, aber ist wie Dimitri, Igors Vetter.«

»Ähm … okay … und was soll das heißen?«

»Dimitri ist guter Ingenieur, aber Säufer. Heimlich saufen, sieht man an Augen, ist Gier in Augen.«

Sophie seufzte. Tonte – ein Säufer? Na, das hatte ihr gerade noch gefehlt. Bevor sie etwas erwidern konnte, klang ein lautes vergnügtes Brabbeln durch den Raum, und Igor begann begeistert zu strahlen.

»Verzeihung gerade.« Mit zwei Riesenschritten war Igor bei Lisa, die auf ihrer Krabbeldecke saß und laut lachte.

»Na, kleiner Hase?«

Es war offensichtlich, dass Igor und Lisa den Ablauf dessen, was dann folgte, beide kannten. Vielleicht war Elsie mit Lisa ja doch öfter an der Hintertür der Küche, als ich bisher wusste, dachte Sophie. Igors Zeigefinger bewegte sich ganz langsam vorwärts und kitzelte Lisa am Bauch. Die griff nach dem großen Finger, klammerte sich daran fest, und Igor hob sie mühelos hoch. Sophie hielt kurz die Luft an, aber da war auch schon Igors zweite Hand an Lisas Po, um sie abzusichern.

»Bagger spielen, kleiner Hase? Hui.« Mit diesem Hui hob er Lisa, die bequem auf seiner riesigen Hand Platz fand, einmal hoch und wieder runter. Sanft setzte er die Kleine wieder auf der Krabbeldecke ab.

»Ist Spiel von uns beiden«, erklärte er Sophie mit einem verlegenen Grinsen.

Sophie wusste nicht, was sie sagen sollte, deshalb brachte sie nur ein »Das ist in Ordnung, Lisa gefällt es« heraus. Sie war Zeugin von einem ganz anderen Igor geworden. So, als wäre das eben alles gar nicht geschehen, ging Igor zur Tür. Bevor er aber den Raum verließ, drehte er sich noch mal zu Sophie um.

»Halte Augen auf, is versprochen.«

***

Für das Gespräch mit Melanie hatte sich Sophie nach draußen zurückgezogen. Dort, wo der Vorplatz an die Straße grenzte, standen immer zwei Gartensessel in der Nähe der alten Bruchsteinmauer bereit. Man saß neben der Mauer zugleich sonnig und geschützt; das Eckchen war perfekt geeignet für einen Tag im April. Aus dem Augenwinkel nahm Sophie flüchtig wahr, dass die Mauer unten am Sockel beschädigt war, einige große Steine hatten sich gelöst, durch die entstandene Lücke hätte ohne weiteres Herr Württemberg nach draußen kriechen können. Sophie nahm sich vor, Peter später davon zu erzählen, bestimmt konnte der den Schaden schnell beheben.

Nun konzentrierte sich Sophie wieder auf das, was Melanie gerade sagte.

»Louis ist ein bisschen neidisch. Ich habe zu Hause eine Sauce von Tonte nachgekocht, Louis kam aus dem Staunen nicht raus.« Melanie sah so zufrieden aus, dass sich Sophie gar nicht traute, ihre Auszubildende weiter auszuhorchen. »Du bist also zufrieden damit, wie es läuft?«, fragte sie und versuchte, dabei möglichst beiläufig zu klingen.

»Ja, sehr, das ist alles echt cool. Diego hilft mir, wo er kann. Klar, er fordert auch, aber das ist ja richtig so. Unter uns, von Diego kann ich viel mehr lernen als von Louis, aber das sag ich nur dir, Sophie.«

***

Nachdenklich saß Sophie an diesem Abend vor dem Kaminfeuer. Es war schon spät, und vernünftig wäre es gewesen, längst im Bett zu liegen, aber das Kopf-Karussell kreiste gerade auf Hochtouren. Die Glastür zum Garten wurde geöffnet, und Herr Württemberg fegte in den Raum. Der Hund bremste schlitternd vor ihrem Sessel ab und winselte leise, so lange, bis Sophie ihn kraulte.

»Du bist ja noch wach. Ich hatte mich darauf eingestellt, leise auf Zehenspitzen ins Schlafzimmer schleichen zu müssen.«

»Mir gehen zu viele Gedanken durch den Kopf.«

»Professor von Metten empfiehlt in diesen Fällen seine berühmte heiße Schokolade.«

Sophie schaute Peter verliebt an. Er schaffte es doch immer wieder, sie aufzumuntern. »Wenn der Herr Professor das sagt … dann aber flott.«

»Ja, Ma'am.«

Keine fünf Minuten später genoss Sophie ihre heiße Schokolade. Mit beiden Händen hielt sie den Becher, den Peter aus der Küche gebracht hatte. »Ja, du hast recht, das tut gut«, stellte sie zwischen zwei Schlucken fest.

»Und jetzt verrate mir bitte, welche Gedanken dich vom Schlafen abhalten.«

»Ich habe heute drei Gespräche geführt, weil ich wissen wollte, was Sarah, Igor und Melanie von Tonte halten.«

»Stimmt, das hattest du vor. Und was ist dabei herausgekommen?«

»Genug, um mir Sorgen zu machen. Die gute Nachricht ist, alle drei halten Tonte für einen begabten Koch. Die schlechte: Melanie ist total geblendet und hingerissen, Sarah dagegen ist davon überzeugt, dass unser Koch etwas verbirgt. Wenn er sich unbeobachtet glaubt, sagt sie, wirkt er gar nicht mehr so charmant und freundlich – das ist mir selber schon bei unserer ersten Begegnung aufgefallen, und offenbar hat sich das wiederholt. Frag mich nicht, was er verbirgt, ich weiß es nicht, aber das macht es nicht besser.«

»Und was sagt unser großer, schweigsamer Russe?«

»Der nebenbei bemerkt in Lisa ganz vernarrt ist. Laut Igor hat Diego Tonte die Augen seines Vetters Dimitri.«

Peter grinste breit. »Ach so, dann ist ja alles klar. Ich hoffe doch, du hast gefragt, was Dimitri für Augen hat?«

»Die Augen eines Säufers. Igor hält mit seiner Meinung nicht hinterm Berg.«

Peter lehnte sich in seinem Sessel zurück. »Mann, Mann, Mann, wir haben also einen begabten Koch im Haus, bei dem irgendwas nicht ganz koscher ist. Ich wünschte, Heidi und Jean-Pierre wären hier. Das ist etwas, worüber ich gerne mit den beiden sprechen würde.«

Sophie strahlte ihren Mann über die Tasse hinweg an. »Das ist doch mal ein richtig guter Vorschlag, Herr von Metten. Gleich morgen früh rufe ich sie an.«

In der Nacht

Das Ticken der rustikalen Kuckucksuhr ging ihm auf die Nerven. Ach was, nicht nur die Uhr, die ganze scheiß Einrichtung nagte an ihm. Diego fluchte leise, als er sich in seiner Ferienwohnung in einen Sessel fallen ließ. Wie man in diesem Spießer-Museum freiwillig einen Urlaub verbringen konnte, war ihm schleierhaft. Dunkelbraune Wohnzimmerschrankwand, gehäkelte Deckchen auf dem Tisch, ein Keramik-Maulwurf mit Sonnenbrille und Blindenbinde auf der Fensterbank. War wahrscheinlich so ein Augenzwinkern dafür, dass man den ganzen übrigen Kram nicht zu ernst nahm. Haha, ich lach mich kaputt, dachte er. Am liebsten hätte er den grinsenden Maulwurf aus dem Fenster geworfen, aber das würde nur Ärger geben. Besser nicht auffallen, jedenfalls noch nicht.

Das galt auch für seine Arbeit im Bistro. Zugegeben, der Laden war deutlich besser als erwartet, da war Potenzial. Aber er wusste nicht, wie lange er sich noch zusammenreißen konnte. Es wurde von Tag zu Tag schwerer. Früher hatte er schon am Mittag trinken können, jetzt war da höchstens mal ein Schlückchen Kochwein drin. Nein, er musste seine Rolle weiterspielen. Die würden ihm am Ende aus der Hand fressen. Der Plan war simpel. Das Bistro würde erfolgreich sein, so erfolgreich, dass er unabkömmlich wäre. *Tante Dottis Bistro* und Diego Tonte, zwei Namen, untrennbar miteinander verbunden. Bald hätte er den Laden in der Hand. Er würde diese russische Antwort auf Meister Proper rauswerfen, seine Küchenmannschaft neu zusammenstellen und einen Anteil am Gewinn fordern. Ach was, er würde direkt Anteile am Laden bekommen, weil es nämlich keine Alternative gab. Was wollte

Sophie von Metten schon tun? Wieder ihre Flammkuchen selber backen? Wohl kaum, die war vollkommen damit beschäftigt, ihre Brut großzuziehen.

Diego saß in dem Sessel und betrachtete seine zitternden Hände. Nur einen Schluck, um das Zittern abzustellen. Er stand auf und holte aus der Reisetasche eine große Flasche Wodka. So verlockend, ein Glas Wodka sollte er ja wohl vertragen. Er öffnete die Flasche und schenkte sich ein großes Glas ein. Der Flaschenhals schlug gegen den Glasrand, weil er seine Hand nicht unter Kontrolle hatte. Das war schon seit Tagen so. Zum Glück musste er in der Küche nicht viel selber schneiden, er gab einfach ein paar Anweisungen mehr. Vielleicht sollte ich die Flasche demnächst mitnehmen, überlegte er, ab und zu ein Schlückchen, einfach um runterzukommen. Geradezu andächtig trank Diego den ersten Schluck. Er schloss genießerisch die Augen. Das war's, verdammt noch mal, das war genau das, was er jetzt brauchte.

Das Zittern ließ nach, und ungewohnt klar sah er vor Augen, was jetzt zu tun war. Er würde eine Mail schreiben, die alte Ziege im Namen von Sophie von Metten einladen und sie dann um den Finger wickeln. Wenn er erst mal Adelheid von Stelzenborn herumgekriegt hatte, wäre er definitiv auf der Zielgeraden. Hastig trank er das Glas leer, startete den Laptop und begann zu tippen.

… und ein Telefonat

Sie musste einfach an die frische Luft. Sophie beschloss daher, am nächsten Morgen mit Lisa im Buggy und Herrn Württemberg an ihrer Seite einen Spaziergang zu machen. Lisa schien allerdings andere Pläne in Bezug auf das Festschnallen zu haben.

»Hör zu, Süße, ich schnall dich an, ob du willst oder nicht, aber wenn du lieb bist, darfst du die Hundeleine halten.«

Lisa klatschte begeistert in die Hände und lachte. Wahnsinn, dachte Sophie, manchmal habe ich wirklich das unheimliche Gefühl, dass sie längst mehr versteht, als wir ahnen.

Zum Glück war Herr Württemberg klug genug, brav neben dem Buggy herzutrotten, während Lisa das Ende der Leine erst mit ihren beiden Händen fest umklammerte und dann – wahrscheinlich aus reinem Interesse – anfing, auf der Handschlaufe aus Leder herumzukauen.

»Och komm, Lisa, das ist bah.«

Kurz schaute Lisa auf und ließ die nasse Lederschlaufe sinken. Sophies Ermahnung war jedoch schneller vergessen, als ein Schwein blinzeln konnte. Sophie seufzte ergeben, ließ Lisa gewähren und freute sich über die kühle Morgenluft, in der längst mehr als nur ein Hauch von Frühling lag. Endlich waren draußen wieder frische Farben zu sehen. Die Natur hatte anscheinend nur auf einen Startschuss gewartet, und nun gab es am Wegesrand Dutzende von kleinen weißen Buschwindröschen, dichte Teppiche aus violettem Lerchensporn, und dazwischen schauten sattgrüne Bärlauchblätter hervor. Kurz blieb Sophie stehen und sah mit Lisa eine Weile zu, wie die dicken Hummeln damit beschäftigt waren, Nektar zu sammeln.

Etwas oberhalb des Mühlenhofs stand auf dem Feldweg eine Holzbank. Sophie wusste, dass anders als im Wald das Funknetz hier gut war. Also setzte sie sich und zog ihr Handy heraus, um Heidi Schwarzbeck anzurufen.

»Sophie, das ist aber eine Überraschung. Ich hätte mich in den nächsten Tagen sowieso gemeldet, weil ich wissen möchte, wie es bei dir so läuft. Karin hat mir schon erzählt, dass du ganz hervorragende Kritiken bekommen hast. Dann ist der Artikel, den ich Leonie geschickt hatte, also kein Einzelfall geblieben? Herzlichen Glückwunsch.«

»Ja, Heidi, aber mittlerweile hat sich doch einiges getan, und ich brauche euren Rat.«

Sophie berichtete, was Louis den beiden offenbar noch nicht erzählt hatte: wie er sich in Melanie verliebt hatte, warum es zwischen dem Liebespaar Streit gegeben hatte und dass Louis nun seine Stellung gekündigt hatte.

»Louis hat was getan?«, unterbrach Heidi fassungslos. »Ich glaub das nicht. Was ist nur in den Jungen gefahren?«

»Es ist verliebt, Heidi, und er stand vor der Entscheidung: Liebe oder Job.«

»Du meine Güte, das muss ich eben Jean-Pierre erzählen, der schaut mich die ganze Zeit schon so neugierig an.« Sophie hörte ein Stakkato auf Französisch, das in einem Tempo gesprochen wurde, das weit über ihre Kenntnisse aus dem Schulunterricht hinausging.

»Moment, ja, ich stell ja schon auf Lautsprecher«, hörte Sophie Heidi sagen. Sekunden später meldete sich Jean-Pierres vertraute Stimme.

»Bonjour, Sophie, isch kann es nicht fassen. Is' meine Neffe von alle gute Geister … wie sagt man … getrennt nischt, ah … verlassen. Was ›at er sich denn dabei gedacht? Ah, isch weiß, er ›at gar nischt gedacht. Tromper, dieser Dummkopf.

Wenn isch das erzähle meine Schwester, Louis' Maman, sie wird … oh, là, là, isch will gar nischt wissen, was sie wird tun.«

»Aber Jean-Pierre, Louis hatte wirklich gute Gründe.« Himmel, jetzt muss ich Louis auch noch verteidigen, dachte Sophie, der die Absurdität dieser Situation durchaus bewusst war. »Melanie ist eine zauberhafte Frau, du kennst sie doch, sie hat zuerst bei uns im Service gearbeitet.«

»Die nette Blonde mit die Nasenstein?«

»Genau, sie wird ja jetzt Köchin.« Sophie hörte, wie Jean-Pierre abgrundtief seufzte.

»Was willst du tun, wenn Liebe zuschlägt, disch trifft wie ein Keule. Aber ›ast du denn jetzt Ersatz für die Küsche?«

»Deswegen rufe ich ja an. In der Abtei Brennerbach hatte sich neben Louis auch ein ehemaliger Sternekoch beworben, und der arbeitet jetzt bei uns.«

»Ein ehemaliger Sternekoch?«, fragte Heidi.

»Ja, Diego Tonte …«

»Nein! Das ist nicht dein Ernst!«, rief Heidi entsetzt, und Sophie hätte vor Schreck fast das Handy fallen gelassen.

»Tonte, wie kommt eine Koch wie Tonte nach Wümmerscheid-Sollensbach? Ja, ist die Welt jetzt völlisch aus die Fuge geraten?«

»Hör zu, Sophie, Jean-Pierre und ich kennen Tonte seit vielen Jahren«, sagte Heidi hastig.

»Das habe ich mir schon gedacht, und ursprünglich hatte ich auch vorgehabt, dich anrufen und nach deiner Meinung zu fragen. Doch Louis war sich so sicher, dass Tonte genau der Richtige für den Posten ist.« Und außerdem, dachte Sophie, bin ich erwachsen und muss meine eigenen Entscheidungen treffen. Ich kann mich doch nicht für immer auf Heidi verlassen.

»Der Mann taugt nichts. In einer Kochshow wollte er mal mit einer Pfanne auf mich losgehen, weil mir seine Sauce nicht geschmeckt hat. Wie sich dann herausstellte, hatte er vor der Sendung mehr als eine halbe Flasche Wodka auf leeren Magen getrunken. Das fiel bei ihm unter Bekämpfung von Lampenfieber. Der Mann war mal ein brillanter Koch, aber heute ist er nur noch eine tickende Zeitbombe. Was glaubst du wohl, warum der auch in den USA wieder das Weite gesucht hat?«

»Sophie, ›örst du misch«, mischte sich jetzt auch Jean-Pierre ein. »Wir kommen, wir kommen so schnell wie es ›ier möglisch ist.«

»Schon gut, schon gut, ihr könnt beruhigt sein. Er hat mir selber erzählt, dass er mal eine Entziehungskur gemacht hat. Jetzt ist er clean.«

»Eine ›uhn, das mit die Flügel schlägt, ist noch nischt eine Adler. Isch will damit sagen, glaube nischt alles, was er sagt.«

»Jean-Pierre hat recht, Sophie. Halt einfach die Augen offen, den Weinkeller verschlossen, und kontrolliere regelmäßige deinen Bestand an Hochprozentigem. Vor allen Dingen lass dich auf keine Deals mit ihm ein. Wir schauen, dass wir möglichst schnell nach Hause kommen.«

Sophie versprach beiden, auf alles zu achten, und beendete dann das Telefonat. Lisa kaute glücklich sabbernd immer noch auf der Hundeleine herum, und Wümmerscheid-Sollensbach sah immer noch friedlich aus. Aber Sophie konnte nicht behaupten, dass dieser Friede sie beruhigte. Im Gegenteil, ganz im Gegenteil.

Vielleicht hilft es mir ja, wenn ich noch ein Stück laufe, dachte Sophie. Diesmal ging sie nicht in Richtung Wald weiter, sondern wählte den Weg, der in einem Bogen am Dorfrand vorbei zu Peters altem Haus führte. Insgeheim hoffte sie, Leonie wäre zu Hause. Ein kurzes Gespräch und ein Kaffee mit der Freundin wären jetzt genau das Richtige. Aber Leonies Auto stand nicht in der Einfahrt, ein untrügliches Zeichen dafür, dass ihre Freundin unterwegs war. Gut, dann eben ein anderes Mal, dachte Sophie und machte sich auf dem Heimweg. Lisa waren inzwischen die Augen zugefallen. Sophie nahm die Hundeleine aus den kleinen Händen und knotete sie am Buggy fest.

»Guten Morgen, Sophie. Na, so früh schon unterwegs?« Erwin Körten-Buschmeier kam ihr mit einer Schubkarre entgegen.

»Guten Morgen, Erwin.« Sophie deutete auf die gefüllte Schubkarre. »Du hast ja auch schon ordentlich gearbeitet.«

»Ach, das ist nur guter Kompost für mein Rosenbeet. Ob du es glaubst oder nicht, da sind doch gestern einfach so ein paar Verrückte durch meinen Garten geschlichen und haben mein Rosenbeet zertrampelt. Zu schade, dass mir unsere Polizei mein altes Jagdgewehr abgenommen hat, den Beet-Tramplern hätte ich gerne einen Schrecken eingejagt.«

Ja, an diese Zeiten konnte sich Sophie auch noch gut erinnern. Ein grantiger Erwin, der, weil ihn die Dorfgemeinschaft abgeschrieben hatte, mit sich und der ganzen Welt unzufrieden gewesen war. Als Ergebnis dieser Unzufriedenheit waren dann gerne mal Falschparker mit vorgehaltener Waffe vom Grundstücksrand verscheucht worden.

»Bei uns im Garten waren sie auch schon, um dem Ruf des Lattenlurchs zu lauschen.«

Erwin schob seinen alten Cordhut nach hinten und kratzte sich an der Stirn. »Machen die Viecher denn überhaupt Krach?«

»Nee, das war eine moderne Komposition für ein Saxonet, so eine Art Blockflöte mit Klarinetten-Mundstück. Ich vermute, bei den Tönen hat die Lurch-Population einen Gehörschaden erlitten – bildlich gesprochen, ich weiß schon, dass denen die Ohren fehlen.«

»Aber hören tun sie doch«, Erwin lachte, »ich hab mir extra eine Tierdokumentation von dem Hammelbach im Fernsehen angesehen. Schließlich hat dieser Naturforscher mit seiner Fernsehdokumentation diesen ganzen Wahnsinn hier im Dorf erst ausgelöst. Ja, diese Lurch-Verrückten nehmen überhand. Hast du gehört, dass unsere beiden Ortsvorsteher, also der Dieter Overhofen-Dümpels und der Karl-Friedrich Serghein, in einer gemeinsamen Aktion einem Dutzend Bekloppten untersagt haben, sich nackt in den Sollensbacher Bruch zu werfen? Nacktschwimmen mit den Lurchen, der letzte Schrei. Dieter und Karl-Friedrich mussten sich Unterstützung von der Polizei holen. Die haben sogar Geldstrafen verhängt, aber pack mal 'nem nackten Lurch-Freund in die Tasche, da ist wenig zu holen, sag ich dir.«

Die Vorstellung, welche Szenen sich da unweit vom Mühlenhof abgespielt haben mussten, sorgten bei Sophie wieder für gute Laune.

»Ach Erwin«, lachte Sophie, »ich weiß, dass das alles ja eigentlich furchtbar ist, aber irgendwie ist es auch saukomisch.«

Erwin grinste verschmitzt. »Ich sag mal so, wahrscheinlich bieten die Lurch-Heinis nicht mal was fürs Auge. Wenn ich mir anschaue, wer da immer zum Sollensbacher Bruch pilgert, dann ist das bestimmt kein optischer Gewinn, wenn die blankziehen. So, und jetzt muss ich zusehen, dass ich den Kompost ins Beet kriege, ich will noch bei Johannes Mettwurst kaufen, heute gibt es meine berühmte Kartoffelsuppe, die braucht eine Weile, bis sie fertig ist.«

»Na, dann guten Appetit. Ach Erwin …«

»Ja, Sophie?«

»Du bist noch nicht bei uns gewesen, um den Apfelkuchen zu essen. Die Einladung gilt weiterhin.«

»Herzlichen Dank. Ich komm darauf zurück.«

Der Rausschmiss

Der Tag hatte mies begonnen, und er wurde nicht besser. Die Stelzenborn, diese arrogante Ziege, hatte sich bisher nicht gemeldet. Was glaubte die eigentlich, wer sie war – die Queen unter den Gastro-Kritikern? Bei deren Aussehen allenfalls die Queen Mum. Blöde Schnepfe. Diego schnaubte und rieb sich mit beiden Händen über das Gesicht. Er hatte sich kurz auf die Bank im Umkleideraum gesetzt. Die Ellenbogen stützte er nun auf die Knie, ließ den Kopf nach vorne hängen und schaute auf die grau-weiß gesprenkelten Bodenfliesen. Auch dieser Versuch, sich zu entspannen, nützte nichts. Die Kopfschmerzen, die schon seit dem Aufwachen hinter seiner Stirn tobten, wurden nicht weniger. Er musste wieder hoch in die Küche. Die kurze Auszeit hier unten im Keller konnte er nicht unendlich ausdehnen, das würde auffallen. Heute war Großkampftag im Bistro, das Reservierungsbuch bis zum Anschlag voll, da musste er in Höchstform sein. Im Moment aber war er weit von irgendeiner Höchstform entfernt.

Etwas Zeit blieb ihm noch. Oben waren die letzten Nachmittagsgäste im Bistro. Alles Kroppzeug, ein paar Tassen Kaffee und Kuchen. Pah, er war Koch, kein Kuchenbäcker. Das wäre das Erste, was er abschaffen würde. Viel Arbeit und nur ein paar Kröten Umsatz. Da konnte es passieren, dass manche Tische endlos lange mit Leuten besetzt waren, die stundenlang an einer einzigen Tasse Kaffee nuckelten.

Nee, dafür hatte er sich hier nicht in den letzten Wochen krummgelegt. Mit den richtigen Zahlen würde er auch die von Metten überzeugen, die war ja so was von manipulierbar.

Okay, das Thema Zukunftsplanung musste noch warten,

jetzt galt es, zuerst einmal die Weichen für den Abend zu stellen. Er schloss die Augen und lehnte den Hinterkopf an den Stahlspind in seinem Rücken. Ach Scheiße, so wurde das heute nichts. Was soll's?, dachte er. Er wusste doch genau, was er brauchte. Er stand auf, öffnete den Schrank. Ein prüfender Blick über die Schulter: Keiner da, er war alleine. Er lauschte auf Schritte, die die Treppe herunterkamen. Nichts! Hastig öffnete er seine Reisetasche. Ganz unten, versteckt im Schuhbeutel, war die Flasche. Er zog sie heraus, schraubte sie auf, schloss die Augen und trank einen großen Schluck. Wodka rann ihm übers Kinn. Mit einem lauten Grunzen setzte er die Flasche ab und wischte das Gesicht mit dem Ärmel wieder trocken. Ja, er hatte alles im Griff. Das hier war reine Medizin, nichts, worüber man sich Sorgen machen musste. Er nahm einen weiteren Schluck, bevor er die Flasche widerwillig zuschraubte. Genug. Später konnte er ja wieder herunterkommen. Aus der Tasche holte er eine Dose mit scharfen Pfefferminzpastillen, nahm gleich drei auf einmal in den Mund und zerkaute sie. Zeit, um den Losern zu zeigen, wer hier im Haus das Sagen hatte.

Als er die Kellertür hinter sich schloss, sah er den Alten in der Tür vom Gastraum unschlüssig herumstehen. Was war das denn für ein Schrat? Die Hose hatte eindeutig dunkle Erdflecken, dazu trug er ein kariertes Flanellhemd und eine abgewetzte Barbourjacke. Aber die Krönung war der speckige Cordhut. Heilige Scheiße, so eine Erscheinung konnte das Ambiente seines Bistros komplett herunterziehen.

»Kann ich Ihnen helfen? Ich bin Diego Tonte, der Chefkoch.«

»Körten-Buschmeier, Erwin Körten-Buschmeier. Sophie von Metten … also, wir … ähm, hatten eine Verabredung zum Apfelkuchen.«

Diego schnaubte. Wenn dieser Waldschrat im Gastraum

sitzen würde und Adelheid käme spontan vorbei, dann wäre es aber zappenduster.

»Tja, wir schließen gleich. Sorry, Herr Kürten-Busch… was?«

»Körten-Buschmeier.«

»Stimmt, hatten Sie gesagt. Also Apfelkuchen ist aus, so viel weiß ich. Und – ich sag das mal im Vertrauen – Sophie ist noch ein bisschen zu sentimental, aber wir vergeben eigentlich grundsätzlich die Tische nur noch nach Reservierung. Das sind wir unserem gehobenen Publikum schuldig. Wir müssen da einfach Standards einhalten, übrigens auch in Bezug auf das Erscheinungsbild unserer Gäste, wenn Sie verstehen. Hat Sophie wohl vergessen zu erwähnen.« Diego musterte den Alten abschätzig. Das Gesicht des Mannes verfärbte sich rot, und für einen Moment fürchtete Diego, dass der Opa handgreiflich werden würde.

»So, für das Erscheinungsbild der Gäste gibt es hier Standards. Na dann, einen schönen Tag noch, Herr Chefkoch.«

Diego atmete einmal durch, als der Alte die Tür hinter sich zuschlug. Noch mal gutgegangen. Sophie sollte ihm dankbar sein, dass er diesen Bauerntrampel abgewimmelt hatte.

***

Sophie stand zufällig im Kinderzimmer am Fenster, als sie sah, wie Erwin über den Vorplatz marschierte. Nanu, warum hatte ihr niemand etwas von seiner Anwesenheit gesagt?

Schnell legte sie den Strampler, den sie gerade zusammengefaltet hatte, auf den Stapel im Regal über der Wickelkommode, lief über die Wendeltreppe nach unten und durch die Haustür nach draußen. Sie musste sich beeilen, um Erwin auf der Landstraße einzuholen.

»Erwin! Erwin, warte doch!«

Der Angesprochene blieb stehen und drehte sich zu ihr um. Sophie erschrak, als sie sein grimmiges Gesicht sah. »Erwin, was ist denn los? Man hat mir gar nicht gesagt, dass du da warst.«

»Ich hab mich nach dir umgeschaut.«

»Ich war kurz oben in der Wohnung und habe den Trockner ausgeräumt. Aber du musst doch nicht gehen, nur weil du mich nicht direkt gefunden hast.«

»Nee, Sophie, ich gehe, weil mir der Kuchenappetit gründlich vergangen ist.«

»Aber … ich verstehe nicht …«

»So? Na, vielleicht hat dein Chefkoch recht, und du traust dich nicht, deinen Freunden die Wahrheit ins Gesicht zu sagen. Nämlich, dass du auf das Erscheinungsbild der Gäste Wert legst. Kann ich verstehen. Wenn man sein Niveau hochschrauben will, dann muss man auch mal harte Entscheidungen treffen. Warum nicht auf einen Freund verzichten? Guten Tag, Sophie.« Erwin drehte sich um und marschierte weiter.

Was zum Teufel war da eben in ihrem Bistro passiert? Sophie presste die Lippen wütend zusammen und rannte zurück zum Mühlenhof.

***

»Ehrlich, Frau von Metten, ich habe dem Herrn lediglich gesagt, dass wir heute Abend ausgebucht sind und gerne mit Reservierungen arbeiten. Das muss er in den falschen Hals bekommen haben. Aber so ist es doch, wir können heute keine spontanen Gäste annehmen. Und weil er Sie wohl kannte, habe ich ihm angeboten, dass er gerne an einem anderen Tag einen Tisch reservieren kann.«

»Erwin ist ein netter alter Mann, der jetzt tief verletzt ist, Herr Tonte. Und was hatte das mit dem Erscheinungsbild auf sich?«

Diego Tonte lachte leise. Er zog die Mundwinkel verächtlich nach unten. »Ich bitte Sie, ich habe ihn lediglich darauf hingewiesen, dass er gerne unsere Garderobe nutzen könnte, den Cordhut – habe ich gesagt – müsste er nicht am Tisch tragen. Aber … nun ja, das war als Scherz gemeint. Schließlich trägt niemand mit Verstand einen Cordhut im Gastraum, nicht wahr?«

In Sophie brodelte es. Diego Tonte trat ihr zu selbstsicher, zu überheblich, fast schon arrogant auf. Der Sache mit Erwin würde sie noch auf den Grund gehen, das Thema war für sie noch nicht abgeschlossen. Nur gerade jetzt fehlte ihr die Zeit dafür.

»War es das, Frau von Metten? Ich würde mich nämlich gerne jetzt mit meinem Team besprechen und den Abend vorbereiten.«

Gedankenversunken nickte Sophie, und Tonte ließ sie im Flur stehen. Morgen, morgen spreche ich mit Erwin, dachte sie, ich bringe das wieder in Ordnung. Egal, was Tonte gesagt hat.

***

Heilige Scheiße, hatte diese blöde Kuh denn nichts Besseres zu tun, als ihn zur Rede zu stellen, warum der Opa nicht zu den Gästen zählte, die er in seinem Gastraum sitzen haben wollte? Immer wieder musste er an das kurze Gespräch denken. Er hätte ihr die Wahrheit geradeheraus sagen sollen, vielleicht war sie wirklich so blind und brauchte mal einen Tritt in die richtige Richtung. Hatte er das wirklich nötig, sich rechtfertigen zu müssen? Nicht heute, wo alles wie am Schnürchen lief. Er fühlte sich richtig gut, das Team spurte und erledigte seine Aufgaben. Zeit für eine kurze Belohnung. Zeit für einen kleinen Abstecher in den Keller.

Er hielt die Flasche hoch. Fast leer. Den Rest aufzuheben lohnte sich auch nicht mehr. Als er Schritte hörte, ließ er die Flasche in seiner Tasche verschwinden.

»Ah, Diego, ich habe dich gesucht. Ich bin jetzt fertig mit den Beilagen und wollte fragen, ob ich Igor bei den Desserts helfen soll?« Melanie lächelte verlegen.

Diego nickte zufrieden. »Sehr gute Idee, Melanie. Ich muss sagen, ich bin sehr beeindruckt von dem Tempo, das du an den Tag legst.« Er trat näher zu ihr. »Ich habe ein paar gute Kontakte von früher. Könnte sein, dass wir für deine Abschlussprüfung … na ja, ich sag mal, den Tonte-Turbo zünden können.«

»Wirklich? Das wäre richtig krass.«

»Klar, so was würde ich nicht für jede machen, aber du, du bist was Besonderes. Habe ich gleich am ersten Tag gemerkt, ist mir direkt aufgefallen. Du bist kreativ, hast deinen eigenen Kopf und weißt auf der anderen Seite, wo du zuhören musst.«

Jetzt lächelte sie geschmeichelt. »Du bist aber auch ein wirklich guter Lehrer, Diego.«

Jetzt stand er ganz dicht vor ihr, und sie trat nicht zurück. Gut so. Langsam strich er ihr mit dem Finger über die Schulter. »Es ist halt ein Geben und Nehmen, wenn du verstehst, was ich meine. Ich setze mich gerne für Menschen ein, denen ich vertrauen kann, die ich auch privat mag.«

»Ähm … ja, sicher. Ich denke, ich sollte dann wieder nach oben gehen.«

»Ach was, nicht so hastig, Melanie. Wo wir doch gerade erst anfangen, uns richtig gut zu verstehen.«

»Ja, sehe ich auch so. Aber jetzt muss ich wirklich.« Melanie drehte sich um und wollte gehen, doch Diego fasste sie am Arm und riss sie herum. »Ich war wohl noch nicht deutlich genug. Ich kann dafür sorgen, dass du richtig nach oben kommst. Aber es wäre nicht gut, mich zu verärgern.«

»Diego, bitte, du tust mir weh.«

»Na, das will doch keiner. Zeig mir doch mal, was du so zu bieten hast. Was gäbe es denn zu sehen, wenn ich dir helfe?«

»Diego, nein …«

Diego hielt ihren Arm umklammert und griff mit der anderen Hand an den Ausschnitt ihrer Kochjacke. Mit einem schnellen Ruck riss er sie auf. Der schwarze Sport-BH, der jetzt zum Vorschein kam, schien ihn zu verhöhnen. Schau doch nach, was hier drin ist, ich zeig es dir nicht, Diego, schien er ihm zuzurufen.

Er streckte die Hand aus, hakte den Zeigefinger in das Stück Stoff zwischen den Körbchen.

»Diego!«

Der Schrei hallte ungehört durch den Keller.

Plötzlich weiteten sich ihre Augen, wurden schreckensstarr. Im gleichen Moment spürte Diego, wie er herumgerissen wurde.

»Hat Nein gesagt, Tonte.« Der riesige Igor schien den kompletten Raum auszufüllen. Diego verlor den Boden unter den Füßen, während der Hüne ihn mit einer Hand mühelos hochhob.

»Lass mich runter, du russischer Troll. Das wirst du mir büßen.«

»Nein, das noch nicht, vielleicht das.« Igor holte aus und schlug mit der flachen Hand zu.

Sophie hörte zufällig den Schrei, als sie oben im Flur an der Treppe vorbeiging. Das war doch eine Männerstimme gewesen? Schnell rannte sie die Kellertreppe herunter. Was sie dann sah, ließ ihr den Atem stocken. Melanie, die bleich ihre offene Kochjacke vor der Brust zusammenraffte, und Igor, der mit einer Hand Diego Tonte hochhielt, während er ihm mit der anderen Hand rechts und links Ohrfeigen verpasste.

»Du gehst nie, nie eine Frau im Keller an Wäsche. Und

nicht in diese Haus.« Patsch. Patsch. Der Befehl wurde von weiteren Ohrfeigen begleitet.

»Was ist denn hier los?«, rief Sophie.

»Der Idiot soll mich loslassen«, kreischte Diego.

»Igor! Bitte!«

Auf Sophies Bitte setzte Igor den Koch ab und stieß ihn zurück, sodass Tonte rückwärts zur Bank zurücktaumelte und gegen den Spind krachte.

»Er … er hat mir die Jacke aufgerissen und …«, Melanie stockte, »aber zum Glück kam Igor.« Mit einem Schritt baute sie sich vor dem sitzenden Tonte auf, der entgeistert zu ihr hochschaute. Melanie holte aus und verpasste ihm eine weitere Ohrfeige. »Du Schwein!« Danach drehte sie sich um und verließ den Keller.

Igor grinste und folgte Melanie. »Sollten jetzt besser kochen gehen, Frau Kollegin. Aber vorher Jacke schließen, macht sonst Aufregung in Bistro.«

Sophie trat zu Tonte. »Was haben Sie sich dabei nur gedacht? Tonte, Sie sind gefeuert.« Sophie griff nach der Tür seines Spinds und riss sie auf. »Packen Sie Ihre Sachen und verschwinden Sie.« Noch während sie das sagte, rutschte eine leere Wodkaflasche aus dem Schrank und zersprang klirrend auf den Boden. Wütend funkelte Sophie Tonte an. »Heidi hat mich gewarnt. Ich hätte es wissen müssen. Raus, ich will Sie in fünf Minuten nicht mehr in meinem Haus sehen.«

»Das können Sie nicht tun. Das werden Sie noch bereuen.«

»Sie werden es bereuen, wenn Sie sich nicht beeilen. Vier Wochen Probezeit, schon vergessen? Ich brauche nicht mal Gründe, um Sie rauszuschmeißen. Sie haben noch vier Minuten, bevor ich die Polizei rufe. Und Melanie wird gegen Sie Anzeige erstatten, dafür sorge ich.«

Wortlos riss Tonte seine Tasche aus dem Schrank und rannte die Treppe nach oben. Nachdem er aus dem Haus gestürzt war und die Haustür hinter ihm ins Schloss geschlagen war, lehnte sich Sophie mit dem Rücken von innen dagegen. Sie zitterte am ganzen Körper.

Ich muss sofort zu Melanie und Igor, dachte sie. Gott sei Dank hat Igor sein Versprechen wahr gemacht. Er hat die Augen offen gehalten. Was für ein Tag … Schlimmer kann es nicht mehr kommen.

Und es kam schlimmer

»Meine Fresse, da geht man ein einziges Mal abends mit einem Kunden essen, und schon bedrängt unser Spitzenkoch sturzbesoffen unsere Auszubildende. Ein Glück, dass Igor misstrauisch genug war, um nachzusehen, warum Melanie so lange unten im Keller geblieben ist.« Peter schüttelte ungläubig den Kopf. Er war erst spät in der Nacht aus Köln zurückgekommen. Sophie hatte schon geschlafen, und so kam sie erst jetzt am Morgen dazu, Peter haarklein von den Ereignissen zu berichten.

»Ich sag dir, obwohl Tonte wahrscheinlich mehr oder weniger eine ganze Flasche Wodka intus hatte, hat man ihm nichts angemerkt. Außer natürlich, dass er sich überheblich und arrogant aufgeführt hat und so getan hat, als wäre das hier sein Bistro. Ich habe gestern noch mit der Polizei telefoniert und Anzeige erstattet. Christian Seitler wird heute vorbeikommen, um über die Einzelheiten zu sprechen.«

»Christian ist immer sehr sorgfältig, der wird sich bestimmt um alles Nötige kümmern.«

Sophie seufzte. »Das ist die eine Sache, die ich heute klären muss. Die andere ist Erwin. Ich fürchte, Tonte hat Erwin tödlich beleidigt. Ich werde gleich zu ihm gehen und ihm alles erzählen. Aber weder die Anzeige noch ein verärgerter Erwin sind das wahre Problem.«

»Schon klar, du machst dir Gedanken, wie es weitergehen soll. Vor allem ohne unseren Koch, der – das muss man trotz allem sagen – selbst im besoffenen Zustand genial gekocht hat.«

»Ich habe keine Ahnung, wie ich das lösen soll. Aber eines

nach dem anderen. Zum Glück haben wir heute keine größere Gesellschaft, ich denke, Igor und Melanie kommen zumindest für dieses Wochenende auch ohne Chefkoch klar. Da kann eigentlich nichts schiefgehen.«

Eine fulminante Fehleinschätzung – aber das konnte Sophie noch nicht ahnen.

***

»Es tut mir so schrecklich leid, Erwin. Ich weiß nicht, was Tonte zu dir gesagt und womit er dich verletzt hat, aber ich vermute, er war zu dem Zeitpunkt schon ziemlich angetrunken. Jedenfalls bin ich hier, weil ich mich erstens bei dir entschuldigen möchte, zweitens wollte ich dir sagen, dass ich gestern Diego Tonte fristlos gefeuert habe, und drittens bist du in *Tante Dottis Bistro* jederzeit herzlich willkommen.«

Sophie sah deutlich, wie es in Erwin arbeitete. Als sie an seiner Tür geklingelt hatte, hatte er sie nicht einmal hereingebeten. Mit stoischer Miene hatte er ihr zugehört. Aber Sophies hastig vorgetragene Entschuldigung verfehlte nicht ihre Wirkung. Sein Blick wurde immer sanfter, je länger Sophie redete.

»Und es ist mir egal, was meine Gäste tragen, Hauptsache, sie fühlen sich in meinem Bistro wohl.« Sophie zwinkerte Erwin zu. »Dein Cordhut hat immer einen festen Platz an unserer Garderobe.«

Jetzt musste Erwin Körten-Buschmeister doch grinsen. »Das hast du schön gesagt, Sophie.« Er atmete tief durch und sagte: »Ich war vielleicht stinkig gestern. Und dein Koch ist jetzt Geschichte?«

»Ja, der kommt nicht wieder zurück. Ich habe ihn sogar bei der Polizei angezeigt.«

»Junge, Junge, da hätte ich ja gerne mal Mäuschen gespielt. Aber was willst du denn jetzt machen? Ein Restaurant ohne Chefkoch, ist das nicht … ähm … schwierig?«

»Für dieses Problem habe ich noch keine Lösung. Damit muss ich mich noch beschäftigen. Aber du warst mir wichtiger.«

Selbst wenn Sophie vorher nur geschwiegen hätte, dieser letzte Satz ließ Erwin Körten-Buschmeier gerührt blinzeln. Seine Augen wurden sogar ein bisschen feucht. »Das, liebe Sophie, ist das Netteste, was irgendjemand in den letzten Jahren zu mir gesagt hat.«

Erwin lächelte verlegen. »Verzeih einem alten, grantigen Mann seine Sentimentalität. Und was den Apfelkuchen betrifft, da komme ich dann mal in der kommenden Woche vorbei.«

Sophie beugte sich vor und hauchte dem überraschten Erwin einen Kuss auf die unrasierte Wange. »Jederzeit, Erwin, jederzeit.«

***

»Okay, so sieht es im Moment aus. Ich schlage vor, wir nehmen fürs Erste das Gourmet-Menü wieder von der Speisekarte. Das gilt auch für die Tagesgerichte, die Tonte eingeführt hat. Ich will nicht, dass er uns drankriegt, weil wir die Rezepte ohne seine Zustimmung nachgekocht haben. Wir werden ohne den Mistkerl klarkommen.« Sophie schaute in die Runde. Sie hatte Sarah, Uta, Igor, Melanie und Alma, die Spülhilfe, zur Besprechungsrunde gebeten, bevor der Abendservice begann. Alle, die im Kreis standen, nickten zustimmend. »Melanie, ich hoffe einfach, das alles gestern …«, Sophie stockte, »ich weiß nicht, was ich sagen soll. Es tut mir so schrecklich leid.«

»Schon gut. War ja nicht der erste Kerl in meinem Leben, der dachte, er könnte mir an die Wäsche gehen. Aber ich war so erschrocken und verblüfft. Tonte hat mir geschmeichelt, und ich bin darauf abgefahren. Als Koch war er umwerfend.

Na ja, den Rest habe ich bei dem Polizisten heute Nachmittag zu Protokoll gegeben. Ich finde es richtig, dass jemand wie Tonte nicht einfach ungestraft mit so einer Nummer davonkommt.« Melanie legte Igor eine Hand auf den Arm. »Danke, Großer, dass du auf mich aufgepasst hast.«

»Habe gerne gemacht«, brummte der Hüne verlegen. »War ja nur kleine Sache, ein paar Ohrfeigen, nix weiter.«

In der Küche breitete sich Schweigen aus, weil keiner wusste, was man jetzt noch sagen sollte.

»Dann wollen wir mal in den Abend starten, wir schaffen das«, sagte Sophie bedrückt in die Stille hinein. Sie hörte selbst, wie lahm das klang. Plötzlich hatte sie eine Idee. »Dotti, wir packen das!«, rief sie, hob die rechte Hand zum High five und machte einen kleinen Schritt auf Melanie zu. Die verstand sofort und schlug mit der ebenfalls erhobenen Hand ein. Die anderen taten es ihr nach, und alle brüllten lachend mit: »Dotti, wir packen das!«

Als Sophie etwas später durch den Flur eilte, war Elsie gerade dabei, Lisa eine warme Jacke und die rote Matschhose anzuziehen. »Oh, hallo, Elsie, willst du mit dem Mäuschen noch nach draußen?«

»Ja, das muss jetzt mal sein. Lisa hat schon gegessen, und zum Baden ist es noch zu früh.« Elsie gähnte hinter vorgehaltener Hand. »Ich habe die ganze Woche fast nur am Schreibtisch gehockt, und draußen ist noch so schönes Wetter. »Ein bisschen frische Luft wird mich wieder munter machen. Und Lisa hat draußen immer ihren Spaß. Sie krabbelt jetzt schon ganz schön schnell.« Inzwischen hatte Elsie Lisa auch ihre Schuhe angezogen, und die zappelte unruhig neben der Haustür herum. »Wir gehen dann jetzt raus«, sagte Elsie. »Ich lasse die Haustür angelehnt.«

»In Ordnung«, sagte Sophie. »Melde dich, wenn du später etwas essen möchtest.«

»Gut, ich sag dann in der Küche Bescheid. Hast du was dagegen, wenn ich Herrn Württemberg mit nach draußen nehme? Peter sagte gerade, dass er noch ein Konzept durchgehen will, ich kann den Hund mit rausnehmen, dann hat Peter Ruhe.«

»Klar, mach das, Herr Württemberg kann, genau wie Lisa, bestimmt ein bisschen frische Luft gebrauchen.«

***

»Puh, das war jetzt der dritte Tisch, der nach dem Gourmet-Menü gefragt hat.« Sophie stöhnte und lehnte sich in der Küche an die Arbeitsplatte. Sie griff nach dem Glas Wasser, das für sie dort bereitstand, und trank.

»Es ist so verdammt schade«, erwiderte Melanie. »Wir würden das Menü ja gerne kochen, aber das kriegen Igor und ich einfach nicht gestemmt.«

»Schon klar, ich weiß.«

»Sophie!« Sarah stürzte durch die Pendeltür und sah sich hektisch um. »Sie ist wieder da. Wieder am Tisch neun. Ich fass es nicht.«

»Wen meinst du? Wer ist wieder da?«

»Adelheid von Stelzenborn, sie sitzt am Neuner, als hätte sie diesen Schwachsinn im Internet nie verbreitet.«

»Im Ernst? Das glaub ich nicht.« Sophie drängte sich an Sarah vorbei und warf durch den Türspalt einen Blick in den Gastraum. Tatsächlich, Sarah hatte recht. Da saß die Kritikerin und schaute sich abschätzig um. Genau so, wie Sophie sie in Erinnerung hatte: kerzengerade, die Mundwinkel missmutig nach unten verzogen, die Augenlider halb geschlossen – selbst im Sitzen wirkte sie so, als schaute sie von oben auf ihre Umgebung herab.

»Na, die hat mir gerade noch gefehlt. Aber mal ganz ehrlich – was soll's, sie hat das Bistro schon niedergemacht. Das

Einzige, das sie jetzt noch schreiben kann, ist, dass wir regelmäßig unsere Gäste vergiften.«

Melanie fing an zu lachen, und Igor sagte unvermittelt: »Habe Vetter, Alexej, kann aussehen lassen wie Unfall.«

Plötzlich wurde es still in der Küche, sehr still. Als Igor bemerkte, wie ihn die vier Frauen anstarrten, setzte er grinsend hinzu: »War nur Witz.«

Sophie stieß die angehaltene Luft aus. »Mann, Igor, für einen kleinen Moment … lassen wir das. Also, dann wird die patzige Bistro-Chefin mal unserem Ehrengast die Aufwartung machen.«

»Frau von Stelzenborn, ich bin überrascht, Sie hier zu sehen.«

»Warum überrascht, Frau von Metten? Ich bin Ihrer überaus höflichen Einladung gefolgt. Ich finde, jeder hat eine zweite Chance verdient.«

»Ähm … tja, da müssen Sie entschuldigen. Ich habe Sie nicht eingeladen. Nachdem ich Ihre Kolumne gelesen hatte, nahm ich an, dass Sie kein Interesse an einem weiteren Besuch haben würden.«

Adelheid von Stelzenborn nahm die Lesebrille von der Nase und runzelte irritiert die Stirn. »Ich verstehe nicht, was Sie da sagen. Ihr Chefkoch, Diego Tonte, hat mir doch eine sehr nette und zugegebenermaßen schmeichelhafte Mail geschrieben. Ich habe den jungen Tonte in sehr positiver Erinnerung, nun wollte ich mir seine Neuausrichtung dieses Hauses doch nicht entgehen lassen.«

Sophie fing an zu lachen, riss sich dann jedoch zusammen und schlug die Hand vor den Mund. »Entschuldigen Sie, Frau von Stelzenborn, dass ich lache. Aber das setzt den Ereignissen der letzten Tage das Sahnehäubchen auf.« Adelheid von Stelzenborn öffnete den Mund, um etwas zu erwidern, doch Sophie ließ sie nicht zu Wort kommen. »Nein, bevor Sie wieder anmerken, ich würde jammern. Nur zu Ihrer Information:

Der junge Tonte war bestimmt ein begabter Koch. Er ist aber nicht mehr jung, und er hat sich leider zu einem Säufer und Frauengrapscher entwickelt. Ich habe ihn gestern fristlos entlassen müssen. Und sicher, ganz, ganz sicher, wird Diego Tonte dieses Bistro nicht neu ausrichten.«

»Aber das hieße ja, dass ich die neuen Gerichte …«

»Gestrichen, Frau von Stelzenborn, allesamt gestrichen. Wir haben im Moment das auf der Karte, was, ich zitiere«, Sophie fuhr mit einer künstlichen, arroganten Stimme fort, »jeder Straußwirtschaft mühelos gelingt, ein paar annehmbare Flammkuchen und frische Salate aus der Region.«

»Das ist doch unerhört. Sie wagen es, mir die Sätze aus meinem eigenen Text entgegenzuwerfen? Sie sollten mittlerweile wissen, mit wem Sie reden.«

»Mein Freund Jean-Pierre hat kürzlich gesagt: Nur weil ein Huhn mit den Flügeln schlägt, ist es noch lange kein Adler. Und jetzt können Sie getrost in Ihrer nächsten Kolumne zu dem Attribut ›patzig‹ auch noch ›unverschämt‹ hinzufügen.«

Auf Adelheid von Stelzenborns Hals wurden die ersten roten Flecken sichtbar. In diesem Moment kam Herr Württemberg laut bellend in den Gastraum gerannt. Vor Sophie blieb er stehen. Alle Gespräche verstummten, neugierig reckten die übrigen Gäste die Hälse.

»Ist das etwa ein Hund?«, zischte Adelheid von Stelzenborn und verzog angewidert das Gesicht.

Sophie verdrehte die Augen. Sie hob die Stimme, um das Gebell zu übertönen. »Natürlich ist das ein Hund, und ein sehr gut erzogener dazu. Obwohl ich Ihnen zustimmen muss, hier im Gastraum hat er nichts zu suchen.«

Herr Württemberg hörte auf zu bellen, schnappte nach einem Zipfel von Sophies Schürze, zog daran und winselte aufgeregt.

»Herr Württemberg, was ist denn los?« Sophie betrachtete den Hund. Was hatte er nur?

Jetzt winselte Herr Württemberg noch lauter, ließ die Schürze los, lief ein paar Schritte in Richtung Flur, kehrte zurück und schnappte wieder die Schürze, um daran zu ziehen. »Schon gut, schon gut. Sarah! Sarah, übernimm bitte mal hier.«

»Ich glaube kaum, dass ich in einem Restaurant essen möchte, in dem ein Hund am Tisch geduldet wird.«

»Schön, schreiben Sie das ruhig. Mir egal, ich habe Wichtigeres zu tun.« Sophie war jetzt hochgradig alarmiert, so hatte sich Herr Württemberg noch nie benommen. »Los, wo soll ich hingehen? Lauf, lauf.«

Das ließ sich der Hund nicht zwei Mal sagen. Mit einem Aufbellen wetzte er quer durch den Gastraum zurück in den Flur, und Sophie lief hinter ihm her. Sie folgte ihm zur Haustür, die halb offen stand.

Verwirrt schaute sie sich auf dem Vorplatz um. Alles war friedlich hier draußen. Elsie saß hinten an der Mauer in einem Gartensessel. Doch was war das? Sophie schnappte erschrocken nach Luft. Ihre Kinderfrau hatte den Kopf in den Nacken gelegt, und ihre Augen waren geschlossen. Für eine Schrecksekunde befürchtete Sophie, dass sie es mit einem Herzinfarkt zu tun hatte, doch dann konnte sie selbst über die Entfernung hinweg ein deutliches Schnarchen hören. Elsie schlief in dem Gartensessel, es ging ihr gut. Die kurze Erleichterung machte augenblicklich einem neuen Gedanken Platz. Und Lisa? Sophies Herz setzte für einen winzigen Moment aus, bevor es umso heftiger weiterpochte. Lisa – Lisa war verschwunden!

»Lisa! Mein Gott, Lisa!«, schrie Sophie. »Los, such, such Lisa.«

Der Labradoodle schien genau zu verstehen, was von ihm erwartet wurde. Mit einem Bellen rannte er los, an Elsies Stuhl vorbei und zu dem Loch im Mauersockel. Vor dem Loch blieb der Hund bellend stehen. Himmel, nein! Die Straße! Sie musste Lisa finden, schnell. Wie gehetzt schaute Sophie auf die niedrige Lücke, dann die Mauer hoch – es war unmöglich hinüberzuklettern.

Sophie hastete an der Mauer entlang zur Durchfahrt. Auf der anderen Seite der Mauer näherte sich ein Fahrzeug, deutlich konnte man den Dieselmotor hören. Dann, plötzlich, quietschende Reifen und – Stille. Sie lief auf die Straße. Ein großes Wohnmobil stand, leicht schräg, mitten auf der Fahrbahn. Weiter, weiter. Wo war Lisa? Sophie spurtete an der Mauer entlang, nun auf der Außenseite. Die Angst um ihre Tochter verlieh ihr zusätzliche Kräfte. Und da sah sie Lisa in ihrer knallroten Matschhose auf dem Rücken am Straßenrand liegen. Sie brüllte wie am Spieß. Sophie stürzte zu ihr, kniete sich neben sie auf den Boden und tastete sie vorsichtig ab. Wie der Blitz griff Lisa nach ihrer Hand und zog sich daran hoch. Gott sei Dank. Lisa war im Gesicht ein bisschen schmutzig, schien aber völlig unverletzt. Sophie nahm Lisa auf den Arm und strich ihr beruhigend über den Rücken. »Schht, schht, kleine Maus«, murmelte sie immer wieder. »Mama ist ja da.«

»Ist alles in Ordnung?« Der Fahrer des Wohnmobils stand neben Sophie. Er war ganz blass. »Mann, hab ich einen Schrecken bekommen. Ich bin ganz normal gefahren, und plötzlich sehe ich was kleines Rotes durch die Mauer kommen, das dann über die Böschung gekullert und bis zum Straßenrand gerollt ist. Ich hab sofort eine Vollbremsung gemacht, war ja noch mindestens dreißig Meter entfernt. Gott sei Dank ist nichts passiert.«

Sophie liefen Tränen der Erleichterung über die Wangen. Lisas Weinen war mittlerweile etwas leiser geworden.

»Ja, alles ist in Ordnung.« Sie schaute zu dem Mann hoch, dann wieder zu der Mauer. Auf der Straßenseite war am Fuß der Mauer tatsächlich eine kleine Böschung, das Gefälle war weniger einen halben Meter hoch. So niedrig, dass sie noch nie darüber nachgedacht hatte. Und doch hoch genug, dass

Lisa beim Krabbeln offenbar die Kontrolle verloren hatte. »Danke, danke, dass Sie aufgepasst haben.«

»Das ist doch selbstverständlich, jeder aufmerksame Fahrer hätte gebremst. Aber wenn ich etwas weiter vorne gewesen wäre – es hätte ganz böse enden können.«

»Ja, ich weiß. Und ich weiß auch, was ich tun muss.«

Irrtum ist die Mutter der Einsicht

»Ich habe ein Taxi gerufen und Elsie nach Hause geschickt.« Peter setzte sich auf den Bettrand zu Sophie. Sie hatte sich zwei Kissen in den Rücken gelegt und hielt Lisa im Arm. Die Kleine schlief tief und fest.

Mit geröteten Augen schaute Sophie ihren Mann an. »Das war knapp, so knapp. Stell dir mal vor, Lisa wäre noch ein Stück weiter auf die Straße gekullert oder das Wohnmobil hätte nicht mehr bremsen können.« Sophie schloss die Augen. Eine weitere Träne rollte ihre Wange herunter. Peter rutschte näher, damit er ihr den Arm um die Schulter legen konnte, und zog sie an sich. »Es ist aber nichts passiert, Sophie. Du hast nichts falsch gemacht. Ich habe aber kurz überlegt, ob ich für Elsie einen Arzt rufen muss. Die Ärmste war völlig außer sich, hat am ganzen Leib gezittert. Sie macht sich die größten Vorwürfe.«

»Völlig zu Recht. Sie kann doch nicht einfach einschlafen. Wenn Herr Württemberg nicht gewesen wäre …«

»Ja, der alte Knabe hat sich einen extra großen Knochen verdient, das ist mal sicher. Und natürlich gibt es keine Entschuldigung dafür, bei seiner Arbeit einzuschlafen. Das hätte nie passieren dürfen. Aber Elsie ist auch nur ein Mensch, und wir Menschen machen eben manchmal Fehler.«

»Du bist sehr nachsichtig mit Elsie, ich kann das so nicht sehen. Ich bin wütend und besorgt. Und ja, ich schäme mich auch ein bisschen. Ich hätte sehen müssen, dass die Arbeitsstunden bei uns für Elsie zu viel sein würden. Immerhin hat sie auch ihren Vollzeitjob als Erzieherin. Wir hätten uns nicht darauf einlassen sollen, und das ist ganz alleine meine Schuld.

Ich war es doch, die unbedingt wollte, dass ich mehr Zeit im Bistro verbringen kann. Und so habe ich jede Vorsicht in den Wind geschlagen. Ach, Peter, wie soll es denn jetzt weitergehen?«

Mit einem weiteren zitternden Aufschluchzen verstummte Sophie. Peter starrte nur die gegenüberliegende Wand an, dazu gab es nichts zu sagen.

So saßen sie eine Weile nebeneinander, jeder in seine eigenen Gedanken versunken.

»Peter?«

»Ja, mein Schatz?«

»Hat Sarah … hat Sarah noch etwas von der Stelzenborn erzählt?«

»Nicht viel. Nur dass sie, nachdem sich die ganze Aufregung auch im Bistro gelegt hatte, ein Glas Wasser und einen Salat mit gebackenem Ziegenkäse bestellt hat. Ohne die Miene zu verziehen, wie Sarah mir versicherte, hat sie gegessen, danach hat sie bezahlt und ist gegangen. Kein weiteres Wort, keine seltsamen Bemerkungen über Hunde, patzige Chefinnen oder imaginäre Einladungen von begabten Köchen.«

»In Ordnung, das ist jetzt auch mein kleinstes Problem.« Sophie richtete sich vorsichtig ein wenig auf, um Lisa nicht zu wecken. Sie zog die Augenbrauen zusammen und sprach langsam weiter, suchte nach Worten. Ohne den Blick auf etwas Bestimmtes zu lenken, schaute sie weiter geradeaus auf die Schlafzimmerwand. Was sie zu sagen hatte, fiel ihr nicht leicht. »Ich habe hier gesessen und nachgedacht. Wir brauchen eine Lösung. Als ich da auf der Straße kniete und unsere kleine Lisa im Arm hielt, wurde mir klar, dass ich nicht so weitermachen kann.«

Peter küsste Sophie sanft auf den Scheitel. »Und woran denkst du dabei?«

Sophie lächelte gequält. »Ich weiß es nicht. Ich weiß nur, dass der Weg, den wir im Moment gehen, ein Irrtum ist.«

»Richard Wagner soll mal gesagt haben, der Irrtum ist die Mutter der Einsicht – vielleicht ist da was dran.« Entschlossen stemmte er sich vom Bett hoch. »Wenn wir weiter herumsitzen und grübeln, werden wir noch verrückt. Komm, wir packen Lisa warm ein und gehen ein Stück spazieren. Sie wird schon nicht aufwachen. Unser letzter Mondscheinspaziergang war doch gar nicht schlecht. Mir jedenfalls fällt mehr ein, wenn ich mich bewege, und einschlafen kann ich im Moment noch nicht.«

»Das ist verrückt. Wir haben schon fast zwölf.«

»Ja, verrückt, aber nötig, Frau von Metten.«

***

Peter schob den Buggy mit einer Hand über den Feldweg, seinen anderen Arm hatte er schützend um Sophies Schulter gelegt. Die atmete tief durch. Die Anspannung der letzten Stunden fiel langsam von ihr ab. Es stimmte, was Peter gesagt hatte, es war wohltuend, sich zu bewegen.

»Im Grunde ging es uns doch gut«, brach Peter das Schweigen.

»Was willst du damit sagen?«

»Ich will damit sagen, dass wir privat, beruflich und finanziell ganz gut dastanden. Vor alledem.«

»Vor alledem?«

»Ja, vor der Entscheidung, dass das Bistro zu Höherem berufen sein könnte. Versteh mich nicht falsch, Sophie, ich fand die Idee auch klasse. Aber ich glaube, wir haben uns blenden lassen. Von den tollen Besprechungen, den lobenden Kritiken, den unzähligen Reservierungen. Wir dachten, das ist der Weg, wie man sich weiterentwickelt. Noch besser werden, noch größer, noch erfolgreicher. Aber das ist doch Blödsinn.«

»Ich kenne etliche Geschichten von Spitzenköchen, die

den ganzen Rummel nicht mehr mitmachen wollten«, sagte Sophie nachdenklich.

»Genau, es ist doch ein kulinarischer Jahrmarkt der Eitelkeiten. Ein Teufelskreis, aus dem man nicht mehr herauskommt. Zuerst sind da der Erfolg und das Lob für einen Newcomer, das ist natürlich angenehm. Dann kommen die Gäste in Scharen. Man erweitert das Personal, kauft noch bessere Lebensmittel ein. Mehr Personal und höhere Einkaufskosten, das geht nur, wenn man mehr arbeitet, mehr Gäste hat, höhere Preise verlangt. Wenn dann die ersten Auszeichnungen verliehen werden, muss der Standard gehalten werden, man kann nicht mehr kürzertreten. Dann muss man weitermachen, an der Qualität arbeiten, noch eine Schippe drauflegen, um die Ansprüche zu erfüllen. Es hört nicht auf.«

Sophie blieb stehen. »Das klingt schrecklich, das wollte ich so gar nicht.«

»Aber das war unser Weg, ich sehe das jetzt ganz deutlich. Überleg doch mal, du hast zusammen mit Louis das Bistro zu einem Erfolg gemacht. Jetzt haben wir Igor, eine begabte Jungköchin und eine tolle Servicekraft, aber wir fürchten, dass uns das nicht reicht, dass wir damit nicht weitermachen können.«

»Das ist doch Blödsinn.« Unbewusst hatte Sophie Peters Worte von vorhin aufgegriffen.

Sie gingen noch ein Stück weiter. Peter hat recht, überlegte Sophie, ich hatte diese fixe Idee, und jetzt ist das Kartenhaus, wie Karin es genannt hat, zusammengefallen. Aber ist das ein Problem? Will ich dieses Kartenhaus überhaupt wieder aufbauen?

»Komm, wie setzen uns da vorne kurz auf die Bank. Ich mag den Ausblick auf das nächtliche Dorf und das Moseltal«, schlug Peter vor. Sophie kuschelte sich eng an ihn und genoss den Augenblick. Am klaren Nachthimmel funkelten unzählige Sterne. Eine Weite, bei deren Anblick sie sich klein und unbedeutend fühlte. Aber hier, neben Peter und Lisa, auch geborgen und reich beschenkt.

»Wir sollten einen neuen Weg gehen, Peter. Niemand zwingt uns, so weiterzumachen, die Entscheidung liegt ganz bei uns.«

Elsie geht

Dass sie bei der Kinderbetreuung nicht einfach so weitermachen konnte wie bisher, war Sophie klar. Mit Unbehagen dachte sie an das nächste Zusammentreffen mit Elsie. Was sollte sie der Kinderfrau sagen, die sich auf der einen Seite so liebevoll und fürsorglich um Lisa gekümmert hatte, aber auf der anderen Seite Lisa in große Gefahr gebracht hatte, indem sie einfach eingeschlafen war?

Sophie war hin- und hergerissen. Erstaunlicherweise fühlte sie sich trotz der wenigen Stunden Schlaf erfrischt und voller Energie. Vielleicht war ihre Entscheidung bei dem Spaziergang heute Nacht so etwas wie das Öffnen einer Schleuse gewesen. Die seit Wochen angestauten Sorgen, der Druck, den die Arbeit bei ihr verursacht hatte, das alles war abgeflossen. Einfach fort.

Sie hätte sich über Elsie keine Gedanken zu machen brauchen. Die Entscheidung wurde Sophie aus der Hand genommen, und zwar von Elsie höchstpersönlich. Gegen Mittag stand die Kinderfrau vor ihrer Haustür. Sophie fiel als Erstes auf, wie elend sie aussah.

»Elsie, komm rein.«

»Sophie, ich möchte gar nicht lange bleiben … ich …«

»Wir müssen miteinander reden, aber ganz sicher nicht hier im Hausflur. Lass uns ins Wohnzimmer gehen. Möchtest du einen Kaffee?« Elsie schüttelte stumm den Kopf und ging mit schleppenden Schritten ins Haus.

Sie hat Ablehnung, Wut und Anschuldigungen erwartet, dachte Sophie. Wie unsicher sie um sich schaut, so, als würde gleich ein Gericht über ihr Schicksal entscheiden. Peter hatte recht, sie selbst ist diejenige, die sich die größten Vorwürfe macht. Hatte es noch Reste von Ärger in Sophie gegeben, schmolzen diese beim Anblick der unglücklichen Elsie dahin wie ein Wassereis im Hochsommer.

Kerzengerade hockte sie auf der Kante des Sessels. Jederzeit bereit, aufzuspringen und das Weite zu suchen.

»Sophie, ich habe die ganze Nacht kaum ein Auge zugemacht«, begann Elsie. Sie schluckte trocken. »Alleine der Gedanke, was der Kleinen alles hätte passieren können – furchtbar, ganz furchtbar. Ich war so müde. Das ist keine Entschuldigung. Ich hätte wissen müssen, dass ich so viele Zusatzstunden am Abend nicht schaffen kann. Man muss sich auch einmal ausruhen. Vielleicht ist es das Alter, ich stecke diese Doppelbelastung jedenfalls nicht mehr so ohne weiteres weg.«

»Glaub mir, Elsie, ich weiß das alles. Auch ich hätte achtgeben müssen, die Anzeichen bemerken, dass es dir zu viel wurde. Gestern Abend, ja, da war ich unglaublich wütend auf dich. Aber was vorgefallen ist, hast du ja nicht absichtlich gemacht. Jedem von uns passieren Fehler, und man kann dann nur dankbar sein, wenn sie keine schlimmen Folgen haben.«

»Trotzdem: Ich fürchte, ich kann nicht mehr für euch arbeiten. Wenn nach den Sommerferien dann auch noch die Kita-Leitungsarbeit dazukommt, unmöglich. Nein, nein. Ich habe schreckliche Angst, dass mir so etwas noch einmal passieren könnte.« Sophie holte Luft, um zu antworten, doch Elsie hob eine Hand und bat sie so, noch nichts zu sagen. Sie fuhr fort: »Ich stehe gerne zur Verfügung, wenn ihr ab und zu einen Babysitter braucht, dafür kannst du mich jederzeit anrufen. Aber jeden Abend den Zweitjob, das schaffe ich körperlich nicht mehr.« Elsie griff in ihre Jackentasche und legte einen einzelnen Schlüssel auf den Beistelltisch. »Hier ist der Haustürschlüssel zurück.« Sie seufzte. »Ich werde die Kleine vermissen.«

Sophie nickte mitfühlend. »Das kann ich gut verstehen. Und ich werde gerne auf dein Angebot zurückkommen, wenn wir mal ausgehen möchten.«

»Darauf freue ich mich schon.« Elsies Gesicht entspannte sich. Jetzt, wo klar war, dass die Vorwürfe von Sophies Seite ausblieben, schien auch der Druck von Elsie zu weichen. »Mir fällt ein Stein vom Herzen, dass du das so siehst. Ganz, ganz lieben Dank, Sophie. Ich glaube, ich gehe erst mal nach Hause und leg mich hin. Jetzt werde ich wohl auch wieder in den Schlaf finden.«

Sophie stand auf und umarmte spontan ihre Kinderfrau. »Du bist hier bei uns immer willkommen.«

Es geht vielleicht auch anders

Jeden Montag gab es auf dem Dorfplatz beim Brunnen ein paar Verkaufsstände. Nicht so viele wie bei dem großen Wochenmarkt am Freitag, aber Sophie liebte es, bei schönem Wetter hier vorbeizuschlendern. Heute aber hatte sie einen guten Grund für ihren Spaziergang. Eigentlich sogar zwei gute Gründe: Zum einen wollte sie in der Metzgerei Braubart einen schönen Rinderknochen für Herrn Württemberg kaufen, zum anderen hoffte sie darauf, auf dem Rückweg Leonie zu Hause anzutreffen. Sie musste unbedingt mit ihrer Freundin sprechen. Sophie wusste, dass Leonie gewöhnlich morgens als Erstes mit ihren Kunden sprach, daher lief sie zunächst zur Metzgerei. Danach würde Leonie hoffentlich Zeit für sie haben.

»Guten Morgen, Frau von Metten, haben Sie schon unseren Bärlauch-Brie probiert?«, rief ein Mann von der anderen Seite des Platzes zu Sophie hinüber. Nanu, den kannte sie doch? Es war Uli Bering, Chef des Biohofes, von dem sie einen Großteil ihrer Waren bezog. Er winkte ihr fröhlich zu.

Sophie schob den Buggy näher. »Guten Morgen. Ich wusste gar nicht, dass Sie montags hier auf dem Dorfplatz einen Stand haben«, sagte sie.

»Ich bin auch erst die zweite Woche hier. Habe diesen Verkaufswagen günstig im Internet ersteigert und dachte mir, das könnte doch mehr Touristen auf unseren Biohof aufmerksam machen.« Bering schaute über die Theke in den Buggy hinunter. »Himmel, ist die Lisa gewachsen. Na, kleines Fräulein, für eine Scheibe Käse sind wir wohl noch etwas jung? Aber aufgehoben ist nicht aufgeschoben.«

Sophie fing an zu lachen. »Genau das sagt Hetti Braubart

drüben in der Metzgerei auch immer. In spätestens einem Jahr kann sich meine Tochter hier im Dorf satt futtern.«

»Ich sag immer, Kunden finden, Kunden binden. Damit kann man gar nicht früh genug anfangen.« Bering grinste. »Und wie wäre es jetzt mit dem Bärlauch-Brie?«

»Den nehme ich auf jeden Fall. Vielleicht passt der ja auch auf unsere Käseplatte.«

»Da können Sie aber Gift drauf nehmen. Nicht so intensiv wie der Knoblauch-Brie, der hier kommt feiner daher. Hier, probieren Sie mal.« Bering schnitt ein Stück Käse ab, platzierte es mit der Messerspitze auf einem Eckchen Bauernbrot und reichte Sophie das Ganze auf einer Serviette über die Theke.

»Mmh. Obwohl mein Frühstück ja noch nicht so lange vorbei ist – von diesem Käse könnte ich auf der Stelle mehr essen. Sehr lecker.«

»Ja, der wird ein ähnlicher Renner wie ›Tante Dottis Rosmarinrolle‹, da bin ich sicher. Das, Frau von Metten, war übrigens eine der besten Ideen der letzten Jahre. Sie benennen unsere Käsesorten auf Ihrer Speisekarte, und ich verkaufe sie im Hofladen unter demselben Namen. Super. Es gibt Tage, da bin ich schon am frühen Nachmittag ausverkauft. Ich weiß auch nicht, woran das liegt. Vielleicht, weil die Kunden zu einem Namen, den sie schon mal gehört haben, eine besondere Beziehung haben. Rosmarinrolle à la Provence kann schließlich jeder verkaufen.«

»Dann denken Sie schon mal über einen passenden Namen für den Bärlauch-Brie nach. Der wäre doch die ideale Ergänzung zum Ziegenkäse mit Honig und Rosmarin. Dazu könnten wir noch einen kräftigen Hartkäse gebrauchen, und vielleicht einen schnittfesten nach Holländerart.«

»Abgemacht, ich bereite in den nächsten Tagen eine Auswahl vor. Wenn wir Ende der Woche die Ware liefern, können wir ja noch mal darüber reden. Und hier, ich packe Ihnen ein Stück von dem Brie ein. Ein Geschenk des Hauses – auf weiterhin gute Geschäfte.«

»Ganz herzlichen Dank und bis Freitag dann.« Beschwingt schob Sophie den Buggy weiter zur Metzgerei. In ihrem Kopf schlugen die Gedanken gerade Purzelbäume. Sie war sich noch nicht ganz sicher, aber etwas, das Uli Bering gesagt hatte, hatte sie auf eine Idee gebracht.

Als sie die Metzgerei betrat, standen Hetti und Johannes Braubart hinter der Theke, und ausnahmsweise war kein anderer Kunde im Laden.

»Sophie! Gute Güte, bin ich froh, euch beide wohlauf zu sehen«, begrüßte Johannes Mutter und Kind.

»Schrecklich«, ergänzte Hetti, »ganz schrecklich, was man alles zu hören bekommen hat. Erst der besoffene Koch, den dieser russische Riese mit Prügel vom Mühlenhof getrieben hat, und dann musstest du dich auch noch todesmutig vor ein Auto werfen, um Lisa zu retten. Also, ich weiß nicht, ob ich an deiner Stelle so schnell hätte reagieren können.«

»Ach, ihr beiden, da brodelt der Gerüchtetopf ja schon fast über. So schlimm war es dann doch nicht. Also: Ja, Diego Tonte war im Dienst betrunken, und er arbeitet nicht mehr bei uns. Und ja: Igor hat ihm ein paar Ohrfeigen verpasst. Aber er hat ihn nicht über den Hof geprügelt.«

»Aber das Auto …?«

»War ein Wohnmobil, das noch rechtzeitig gebremst hat. Ich musste mich nicht davorwerfen.«

»Siehst du, Johannes«, wandte sich Hetti an ihren Mann, »ich sag's ja immer, unsere Sophie ist zu bescheiden. Sie spielt das alles runter, als wäre nichts geschehen.«

Hetti Braubart von einer einmal gefassten Meinung abzubringen wäre in etwa so erfolgreich, wie mit einer Hauswand zu diskutieren, das wusste Sophie aus Erfahrung. Sie versuchte es nicht einmal. Stattdessen sagte sie: »Johannes, ich würde gerne den Dorfverein wieder oben im Bistro begrüßen. Und ich verspreche auch hoch und heilig, dass ihr ordentliche Portionen serviert bekommt.«

Der Metzgermeister strich sich verlegen über die Schürze vor seinem mächtigen Bauch. »Da sind wir gerne dabei, denn ganz ehrlich, der neue Besitzer des Eichenkrugs kann gar nicht kochen, er holt alles aus der Tiefkühlung und wirft es in die Mikrowelle oder in die Fritteuse.«

»Eine Schande ist das«, ergänzte Hetti, »dabei haben wir hier im Dorf doch genug Beispiele für gute Küche. Nimm mal meine Gulaschsuppe. Bei jedem Pfarrfest ist die der Hit. Aber wenn alles nach Frittenfett schmeckt … schrecklich. Das will doch keiner essen.«

»Was ist denn mit deinen Plänen für die gehobene Gastronomie?«, fragte Johannes neugierig nach.

»Gestorben. Ich muss für uns einen anderen Weg finden. Wisst ihr, mir ist klar geworden, dass der Mühlenhof und *Tante Dottis Bistro* vor allem für Wümmerscheid-Sollensbach da ist, für die Menschen im Ort, für den Dorfverein, für meine Freunde. Und nicht für irgendwelche Unbekannten, die extra aus Frankfurt anreisen, um dann abschätzig das Gesicht zu verziehen, weil Erwin mit seinem Cordhut am Tisch sitzt.«

»Das nenn ich mal ein Wort.« Johannes klatschte begeistert in die Hände. Er schaute über Sophies Schulter hinweg nach draußen, sein Blick verfinsterte sich, und er seufzte tief. »Wenn sich doch nur alles so leicht lösen ließe.«

»Was meinst du genau?«

»Das fragst du noch?«, mischte sich Hetti ein. »Schau doch mal nach draußen.« Sie deutete mit dem Kopf zum Schaufenster. Am Rand des Dorfplatzes hatte ein Reisebus angehalten, eine Gruppe Reisender stieg aus und schaute sich neugierig um. Zwei Männer aus der Gruppe entrollten ein Transparent.

»Lurchfreunde Wanne-Eickel«, las Sophie laut vor. Die Gruppe formierte sich hinter dem Transparent, und alle liefen zielstrebig in Richtung Sollensbacher Bruch. »Ach du dickes Ei«, sagte Sophie, »das wird ja immer schlimmer. Zuerst waren es nur einzelne Spinner, aber es werden immer mehr.«

Hetti und Johannes nickten unisono. »Der Vorstand des Dorfvereins hat es bei seiner letzten Sitzung schon ins Protokoll aufgenommen: Hätte Doktor Hammelbach doch nie den Lattenlurch bei uns gefunden.« Der Metzger schüttelte betrübt den Kopf. »Man müsste die Zeit einfach wieder zurückdrehen können.«

Nachdenklich rieb sich Sophie das Kinn. »Weißt du was, Johannes, ich habe da möglicherweise eine Idee. Keine Ahnung, ob das klappt, aber einen Versuch wäre es wert.«

***

»Kriegst du das hin, Leonie?«, fragte Sophie. Sie trank genüsslich einen Schluck von ihrem Milchkaffee. Seit mehr als einer Stunde saß sie nun bei ihrer Freundin und hatte ihr alle Neuigkeiten der letzten Tage erzählt. Jetzt zum Schluss hatte sie ihre Idee, die ihr in der Metzgerei eingefallen war, angesprochen.

»Klar, ich such dir den passenden Ort im Netz raus, und dann erstelle ich eine kleine Webseite und verpasse ihr die richtigen Suchworte«, sagte Leonie zuversichtlich. »Glaubst du, du kannst diesen Doktor Hammelbach davon überzeugen mitzumachen?«

»Davon geh ich aus. Der Mann lebt doch für die Natur und vor allem für den Lattenlurch. Ich kann mir nicht vorstellen, dass er sich darüber freut, dass die Lurchpopulation von fanatischen Nacktschwimmern heimgesucht wird.«

»Das mag ich so an dir, Sophie. Du steckst bis zum Hals in Problemen, bei denen jeder andere graue Haare kriegen würde, aber trotzdem hast du die Energie, dich um die Sorgen anderer zu kümmern.«

»Ich habe gestern Nacht lange nachgedacht, Leonie. Lisas Beinahe-Unfall hat mir die Augen geöffnet. Die anderen, von denen du da sprichst, das sind unsere Freunde, und sie sind die Quelle für meine Energie. Ich muss nur noch überlegen, wohin das alles führen soll.«

»Du bist einmalig.«

»Danke schön, und jetzt muss ich nach Hause. Ich habe zu tun, ich muss mal rasch mein Leben ändern.« Sophie lachte und fühlte sich zum ersten Mal seit Wochen wieder unbeschwert und leicht.

Gute Freunde

Am Mühlenhof erwartete Sophie eine Überraschung. Schon von der Straße aus sah sie einen alten Renault mit französischem Kennzeichen vor dem Bistro parken. Voller Vorfreude schob sie den Buggy schneller über den Hof. Und tatsächlich: Da saßen sie zu viert auf der grünen Bank vor dem Haus und strahlten sie an. Sophies Herz machte einen kleinen Hüpfer.

»Rita, Heidi, Karin, Jean-Pierre – das ist … das ist …« Sophie suchte nach den richtigen Worten und spürte, wie ihr die Freudentränen in die Augen stiegen. Die Freunde umringten sie, Sophie fiel ihnen nacheinander um den Hals. »Ihr glaubt ja gar nicht, wie sehr ich mich freue, euch zu sehen.«

»Da ist man einmal auf einer Kreuzfahrt, und schon geht es hier drunter und drüber. Heute Morgen hat mir mein Bäcker erzählt, dass du die kleine Lisa todesmutig in letzter Sekunde vor einem heranrasenden Lastwagen retten konntest«, erklärte Rita.

»O Rita, das ist so ein Blödsinn«, Sophie lachte und wischte sich die Tränen von der Wange.

»Aber Tonte ist ›offentlisch Geschichte. Isch könnte ihm sonst mit große Freuden eine Tritt in die ›intern verpassen. Er ›at noch mindestens eine Tritt bei mir gut.«

»Nein, Jean-Pierre, bemüh dich nicht, das Thema ist abgeschlossen.«

»Du musst uns alles ganz genau erzählen«, sagte Heidi.

»Warst du denn schon bei Leonie und Marie?«, wollte Sophie wissen.

»Natürlich, wir sind schon gestern Abend angekommen und haben dort übernachtet. Wir wollten unbedingt Zeit mit meiner Tochter und meiner Enkelin verbringen. Wobei ich mich auch freue, heute wieder zurück in meine eigenen vier Wände zu kommen.«

»Aber ich war doch gerade erst bei Leonie – sie hat nicht ein Sterbenswörtchen verraten.«

»Nein, es sollte ja auch eine Überraschung werden. Deswegen sind wir auch heute ganz früh losgefahren, um Karin und Rita abzuholen.«

»Kommt rein, es gibt so viel zu erzählen.«

Lisa, die sich von der ausgelassenen Stimmung anstecken ließ, brabbelte fröhlich und lachte.

»Oh, was für eine süße Mademoiselle. ›ast du Jean-Pierre vermisst?«

Jean-Pierre beugte tief zu Lisa herunter, und die griff vergnügt nach seinem Walross-Schnauzbart und zog daran.

»Autsch, was für eine Griff. Oho, du wirst bestimmt mal eine berühmte Ringerin.«

»Da hoffe ich doch auf eine andere Karriere«, Sophie grinste und führte ihre Freunde ins Bistro.

***

Es dauerte fast zwei Stunden, bis sie einander alles erzählt hatten. Jean-Pierre und Heidi berichteten über den Verkauf der Bistrokette, und Rita steuerte Anekdoten von ihrer Kreuzfahrt bei, aber im Mittelpunkt standen natürlich Sophie und Peter und alles, was sie in den letzten Wochen erlebt hatten.

»Das heißt also, dass du sozusagen die alte Speisekarte wiederbeleben wirst?«, fragte Heidi neugierig, nachdem Sophie ihren Bericht beendet hatte.

»Da bin ich mir noch nicht so sicher. Klar ist, dass eine Sterneküche nicht zu diesem Bistro passt. Sie passt nicht zu unserem Leben und nicht zu diesem Dorf. Ich werde heilfroh sein, wenn ich nicht bei jeder Abrechnung darüber nachdenken muss, ob auch die nächsten Wochen ausgebucht sind, damit ich alle finanziellen Ansprüche erfüllen kann.«

»Dein Business-Plan war wasserdicht, meine Liebe. In der Beziehung hätte alles großartig funktioniert«, warf Karin ein.

»›ört, ›ört, wenn Karin so eine Kompliment macht, dann muss Sophies Plan formidable gewesen sein!« Jean-Pierre lachte. »Aber wie sieht sie denn nun aus, deine Plan?«

»Weißt du, was meine Tante Dotti immer zu sagen pflegte: Steh auf der Bühne des Lebens und plaudere über deine Pläne, …«

»… dann kannst du hinten im Saal das Schicksal lachend vom Stuhl fallen hören«, ergänzten Heidi, Rita und Karin wie aus einem Mund.

»So ist es«, Sophie lächelte. »Ich hab mir etwas überlegt. Ich möchte nicht unbedingt die alte Speisekarte wieder aus der Schublade holen. Etwas Wahres ist nämlich an der Kritik, die Adelheid von Stelzenborn geschrieben hat. Unser Essen könnte mühelos von jeder beliebigen Straußwirtschaft hier an der Mosel serviert werden. Ich möchte aber etwas haben, das einzigartig ist, das niemand so auf der Karte hat. Etwas Eigenes, das die Menschen nur mit *Tante Dottis Bistro* und Wümmerscheid-Sollensbach verbinden.«

Peter schaute Sophie nachdenklich an. »Wenn ich die Idee durch die Marketing-Brille betrachte, kann ich nur sagen, Hut ab, wenn dir das gelingt. Das wäre fantastisch.«

»Oh, es ist uns bereits gelungen.« Sophie lächelte verschmitzt. »Jean-Pierre hat es vorgemacht, damals, als er mir hier geholfen hat. Er hatte mit Uli Bering vereinbart, dass der Ziegenkäse mit Honig und Rosmarin einen eigenen Namen bekommt. Tante Dottis Rosmarinrolle. So steht er auf unserer Karte, und die Leute finden das toll, sowohl bei uns als auch bei Uli Bering im Hofladen.«

»›ast du das ge›ört? Deine Verlobter ist eine Teufelskerl«, flüsterte Jean-Pierre in Bühnenlautstärke Heidi zu.

»Ich werde diese Idee ausbauen«, fuhr Sophie fort, »wir finden Paten für die Gerichte auf der Karte und machen sie auf diese Art und Weise einzigartig. Erwin Körten-Buschmeier beispielsweise hat mir erzählt, dass er oft eine leckere Kartoffelsuppe mit Mettwurst aus der Metzgerei Braubart kocht. Ich nehme diese Kartoffelsuppe, wir verfeinern sie vielleicht noch mit einem Schuss Riesling und im Frühjahr auch mit frischem Bärlauch, und wir benennen sie nach Erwin. Genauso wie Hetti Braubarts Gulaschsuppe, die bei jedem Pfarrfest der Renner ist. Versteht ihr, wir geben einzelnen Gerichten auf unserer Karte einen Paten, ein Gesicht, und damit kann mir dann jede gut gehende Straußwirtschaft an der Mosel egal sein. Entscheidend ist natürlich, dass wir dabei authentisch bleiben. Es darf nicht aufgesetzt wirken oder bemüht.«

Die ganze Tischrunde schaute Sophie, die vor lauter Begeisterung gerötete Wangen bekommen hatte, sprachlos an.

»Das ist eine wirklich geniale Idee«, sagte Heidi in die Stille hinein, »ich kenne da eine sommerliche Möhrensuppe, die du auf die Karte nehmen könntest.«

»Prima, sommerliche Möhrensuppe nach einem Rezept von Heidi Schwarzbeck«, freute sich Sophie.

»Nein, das Rezept ist nicht von mir, aber … warte mal, lass mich kurz in Luxemburg anrufen.« Heidi zog ihr Handy aus der Handtasche, suchte in ihren Kontakten die passende Nummer heraus und wählte.

Jean-Pierre lächelte spitzbübisch, weil er ahnte, wen seine Heidi gerade anrief. »Bestell ihr meine ›erzlichsten Grüße.«

Heidi nickte ihm zu, dann sagte sie laut: »Lilly, bonjour, ich bin es, Heidi Schwarzbeck. Ja, es geht mir gut, und ich soll dich herzlich von Jean-Pierre grüßen. Ich habe eine große Bitte an dich: Eine Freundin von mir möchte in ihrem Bistro deine sommerliche Möhrensuppe auf die Speisekarte nehmen. Darf sie dein Rezept verwenden, und wäre es möglich, dass sie auch dazuschreibt, von wem dieses Rezept stammt? Ja, natürlich … Ich verbürge mich für die Qualität der Zubereitung. Und Jean-Pierre wird auch ein Auge darauf haben. Es wäre dir eine große Ehre? Wunderbar, ich danke dir sehr. Ja, wir beide kommen demnächst bei dir in Luxemburg vorbei – versprochen. Bis bald.«

Heidi beendete das Telefonat und schaute die Tischrunde triumphierend an. »Lilly Linster hat uns ihre Erlaubnis gegeben. Die sommerliche Möhrensuppe à la Lilly Linster darf ab sofort in *Tante Dottis Bistro* serviert werden. Die ist chic und bekömmlich, hat sie gesagt.«

Sophie sprang auf und fiel Heidi um den Hals. »Du bist einfach fantastisch. Und du würdest wirklich helfen, darauf zu achten, dass unsere neuen Rezepte die richtige Qualität haben?«

»Ich denke, Jean-Pierre und ich werden noch mehr tun. Du brauchst offiziell eine Köchin, damit Melanie ihre Ausbildung weitermachen kann. Ich fürchte, Igors Sprachkenntnisse und seine Abschlüsse reichen dafür nicht aus. Jean-Pierre und ich werden zusammen dabei helfen.«

»Werden wir, meine liebste ›eidi?«

»Ja, werden wir. Ich gebe dir höchstens noch eine Woche, dann wird es dir ohne deine Bistros so langweilig werden, dass du mich auf Knien darum bittest, wieder an den Herd zu dürfen«, sagte Heidi mit gespieltem Ernst.

Jean-Pierre hob resigniert beide Hände. »Diese Frau kennt misch besser als isch selbst.«

Sophie und ihre zwei Projekte

In den nächsten Tagen arbeitete Sophie mit Feuereifer an ihren, wie sie es nannte, zwei Projekten. Das eine war die Entwicklung der neuen Speisekarte. Zusammen mit Heidi, Jean-Pierre, Melanie und Igor baute Sophie ihre Idee aus, wichtigen Gerichten auf der Karte ein Gesicht zu geben. Sie führte Einzelgespräche, sammelte Zubereitungsvarianten und besprach mit Leonie die grafische Präsentation auf der Karte.

Nach einer guten Woche war Sophie davon überzeugt, ihren ganz persönlichen Weg gefunden zu haben. Natürlich ging die Arbeit im Bistro währenddessen weiter, aber der Wandel war für alle spürbar. Von Melanie erfuhr sie, dass Louis im Restaurant der Abtei Brennerbach glücklich und zufrieden seine Vorstellung von Sterneküche umsetzte. Das machte es für Sophie leichter, allen Gästen, die bei ihrer Reservierung nach dem Gourmet-Menü fragten, die Abtei Brennerbach zu empfehlen.

Die Atmosphäre im Bistro entspannte sich, alle wurden deutlich gelassener. Weil zum Beispiel nicht ein Tisch von drei Servicekräften gleichzeitig bedient werden musste, hatte Sophie am Abend wieder mehr Zeit, sich um Lisa zu kümmern. Und niemand nahm Anstoß daran, dass die Hausherrin im Gastraum ein Babyfon am Hosenbund trug, um gegebenenfalls nach ihrer Tochter zu sehen. Anders als bei dem Gourmet-Menü konnte Sophie mit den neuen Gerichten die Preise auf der Speisekarte so anpassen, dass auch der Dorfverein wieder seine Freude am Bistro-Besuch hatte. Überhaupt dauerte es nur kurze Zeit, bis Sophie im Gastraum wieder bekannte Gesichter begrüßen konnte.

»Hast du den Artikel in der Zeitung gelesen, Chefin?«, fragte Sarah eines Abends. Sie griff unter ihre Schürze und zog einen Zeitungsausschnitt aus der Tasche. »Hier, ich habe ihn dir aufgehoben.«

Sophie trat hinter die Theke, strich das Zeitungspapier glatt und las:

Man muss nicht immer nach den Sternen greifen, um Erfolg zu haben. Sophie von Metten hat mit ihrem Bistro diese Weisheit mit Leben gefüllt. Seit der Neuausrichtung vor einigen Wochen können Gäste in Tante Dottis Bistro *Lieblingsrezepte genießen. Lieblingsrezepte von Menschen, die in Wümmerscheid-Sollensbach zu Hause sind. Hetti Braubarts Gulaschsuppe, so wurde mir berichtet, kennt jeder, der schon einmal auf einem Pfarrfest der St.-Antonius-Gemeinde gewesen ist. Sie stand Pate für ebenjenes Rezept, das jetzt im Bistro serviert wird. Oder die Möhrensuppe der berühmten Lilly Linster. Und das sind nur zwei Beispiele von vielen. Eine clevere Marketing-Strategie, werden Sie jetzt sagen? Ja, wenn man nicht vor Ort spüren würde, dass hier nichts aufgesetzt oder gewollt ist. Hinter den meisten Gerichten stehen Menschen aus der Umgebung (Linsters Möhrensuppe ist die Ausnahme), und das macht die Speisekarte des Bistros im ehemaligen Mühlenhof einzigartig. Wer braucht da noch einen Stern?*

Sophie spürte ein warmes Glücksgefühl in ihrem Bauch, nachdem sie den Artikel gelesen hatte. Der unbekannte Autor war lediglich mit dem Kürzel AvS benannt. Sophie runzelte die Stirn. AvS – unmöglich, oder vielleicht doch?

»Etwas Interessantes?«, fragte Heidi, die alles für den heutigen Abend mit dem Küchenteam besprochen hatte. Auch das lief hervorragend. Heidi und Jean-Pierre wechselten sich regelmäßig ab, klärten mit Igor und Melanie alle offenen Fragen und standen zu Beginn des Abends zur Verfügung, um bei Problemen zu helfen, doch das war nur selten nötig. Igor hatte, trotz der Sprachschwierigkeiten, alles gut im Griff, und Melanie entwickelte sich großartig.

»Sarah hat mir einen Zeitungsartikel gegeben, der unser neues Konzept lobt«, erklärte Sophie. »Ich hab mich gerade gefragt, wer hinter dem Kürzel AvS stehen könnte.«

Sophie entging nicht das verschmitzte Lächeln ihrer Freundin. »Du hast doch wohl nicht im Hintergrund wieder deine Kontakte spielen lassen?«, hakte Sophie nach.

»Sagen wir mal so: Adelheid ist eine dumme, eingebildete Kuh, die nur ungern zugibt, dass sie sich getäuscht hat. Aber sie ist klug genug, eine gute Idee zu erkennen, wenn sie sie sieht. Mein Hinweis, dass sie es letztlich war, die den Anstoß für das neue Konzept gegeben hat … Was soll ich sagen, man muss die Menschen eben bei ihrer Eitelkeit packen. Sie hat diese Kolumne sogar ohne ein weiteres Testessen geschrieben. Da siehst du mal, wie weit meine Überzeugungskraft geht.«

Sophie tippte auf den Zeitungsartikel. »Auch ohne diese Kritik weiß ich, dass wir auf dem richtigen Weg sind, aber das hier werde ich trotzdem aufheben.«

***

Das zweite Projekt betraf Wümmerscheid-Sollensbach, oder, um es genauer zu sagen, die Lurchfanatiker, die Wümmerscheid-Sollensbach nach wie vor in Scharen heimsuchten. Sie hatte bis jetzt niemanden außer Leonie in ihren Plan eingeweiht, die leistete dabei ganze Arbeit. Und Sophie schaffte es, Dr. Maximilian Hammelbach, den europaweit anerkannten Experten für Lurche, zu überzeugen. Auf ihre Einladung hin kam Hammelbach zurück an den Sollensbacher Bruch. Seit seinem letzten Besuch hatte er sich nicht verändert.

An diesem Morgen trug er eine gelbe Regenhose, grüne Gummistiefel und dazu eine schwarze Funktionsjacke. Hammelbach hatte ein blasses, freundliches Gesicht und den schlechtesten Haarschnitt aller Zeiten. Ziemlich lang, strähnig und notdürftig mit einem Seitenscheitel aus dem Gesicht gehalten – eine umfassende Stilberatung wäre ein Freudenfest für jeden engagierten Frisör gewesen.

»Ich bin mir nicht ganz sicher, Frau von Metten, ob der Plan aufgehen kann«, sagte Hammelbach, nachdem sie sich begrüßt hatten.

»Einen Versuch wäre es aber wert. Denken Sie nur an die Tiere hier vor Ort.«

»Ja, die Geister, die ich rief …«, Hammelbach seufzte, »ich hatte ja keine Ahnung, was ich da ausgelöst habe. Aber alleine heute Morgen auf dem Weg hierher sind mir zwei Reisebusse begegnet. Schrecklich, ganz schrecklich.«

»So ähnlich denke ich auch schon seit geraumer Zeit. Und deshalb ist es unsere Pflicht, alles zu tun, das wieder rückgängig zu machen. Zumindest müssen wir es versuchen.«

»Das Habitat des Kamm-Molchs ist empfindlich.«

»Eben, und da helfen Lurchfreunde, die bei Mondschein durchs Habitat pflügen, nicht weiter.«

»Sie haben recht, Frau von Metten. Ich bin dabei. Ich werde mein Bestes tun, damit der Lattenlurch im Sollensbacher Bruch wieder geschützt und friedlich existieren kann. Ich habe gute Kontakte in Mainz, auf meine Empfehlung hört man dort. Ich habe da schon eine Idee.«

»Dann sind wir uns also einig, Herr Doktor Hammelbach.« Sophie griff in ihre Handtasche und zog einen Schnellhefter heraus. »Ich habe zusammen mit einer Freundin alles recherchiert. So könnte es funktionieren. Bitte, lesen Sie.«

Der Naturforscher nahm den Schnellhefter entgegen und überflog die ersten Seiten. Ein anerkennendes Grinsen breitete sich auf seinem Gesicht aus. »Molchin, der Name passt. Wo liegt das denn?«

»In einer sehr, sehr abgelegenen Region nahe der polnischen Grenze. So abgelegen, dass sich niemand daran stören wird, wenn dort nackte Menschen ins Moor hüpfen, Saxonet spielen oder Brackwasser schlürfen.«

»Ich müsste mir vor Ort ein Bild davon machen, ob die Umgebung für die Lurche passend ist, aber was ich hier lese, klingt sehr vielversprechend. Ja, Frau von Metten, das ist eine großartige Idee.«

»Jetzt kommt es auf Sie an, Herr Doktor Hammelbach«, sagte Sophie.

Hammelbach klappte den Schnellhefter zu. »Sie haben recht. Ich werde mein Bestes tun. Geben Sie mir, sagen wir mal, mindestens zwei Monate, dann gehe ich auf Sendung.«

Tschüs, Lattenlurch

Fast zweieinhalb Monate später …

Mitte August war es so weit. Heute war Ruhetag im Bistro, doch davon war nichts zu merken. Überall im Garten standen gedeckte Tische. Kerzen brannten in den Windlichtern und sorgten für kleine, warme Lichtpunkte an diesem Sommerabend. Sophie prüfte noch einmal das große Buffet im Gastraum, an dem sie zusammen mit ihrem Küchenteam den ganzen Tag gearbeitet hatte. Perfekt! Sie ging in die Küche. In einer Ecke standen Melanie und Louis und küssten sich leidenschaftlich. Sophie wollte sich schon diskret zurückziehen, als durch die Küchentür Jean-Pierre hereinkam.

»›oppla, Schluss mit die Knutschen. Louis, nur weil du nischt mehr ›ier arbeitest, ›eißt das nischt, dass du nicht ›elfen kannst. Wie soll isch meiner Schwester erklären, dass ihr Sohn nischt arbeitet, sondern nur an die Küssen interessiert ist? ›opp, ›opp, wir müssen noch die Desserts aus die Keller holen.«

Jean-Pierre grinste und hatte sichtlichen Spaß an der Verlegenheit seines Neffen. Sophie zwinkerte Melanie zu und ging zurück in den Gastraum.

»Sophie! Komm nach draußen, alle warten schon auf dich.« Johannes Braubart trat durch die geöffnete Fensterfront in den Gastraum. »Mmh, sieht das alles lecker aus.« Er warf einen anerkennenden Blick in Richtung Buffet. »Allerhand. – Und du hast ja nicht nur heute Abend eine Menge auf die Beine gestellt. Wenn ich an die zurückliegenden Wochen denke …«

»Ach komm, Johannes, da haben alle mit an einem Strang gezogen, ich hatte nur die Idee.«

»Und das ist eine gute Idee gewesen.«

»Ich weiß nur nicht, ob wirklich alle im Ort deiner Meinung sind. Immerhin hatten wir uns viel von den Touristen versprochen, du weißt schon, dass sie den Einzelhandel im Ort wieder ankurbeln würden. Die neu eröffneten Geschäfte …«

»Ich habe mit den anderen Einzelhändlern gesprochen. Sie sehen es genauso wie ich, nämlich, dass die Lurch-Bekloppten keinen neuen Umsatz gebracht haben. Auf die können wir gut verzichten. Raus aus dem Bus, ab in den Sollensbacher Bruch, zurück zum Bus und weg. Wir müssen auf den sanften Tourismus setzen, auf Naturfreunde, die hier bei uns mehrere Tage verbringen, Urlaub machen und entsprechend einkaufen.«

»Ich hoffe, unser Plan geht auf.«

»Wird, schon Sophie, wird schon. Wir sind jedenfalls alle vorbereitet. Ich selber … also … ähm …« Johannes Braubart hatte sichtlich Mühe mit dem, was er jetzt sagen wollte, das konnte Sophie deutlich erkennen. »Ich habe jetzt Grillkäse und eine vegane Sojawurst mit Kräutern im Angebot.«

Mit weit aufgerissenen Augen schaute Sophie ihn an und legte ihm eine Hand auf den Oberarm. »Grillkäse? Vegane Sojawurst? Johannes – bist du krank?«

Der Metzgermeister wiegte mit einem verlegenen Grinsen den Kopf. »Ja, das hat meine Hetti auch gesagt, aber wir müssen eben mit der Zeit gehen.«

»He, ihr beiden, kommt raus, es geht los, der Vorspann läuft schon.« Hermann Weibold stand in der Glastür und winkte.

»Wir kommen«, rief Johannes zurück. Und leise sagte er zu Sophie: »Verrate aber dem Hobel-Kasper noch nichts, das wäre ein gefundenes Fressen für ihn. Ich denke, ich schaue erst mal, wie die … ähm … neuen Produkte angenommen werden, bevor ich das an die große Glocke hänge.«

Sophie hakte sich bei ihm unter. »Versprochen, Johannes. Und jetzt lass uns schauen, was Hammelbach erreicht hat.«

Im Garten war eine große Leinwand aufgestellt worden, und jemand hatte einen Beamer angeschlossen. Das halbe Dorf war hier versammelt. Sophie sah ihre Freundinnen an einem Tisch mit Elsie zusammensitzen. Elsie hatte die kleine Lisa auf dem Schoß. Erwin unterhielt sich angeregt mit Leonie, der junge Pastor Kernmann diskutierte mit Hetti Braubart. Aber alle Gespräche verstummten, als der Werbeblock endete und der Vorspann der Sendung begann.

»Willkommen zu einer neuen Ausgabe von *Hammelbachs bunte Tierwelt*. Mein Name ist Maximilian Hammelbach, und meine heutige Sendung darf ich mit einer wunderbaren Nachricht beginnen. Wie Sie alle wissen, habe ich vor geraumer Zeit den kleinen Ort Wümmerscheid-Sollensbach als das größte Lurch-Habitat nördlich der Alpen bezeichnet. Zu meiner großen Freude kann ich aber jetzt sagen, dass das nun nicht mehr stimmt. Ganz und gar nicht, und das wird alle Freunde des Kamm-Molchs sicher ebenfalls freuen.«

Eine Landkarte wurde eingeblendet. Mitten auf der Landkarte erschien ein roter Punkt. »Himmelarsch, wo ist das denn? Das ist ja fern von Gut und Böse«, brummte Johannes Braubart.

»Schscht, Johannes, gib Ruhe«, tönte es aus dem Hintergrund.

»Molchin, alleine dieser Name weist darauf hin, dass ich für meine kleinen Freunde die ideale Umgebung gefunden habe. Diese putzigen Gesellen waren offenbar jahrhundertelang in Molchin bekannt. Ich habe mir selber vor Ort ein Bild gemacht. Mir ist es gelungen, mit den dortigen Behörden ein Gebiet festzulegen, in dem wir den Lattenlurch neu ansiedeln werden. Dort kann sich der Lattenlurch nicht nur ungestört vermehren, hier haben auch alle Lurchfreunde die Möglichkeit, den Molch hautnah zu erleben. Und das ist umso wichtiger, weil der Sollensbacher Bruch von der Landesregierung in Mainz auf die Liste der möglichen Naturschutzgebiete in Rheinland-Pfalz gesetzt wurde. Ich kann heute mit fester Überzeugung sagen: Molchin, das wird die wahre Heimat des Lattenlurchs. Und nun zu unserem Hauptthema der heutigen Sendung: dem Breitmaul-Frettchen.«

Der Rest des Satzes ging in frenetischem Beifall unter.

»Herrschaften, Ruhe bitte.« Johannes Braubart hob die Hand. »Mögen alle Bekloppten demnächst nach Molchin reisen. Lasst uns hier in unserem Dorf wieder die richtigen Touristen, die Naturfreunde, begrüßen. Trinken wir auf Sophies geniale Idee, den Sollensbacher Bruch als Naturschutzgebiet ausweisen zu lassen. Tschüs, Lattenlurch-Fanatiker.«

Alle im Garten erhoben sich, prosteten Sophie zu und wiederholten feierlich: »Tschüs, Lattenlurch-Fanatiker!«

***

»Und, genießt du den Abend?« Peter trat von hinten an Sophie heran, umfing sie mit beiden Armen. Sie lehnte sich an ihn. Er beugte sich vor und küsste ihren Hals.

»Es ist wunderschön. Genauso habe ich es mir vorgestellt«, erwiderte Sophie überglücklich.

»Schau mal, unser kleines Mäuschen kann mittlerweile stehen, wenn sie sich irgendwo festhält.« Peter deutete auf Lisa, die von ihren drei Patinnen umsorgt wurde. Zur Feier des Tages hatte Sophie ihr das weiße Kleidchen angezogen, das sie von Rita zu ihrem ersten Geburtstag bekommen hatte. Unpraktisch, aber allerliebst. Sophie nahm Peter an die Hand und schlenderte zu Heidi, Rita und Karin hinüber. »Heute wird eure Tochter sicher gut schlafen«, sagte Rita, »sie hat schon ganz kleine Augen.«

»Ja, es wird Zeit, sie ins Bett zu bringen.« Sophie beugte sich zu ihrer Tochter hinunter und gab ihr einen Kuss auf die Wange. Mit Lisa auf dem Arm und Peter an ihrer Seite ging Sophie über den Rasen zurück zum Haus. Überall an den Tischen saßen Menschen, die fröhlich miteinander plauderten. Es war ein perfekter lauer Sommerabend. Am Himmel zeichneten sich die ersten Sterne ab. Sophie blieb stehen und schaute in den Nachthimmel. »Da-da«, Lisa deutete mit ihrer kleinen Hand nach oben, »da-da, Mama.«

»Ja, Lisa, da sind die Sterne.«

Sophie zwinkerte Peter zu. »Glückssterne – direkt über unserem Haus.«

ENDE

Rezepte

Tante Dottis Bistro – ein Ort, wo man essen und genießen kann. Dieses Mal haben wir eine Handvoll Rezepte für ausgezeichnete Suppen ausgewählt, die vor allem eines gemeinsam haben: Sie sind absolut köstlich, und sie sind zum Nachkochen geeignet.

Ganz besonders freuen wir uns darüber, dass wir in diesem Band ein Rezept von der wunderbaren Léa Linster präsentieren dürfen. Léa Linster ist ein großer Fan der Buchreihe *Das kleine Café an der Mühle;* wir selbst sind große Fans ihrer Kochbücher – eine perfekte Allianz!

Die anderen Rezepte sind bewährte Klassiker aus unserer eigenen Küche. Diese Suppenrezepte haben wir im Verlauf der Handlung einzelnen Figuren mitgegeben.

Wir wünschen viel Freude beim Kochen!

Sommerliche Karottensuppe für *Das kleine Café an der Mühle*

Von Léa Linster für Barbara Erlenkamp
(Zutaten für 6 Personen als Vorspeise)

Zutaten:
Suppe:
600 g Karotten
1 Zwiebel
1 Stück Weißes vom Porree
1 Orange (Saft)
1 ¼ l Hühnerbrühe
¼ l Wasser
¼ TL Currypulver (mild)
1 EL gute Butter
Salz und Pfeffer
1 Messerspitze Galgant-Pulver
Ingwersahne:
1 Stückchen Ingwer (ca. 60 g)
125 g gute, frische Sahne
etwas Zitronensaft
eine Prise Piment d'Espelette
etwas Olivenöl

Zubereitung:

1. Das Gemüse waschen und klein schneiden. Die Butter in einem Topf erhitzen, die Zwiebelstücke hinzugeben und an-

schwitzen. Nun alles Gemüse hinzugeben, dann auch den Saft der Orange hineingeben – mit Salz, Pfeffer, Curry und einer Messerspitze Galgant abschmecken. Alles schön anschmoren lassen.

2. Das Wasser hinzugeben, alles weiterhin leicht köcheln lassen und dann die Hühnerbrühe hinzufügen. Weiterhin köcheln lassen – bis etwa eine Stunde Gesamtzeit erreicht ist. Die Suppe dann im Thermomix oder mit dem Stabmixer pürieren. Jetzt kommt der wichtige Feinschliff: Das Püree durch ein Haarsieb passieren. Bitte! Tante Dotti zuliebe.

3. Nun die Garnitur: Für die Ingwersahne wird die frische Sahne halbfest geschlagen und mit etwas geriebenem Ingwer, etwas Zitronensaft und Piment d'Espelette fein abgeschmeckt.

4. Serviert wird die Suppe noch heiß in Suppentassen und mit Ingwersahne dekoriert. An heißen Sommertagen schmeckt sie auch abgekühlt erfrischend köstlich! Hierbei ist wichtig, dass sie direkt nach dem Passieren gut gekühlt wird. Hierfür eignet sich mein bewährter Trick: Die Suppe in eine Edelstahlschüssel füllen, die wiederum in einer größeren Schüssel mit Eiswürfeln, Wasser (und, wenn vorhanden, grobem Salz) steht. Das Ganze nach dem ersten Abkühlen in den Kühlschrank stellen. Wenn die Konsistenz nach dem Abkühlen zu dickflüssig ist, kann mit etwas Hühnerfond noch etwas Flüssigkeit hineingegeben werden.

5. Nun ist unsere Suppe – warm oder gekühlt – servierbereit. Auf das schöne Orange der Suppe kommt nun ein guter Esslöffel der Ingwersahne als Häubchen, mit einem kleinen Klecks Olivenöl darauf.

Bon appétit.

Karins klare Suppe mit Kräutern und Parmesan-Croûtons

Karin Mahler aus Wümmerscheid-Sollensbach hat dieses Rezept in einem Kochbuch entdeckt, das sie von ihrer Urgroßmutter geerbt hat.

Das Kochbuch gibt es wirklich. Karins Rezept stammt aus dem *Universal-Kochbuch: Kraft u. Stoff* von Charlotte Böttcher aus dem Jahre 1888.

Wir können Karin nur zustimmen: Das Rezept ist erstaunlich modern.

Kerbel, junge Sellerie- und Salatblätter, Portulak, Estragon und ein wenig Sauerampfer werden in kleinen Blättern verlesen, gewaschen, einige Mal durchgeschnitten und in der kochenden Brühe etwa eine Viertelstunde gekocht. Waren die Kräuter nicht mehr jung, so müssen sie zuvor in Wasser blanchiert werden, weil sonst die Suppe einen strengen Geschmack erhält. Zu den Croutons schneidet man Semmel in dünne Scheiben, sticht mit rundem Ausstecher spielmarkengroße Scheiben, taucht diese in warme Butter, streut Parmesankäse dick darauf und gibt den Croutons im heißen Ofen oder mit glühender Schaufel eine schöne gelbe Farbe. Dann bringt man dieselben in die angerichtete Suppe.

Eine Info für alle, die sich wie wir nicht so genau damit auskennen:

Die Croutons sollen die Größe einer Spielmarke haben, aber wie viel ist das? Wie groß war eine Spielmarke damals im

Jahr 1880? Wir haben Größenangaben zwischen 19 und 30 mm gefunden.

Hettis gute Gulaschsuppe

Eine Suppe mit viel gutem Fleisch – etwas anderes kommt für Hetti gar nicht infrage.

Das Rezept stammt von Andreas, und es ist perfekt nach einem langen Arbeitstag draußen im Garten.

Am schnellsten kann man so eine Suppe natürlich zaubern, wenn noch eine übrig gebliebene Portion Gulasch im Kühlschrank steht. Dieser Rest lässt sich leicht mit etwas Rotwein, Sahne und Fleischbrühe zu einer Suppe verlängern. Das Ganze dann noch mit einer Knoblauchzehe, Salz, Pfeffer und Paprikapulver nachwürzen – fertig! Aber das ist sozusagen die geschummelte Variante, eine ideale Resteverwertung, wenn man nicht Wochen später den kleinen schäbigen Rest Gulasch in einer gut verschlossenen Dose im Kühlschrank finden möchte.

Im Grunde hat die Gulaschsuppe die gleiche Grundlage wie ein ordentliches Gulasch: vernünftiges Fleisch, einen trockenen Rotwein, den man auch solo trinken würde, und ungefähr die gleiche Menge Zwiebeln wie Fleisch. Wobei man bei der Zwiebelmenge durchaus ein Auge zudrücken kann, aber mehr als eine oder zwei Zwiebeln sollten es schon sein, dann wird auch die Suppe entsprechend lecker.

Zutaten für 4 Personen als Hauptgericht
500 g Ringergulasch
300 – 400 g Zwiebeln
2 Knoblauchzehen
2 rote Paprikaschoten

etwas Olivenöl
Butterschmalz zum Anbraten
250 ml Rotwein
3 EL Tomatenmark
1 L Wasser
Salz
Pfeffer
süßes Paprikapulver
Cayennepfeffer
1/2 TL Kümmel
einige frische Rosmarinzweige
etwas Sahne

Zubereitung

1. Zwiebeln und Knoblauch schälen. Die Zwiebeln klein schneiden und den Knoblauch fein würfeln.

2. Die gewaschenen Paprikaschoten entkernen und in Streifen schneiden.

3. Die Paprika kommt auf ein Backblech. Etwas Olivenöl darübergeben und im vorgeheizten Backofen bei 200 Grad (Ober- und Unterhitze) eine gute Viertelstunde lang rösten.

4. In der Zwischenzeit das Fleisch abspülen und trocken tupfen. In Butterschmalz anbraten, je nach Größe des Topfes auch portionsweise. Erst nach dem Anbraten kommen die Zwiebeln und der Knoblauch dazu.

5. Wenn die Zwiebeln glasig geworden sind, wird alles mit einem Viertelliter Rotwein abgelöscht.

6. Tomatenmark und die Paprika aus dem Backofen hinzufügen.

7. Mit einem guten Liter Wasser auffüllen. Das Ganze mit Salz, Pfeffer, süßem Paprikapulver, Cayennepfeffer und einem halben Teelöffel Kümmel würzen. Rosmarin kann auch nicht schaden.

8. Die Suppe kocht danach eine gute Stunde. Ist das Fleisch gar, ist auch die Suppe fertig.

9. Jetzt noch einmal abschmecken, eventuell mit etwas Sahne verfeinern. Wer die Gulaschsuppe schärfer haben möchte, kann natürlich gleich zu Beginn mit einer Chilischote arbeiten oder später mit Cayennepfeffer und Chilifäden für die entsprechende Schärfe sorgen.

Ein Freund von mir hat auf dem Tisch immer Tabascosauce stehen, auch das ist natürlich möglich, kann aber auf Kosten des feinen Aromas gehen. Ich finde, wenn es zu scharf ist, kommen die anderen Gewürze nicht mehr zur Geltung.

Consommé double von Melanie

Melanie Birkenhain aus Wümmerscheid-Sollensbach lernt in diesem Roman mit großer Begeisterung von Louis, wie man kocht. Es dauert nicht lange, bis die zwei sich näherkommen. Liebe geht eben doch durch den Magen …

Auch dieses Rezept ist unser eigenes. Eines muss man gleich dazusagen: Die Zubereitung braucht viel Zeit. Eine Consommé double ist eine doppelte Kraftbrühe. Das heißt, man bereitet zuerst eine Grundbrühe zu, die dann im zweiten Durchgang noch einmal gekocht und mit weiteren Zutaten verstärkt wird, sodass der Geschmack noch intensiver wird.

Das Rezept ergibt etwa 3,5 Liter Suppe, mehr als man gewöhnlich auf einmal verbraucht. Es lohnt sich aber, gleich etwas mehr auf Vorrat zuzubereiten. Die Consommé double lässt sich hervorragend einfrieren.

Zutaten Grundbrühe
800 g Suppenknochen
1.300 g Rindfleisch (Suppenfleisch)
4,5 l Wasser
Suppengemüse (4 Möhren, 1 Stück Sellerie, 1/2 Stange Porree, 1 Zwiebel)
1 EL ganze schwarze Pfefferkörner
2 Lorbeerblätter
1 Wacholderbeere
1 Nelke

Zutaten doppelte Kraftbrühe

600 g Rinderhack
8 Eiweiß
Suppengemüse (1 Möhre, 1 Stück Sellerie, 1 Stück Lauch)
1 Lorbeerblatt
etwas Pfeffer
Salz

Zubereitung der Grundbrühe:
1. Backofen auf 200 Grad Ober-/Unterhitze vorheizen. Die Suppenknochen mit kaltem Wasser abspülen und mit Küchenkrepp trocken tupfen. Die Knochen auf ein tiefes Backblech (Fettpfanne) legen und 1 Stunde im Backofen rösten. Dabei nach etwa der Hälfte der Zeit die Knochen einmal wenden. Aus dem Backofen nehmen.

2. Das Suppenfleisch mit kaltem Wasser abspülen und mit Küchenkrepp trocken tupfen. Das Fleisch in grobe Stücke schneiden. Das Gemüse in ca. 3 cm große Stücke schneiden, die Zwiebel in Viertel schneiden.

3. In einem großen Topf das Suppenfleisch mit 3/4 des Wassers kalt aufsetzen (etwa 3 Liter). Langsam aufkochen lassen. Den dabei entstehenden Schaum immer wieder mit der Schaumkelle abschöpfen. Wenn sich kein Schaum mehr bildet, die gerösteten Suppenknochen, das Gemüse und die Gewürze dazugeben. Das restliche Wasser zugeben (1,5 Liter). Die Brühe etwa 2 Stunden auf kleiner Hitze köcheln lassen.

4. Die Suppe vom Herd nehmen. Gemüse, Knochen und Fleisch mit der Schaumkelle herausnehmen. Das Fleisch kann in der Küche noch für andere Gerichte weiterverwendet werden, Knochen und Gemüse wandern in den Bioabfall. Die Brühe abkühlen lassen, bis sie lauwarm ist.

Zubereitung der Consommé double:
1. Das Gemüse putzen und fein schneiden. Das Gemüse mit dem Hackfleisch, den 8 Eiweiß und etwas gemahlenem Pfeffer vermischen.

2. Die Mischung in die Grundbrühe geben. Langsam bei mittlerer Hitze aufkochen lassen. Dabei vorsichtig umrühren, nur so viel, dass die Mischung in der Brühe schwimmt und nicht am Topfboden festhängt. Sobald sich Schaum bildet, die Hitze herunterschalten und 30 Minuten auf kleiner Hitze weiter ziehen lassen. Jetzt nicht mehr umrühren.

3. Die Brühe durchseihen, noch einmal kurz aufkochen und mit Salz abschmecken.

Und Erwin? Erwin liebt Kartoffelsuppe

Erwin Körten-Buschmeier ist Sophies Nachbar. Anfangs gibt er sich grimmig, später zeigt sich aber, dass er eigentlich ein Herz aus Gold hat.

Er lebt alleine, und Sophie muss erkennen: Natürlich kann Erwin kochen. Wie sollte er sonst auch überleben? Gerne macht er samstags eine Kartoffelsuppe mit Johannes Braubarts feiner Mettwurst. Richtig froh ist er über den Tipp von Louis Garbon, die Suppe doch einmal mit etwas frischem Bärlauch zu verfeinern. Den Bärlauch hatte er in seinem Garten bisher immer als lästiges Unkraut angesehen.

Ein Rezept, das wir über die Jahre immer wieder abgewandelt haben und sehr gerne im Frühling kochen. Die einzige feste Größe ist der Bärlauch (ja, der kann in der Tat zum lästigen Unkraut werden, aber er schmeckt köstlich).

Rezept für 1 bis 2 sehr hungrige Esser als Hauptgericht oder für 4 Personen als Vorspeise

Zutaten
2 Zwiebeln
400 g Kartoffeln
1/2 Liter Fleischbrühe
200 g Schlagsahne
100 ml Weißwein
4 geräucherte Mettwürstchen
eine Handvoll frische Bärlauchblätter

Salz

Zubereitung

1. Zwiebeln schälen und klein schneiden, Kartoffeln schälen und in ca. 2 cm große Würfel schneiden. Bärlauchblätter waschen, trocken tupfen und in feine Streifen schneiden.

2. Zwiebeln, Kartoffeln und Mettwürstchen in der Fleischbrühe ca. 15 Minuten kochen.

3. Die Mettwürstchen herausnehmen. Die Suppe mit dem Pürierstab cremig pürieren. Mit Salz abschmecken.

4. Weißwein und Sahne hinzugeben. Klein geschnittenen Bärlauch hinzugeben (etwas Bärlauch als Deko zurückbehalten). Die Suppe noch einmal erhitzen.

5. Die Mettwürstchen in Scheiben schneiden und zur Suppe geben. In einer Schüssel oder in Suppentellern anrichten und mit etwas frischem Bärlauch bestreuen.

Danksagung

Bei der Entstehung eines neuen Romans spielt sie immer die wichtigste Rolle, und sie ist die Erste, die von einer neuen Buchidee erfährt: unsere liebe Anna Mechler mit ihrer Literaturagentur Lesen & Hören. Dank Anna können wir uns ganz darauf konzentrieren, die Bücher zu schreiben und die Geschichten zu erzählen, denn wir wissen: Anna Mechler kümmert sich um alles andere.

Danke an das Team bei Lübbe. Allen voran unsere Lektorin Anna-Lena Meyhöfer, die mit ihren kreativen Einfällen den Roh-Manuskripten immer noch eine besondere Note hinzufügt. Stephan Trinius und das ganze Marketingteam überraschen uns immer wieder mit neuen Ideen zu Marketingaktionen.

In *Glückssterne über dem kleinen Café an der Mühle* geht es um Sterneküche und um die gehobene Gastronomie. Ein Thema, mit dem wir uns für diesen Roman viel beschäftigt haben.

Allen voran möchten wir der großartigen Léa Linster (Restaurant Léa Linster in Luxembourg) danken, aus deren wunderbaren Büchern wir viel gelernt haben. Und nicht nur das: Sie hat uns auch ein Originalrezept für diesen Roman zur Verfügung gestellt. Wir bedanken uns dafür mit einer kleinen Gastrolle im Buch unter einem fiktiven Namen – wer genau hinschaut, wird die Stelle finden.

Maria Groß (Restaurant Bachstelze in Erfurt) hat sich mitten im hektischen Tagesgeschäft die Zeit genommen, mit uns zu sprechen, unsere Fragen zu beantworten und ihre Erfahrungen mit uns zu teilen. Nachdem einige unserer Grundideen diesen Realitäts-Check bestanden haben, schrieb sich der Roman doppelt so leicht. Danke, Maria!

Für alle, die mehr über die Sterneküche erfahren möchten, haben wir hier eine kleine Auswahl von Titeln zusammengestellt. Darin wird das Thema aus verschiedenen Blickwinkeln betrachtet. Viel Spaß beim Lesen.

Anthony Bourdain. *Geständnisse eines Küchenchefs. Was Sie über Restaurants nie wissen wollten.* München, Goldmann 2003.

Léa Linster. *Mein Weg zu den Sternen. Aus meinem Leben.* Köln, Kiepenheuer & Witsch 2015.

Verena Lugert. *Die Irren mit dem Messer. Mein Leben in der Küche der Haute Cuisine.* München, Knaur Verlag 2017.

Roland Trettl. *Serviert. Die Wahrheit über die besten Köche der Welt. Ein Insider berichtet.* München, ZS Verlag 2015.

Dass dieses Buch so geworden ist, wie es ist, verdanken wir nicht zuletzt unserer Lektorin Dr. Clarissa Czöppan. Immer, wenn Clarissa sagt, dort könnte vielleicht noch ein kleines Stückchen Text hin, dann ist das so. Immer. Lieben Dank, Clarissa!

Igor Zwerovchtschikows schwierigen russischen Namen hat uns Irene Haller gespendet. Danke, liebe Irene, und wir werden dich vor den ersten Lesungen bestimmt noch mehr als einmal nach der richtigen Aussprache fragen …

Unser allerletztes, riesiges Dankeschön geht an euch, unsere Leserinnen und Leser. Ihr habt das kleine Café an der Mühle zu dem Erfolg gemacht, der es heute ist.